KB017164

암살자 2

서울

암살자 2

초판1쇄 인쇄 | 2021년 1월 10일
초판1쇄 발행 | 2021년 1월 15일

지은이 | 이원호
펴낸이 | 박연
펴낸곳 | 한결미디어

등록 | 2006년 7월 24일(제313-2006-000152호)
주소 | 서울시 마포구 모래내로 83 한올빌딩 6층
전화 | 02-704-3331
팩스 | 02-704-3360
이메일 | okpk@hanmail.net

ISBN 979-11-5916-145-2 979-11-5916-143-8(set) 04810

암살자

②

서울

이원호 지음

한결미디어
HANGYEOL MEDIA

차례

1장 배신

미하일 크노스키는 카자흐스탄 주재 러시아 대사관의 상무관 신분이었지만 대사관 출근은 거의 하지 않았다. 직책만 달고 주로 아스타나, 침캔트, 알마티의 안가에서 근무했다.

크노스키의 또 다른 직책이 러시아 FSB의 카자흐스탄 지부장이다.

48세인 크노스키는 KGB 출신으로 우즈베키스탄, 키르기스스탄, 투르크메니스탄, 타지크스탄, 아프간까지 6개국 FSB 지국을 총괄하는 위치다.

"표도르, 그자가 이곳에 도착했을 거다."

크노스키가 앞에 앉은 표도르에게 말했다.

"지금 신중하게 탐색하고 있을 거야."

"연락은 올 겁니다."

보좌관 표도르는 40세, 작전팀장 역할이다.

둘은 알마티의 FSB 안가에 와 있었는데 작전팀 12명을 동행했다.

FSB 아프간 지국의 말렌스키가 지미 우들턴의 연락을 받았을 때는 5일 전, 알마티에서 CIA의 '아프간 방송국 폭파 자료'를 주겠다고 한 것이다.

전화 연락이어서 만나지는 않았지만 당장 FSB에는 비상이 걸렸다. 그래서 크노스키가 이곳으로 날아온 것이다.

오후 3시, 표도르가 말을 이었다.

"지미 우들턴은 우리들의 행동 반경이나 연락처를 알고 있는 놈입니다. 난데없는 곳에서 연락이 오겠지요."

"보수를 요구할까? 자료 값 말이야."

"지미가 CIA에 배신감을 품고 있는 것은 확실합니다. 자료를 넘겼던 르몽드 기자까지 죽었지 않습니까?"

"CIA가 죽였겠지?"

"당연하지요."

미셸은 상티이 북서쪽 산기슭에서 발견되었는데, '강도 살인'으로 보도되었다. 미셸이 차 사고를 내고 납치되는 장면을 본 증인들이 있었는데도 그렇다. 그리고 사건 발생 일주일이 지난 지금 언론은 딱, 입을 다물었다. 사건이 묻히고 있는 것이다. 그것을 본 지미가 최후의 수단으로 러시아 FSB를 찾은 것이다.

크노스키가 알마티에 도착한 것도 어제 오후였으니 만 하루가 지났다.

소파에 등을 붙인 크노스키가 앞에 펼쳐진 호수를 보았다.

"과연 알마티는 제국의 별장답군."

호수 주변에 늘어선 별장들을 바라보고 한 말이다.

"저곳이 스탈린의 애인 마린스카의 별장입니다."

표도르가 호수 왼쪽의 붉은색 이 층 벽돌 건물을 가리키며 말했다.

"지금은 카자흐스탄 부총리 에프센코의 별장이 되어 있지요."

에프센코는 대통령 누르술탄의 측근이다.

"젠장! 나도 별장 하나를 가져야겠군."

"빈집이 많습니다. 1백만 불만 주면 저 정도 별장을 소유할 수 있습니다."

"지미가 보수를 요구할지도 몰라."

크노스키가 화제를 바꿨다.

"본부에서는 5백만 불까지는 지급해도 좋다고 했다."

"5백만 불입니까?"

놀란 표도르가 입을 딱 벌렸다.

"제가 알기로는 FSB 역사상 가장 큰 정보비인데요."

"그런 셈이지."

크노스키가 잿빛 눈동자로 표도르를 보았다.

금발의 크노스키는 거구다. 크노스키의 시선을 받은 표도르가 천천히 고개를 끄덕였다.

지미의 가치가 그만큼 큰 것이다.

"가격을 잘 아시는군요."

야코브가 천천히 고개를 끄덕이며 말했다.

"좋습니다. 1만 불로 하십시다."

이곳은 자동차 수리 센터의 안쪽 사무실이다. 사무실의 책상 위에는 무기가 널려 있었는데 실탄까지 쌓아 놓아서 전시장 같다.

지미가 주머니에서 1만 불 뭉치를 꺼내 야코브에게 내밀면서 말했다.

"이건 가방 2개가 필요하겠는데."

"군용 백에 넣으면 됩니다."

돈을 받은 야코브가 세어보기 시작했다.

"건물 뒤쪽 주차장에서 차에 싣고 가시지요, 선생."

"무슨 차가 있지?"

그때 돈을 세던 야코브가 고개를 들었다.

"날라다 드릴까요?"

"난 여기 택시를 타고 와서."

이곳은 알마티 서북쪽 공장 지역이다. 공장 건물이 즐비했지만 절반은 폐업 상태라 한산하다.

그때 지미가 다시 물었다.

"무슨 차가 있느냐고 물었어."

"러시아제 미르 승합찬데 20년 되었지요."

"그 차는 얼마요?"

"차까지 사시렵니까?"

야코브의 얼굴에 쓴웃음이 번졌다.

"5천 불은 더 내시지요."

"그러지, 노튼."

그 순간 야코브가 퍼뜩 눈을 치켜떴다가 곧 웃었다.

"어쩐지 이상하더라 했지."

"뭐가 말이야?"

지미가 묻자 야코브가 돈뭉치를 테이블 위에 놓았다.

"거침없이 날 찾아온 것이 말야."

"노튼, 난 지미 우들턴이야. 놈들이 날 죽이려고 한다고."

지미가 엄지를 구부려 제 얼굴을 가리켰다.

"이번 '아프간 방송국 폭파 사건'의 주역이야 내가."

야코브는 시선만 주었다.

50대 초반의 야코브가 누구인가? 본명은 죠니 노튼, 15년 전에 CIA 정보원이었다가 소련 측에 정보를 팔고 잠적한 배신자다. 당시 소련은 아프간을 점령 중이었다.

지미가 숨을 뱉고 나서 말을 이었다.

"노튼, 당신 거처를 알고 있는 사람은 CIA에서 몇 명 안 돼. 그중 하나가 나였어. 아마 내가 가장 잘 알고 있을 거야."

노튼의 눈빛이 차츰 가라앉았다.

둘은 테이블을 사이에 두고 마주 보고 앉아 있다. 벽시계가 오후 4시를 가리키고 있다.

지미가 상황을 이야기하는 동안 야코브는 듣기만 했다. 그러나 지미가 이야기를 마쳤을 때 야코브가 고개를 저었다.

"난 끼어들고 싶지 않아, 지미 씨."

"끼어들라는 게 아니야, 노튼."

"야코브야."

"러시아 이름이 좋은 모양이군."

"난 러시아 국적이야, 지미 씨."

고개를 끄덕인 지미가 사무실을 둘러보는 시늉을 했다.

"무기 밀매도 FSB가 허용했겠지?"

"당연히."

야코브가 쓴웃음을 지었다.

"FSB가 무기를 공급해 주는 걸, 뭐."

"누르술탄의 반군 세력한테만 파나?"

"키르기스스탄, 중국에서도 주문이 와."

지미는 야코브에게 키르기스스탄의 거래선 이름을 대고 접근했던 것이다.

그때 지미가 테이블 위에 다시 1만 불 돈뭉치를 내려놓았다.

"내가 승합차 값으로 1만 불을 주지."

돈뭉치를 노려보았던 야코브가 고개를 들었다.

"왜 이러는 거야?"

"대신 당신이 FSB에 내 매니저 역할을 해줘."

"갓댐."

야코브의 입에서 오랜만에 미국 욕이 터져 나왔다. 그러나 바로 묻는다.

"무슨 일인데?"

"내 자료를 건네주는 역할이야. 그리고 내 조건을 FSB 놈들한테 전달하는 거지."

"돈을 받겠군."

"조금."

"그럼……."

야코브의 시선이 아직도 테이블 위에 놓인 1만 불로 옮겨졌다.

"5천 불로는 부족한데."

"미르 똥차는 많이 받아야 2천 불이야. 8천 불로 봐, 야코브."

"자료 값으로 얼마를 요구할 거야?"

"1천만 불."

숨을 들이켠 야코브가 번들거리는 눈으로 지미를 보았다.

"중개비로 10퍼센트를 줘."

"넌 15년 전 KGB에 페샤와르의 CIA 정보원 명단을 넘기고 30만 불을 받았지?"

"잘 아는군, 지미. 넌 그때 명단에도 없는 놈이었지. CIA는 너무 어중이떠중이가 많아."

야코브의 얼굴에 웃음이 떠올랐다.

"아마 네가 본국에서 수습사원이었을 거다."

"베이루트에 있었어, 노튼."

따라 웃는 지미가 말을 이었다.

"전쟁터였지. 내가 너보다 10년쯤 후배지만 전장은 많이 겪었을 거다."

"어쨌든 10퍼센트"

"5퍼센트로 하지. 이번에 너는 아주 간단한 작업으로 50만 불을 먹는 거야, 노튼."

"노튼이라고 부르지 마."

"그때 네가 30만 불을 받고 판 정보원 7명이 KGB에 암살당했어, 노튼."

지미가 웃음 띤 얼굴로 야코브를 보았다.

"이번 일도 아주 간단해. 누구를 죽이지도 않고 50만 불을 버는 거야, 노튼."

"……"

"먼저 네가 FSB에 연락을 해줘, 노튼. 기다리고 있을 테니까 말이야."

그러고는 지미가 자리에서 일어나 주위를 둘러보는 시늉을 했다.

"가방을 줘. 무기를 담아야겠다."

"이건 웬 똥차야?"

현관 앞에 세워진 승합차를 둘러보면서 고대형이 물었다. 지미가 미르를 몰고 온 것이다.

"형, 이거 옮기자."

승합차에서 골프백만 한 가방 2개를 꺼내면서 지미가 말했다.

오후 7시 반, 주위는 이미 어둠에 덮여 있다. 그러나 아래쪽 호수 주변의 별장들이 불을 환하게 밝혔기 때문에 호수 경관이 드러났다. 호수 위에도 서너 척의 배가 떠 있다.

가방을 응접실로 옮겨 놓은 고대형이 무기를 꺼냈다. 먼저 브라우닝을 꺼내 재빠르게 분해하고 조립했는데 지미가 방에 들어가서 옷을 갈아입고 나왔을 때는 실탄까지 채운 탄창을 끼워 넣고 옆에 내려놓았다.

"빠르군."

지미가 감탄했다.

"넌 무기를 보면 온몸에 활기가 넘쳐. 천부적인 암살자다."

옆쪽에 앉은 지미가 탁자 위에 가득 쌓인 무기는 쳐다보지도 않고 말을 이었다.

"아마 지금쯤 그 무기상 놈이 FSB에 연락했을 거야. 자료와 1천만 불을 교환하라고 말이야."

고대형이 이제는 AK-47을 분해했다. AK-47은 분해, 조립이 간단한 총이다.

"음, 새것이군."

만족한 표정이 된 고대형이 빈 총을 격발시키면서 말을 이었다.

"이놈이 피 맛을 보면 명품이 될 거다."

"돈은 9백만 불을 중국 상하이의 베른 은행에 입금시키도록 할 거다, 형."

또 한 정의 브라우닝을 분해하던 고대형이 고개를 들었다.

"상하이? 베른 은행?"

"그래, 우린 여기서 동쪽으로 간다."

"중국으로 말이지?"

"중국도 네 고향이나 같지?"

"무슨 말이야?"

"코리아는 수천 년 동안 중국의 지방 아니었나? 변두리 말이야."

"……."

"그러다가 일본 식민지가 되고, 2차 세계대전 덕분에 독립했지?"

"……"

"중국으로 가서 돈을 찾고 코리아로 가든지 하자고. 나도 중국이나 코리아에서 정착하고 자식들 7명을 낳을 거다."

"……"

"참, 코리아도 일부다처 아닌가?"

그때 나머지 AK-47을 조립한 고대형이 탄창까지 철컥 끼우더니 지미의 가슴을 향해 총구를 겨눴다. 탁자 건너편이라 총구 끝과 지미의 심장까지 거리는 10센티도 안 되었다. 고대형이 방아쇠를 당겼다.

"철컥!"

노리쇠가 헛방을 치는 쇳소리가 났다.

"갓댐!"

어깨를 늘어뜨린 지미가 투덜거렸다.

"알았어. 일부다처는 아닌 모양이군."

"전화 바꿨소."

표도르가 송화구에 대고 말했을 때 사내의 목소리가 울렸다.

"야코브 이바노프스키올시다."

"앗, 야코브."

놀란 표도르가 저도 모르게 낮은 외침을 뱉었다.

표도르도 전향자 야코브를 아는 것이다.

전향자는 러시아에서 미국의 '증인 보호'처럼 운영하고 있다.

그때 다시 표도르가 물었다.

"야코브, 무슨 일 있소? 본부를 찾다니."

야코브는 관리관과 접촉해 온 것이다.

"지미 우들턴이 나한테 중계자 역할을 맡겼습니다."

"당신한테?"

"예, 날 만나고 갔습니다."

"지미 우들턴이?"

표도르가 의자에서 상반신을 세웠다.

"언제 말이오?"

"5시쯤 왔다가 6시쯤 떠났습니다."

"왜 당신한테……."

"갑자기 찾아왔거든요. 내 주소를 알고 있었습니다."

그럴 만하다. 지미가 야코브 위치를 안다면 찾아가는 건 쉽다.

그때 표도르가 물었다.

"어떤 역할을 맡긴 거요?"

"자료를 다 주겠답니다."

"그건 들었어."

"자료 값과 교환하자는데요."

"……."

"그 역할을 나한테 부탁한 겁니다."

"언제 넘긴다고 합니까?"

"대가가 준비되는 대로."

"대가는? 자료 값이라고 해야겠군."

"1천만 불."

"……."

"9백만 불은 불러주는 계좌로 송금하고, 1백만 불은 달러 현찰로."

"……."

"이쪽에서 먼저 달러로 송금해 주고 그것을 확인하면 자료를 넘긴다는 겁니다."

"그건 힘들겠는데……."

"그렇게 전할까요?"

"첫째, 가격이 비싸고, 둘째 교환 조건이 맞지 않아요. 돈부터 보내라니? 안전장치도 없이 못 보냅니다."

"지미는 1달러도 양보 못 하고 조건도 변경 못 한다고 했습니다."

"……."

"그렇게 전하지요."

"잠깐."

표도르가 말했다.

"교환 현장에 지미 우들턴이 나오는 거요?"

"안 나옵니다. 자료만 보내면 되지 않습니까?"

"2시간 후에 다시 연락합시다."

그러고는 표도르가 전화를 끊었다. 오전 10시 10분이다.

"1천만 불은 못 줍니다."

그로부터 30분쯤 후에 크노스키와 마주 앉은 표도르가 말했다.

크노스키의 안가 집무실 안.

"우리가 지미 우들턴을 잡아서 자료를 빼앗는 방법이 어떻겠습니까?"

"……."

"알 카에다는 CIA에 자료를 빼앗겼지만 우린 다릅니다. 이곳은 우리 영역 아닙니까?"

"……."

"요원들을 보강해서 알마티를 봉쇄하면 잡을 수 있습니다."

그때 고개를 든 크노스키가 표도르를 보았다.

"대위, 이번까지 몇 번 작전을 했나?"

"예, 12번 했습니다."

"어떤 작전이었지?"

"카자흐스탄, 우즈베키스탄 등의 반군과 반러시아 세력 소탕작전입니다."

"CIA와의 작전은?"

"예? 없습니다."

조금 당황한 표도르의 눈동자가 흔들렸다.

그때 크노스키가 말을 이었다.

"지미 우들턴은 CIA를 엿 먹인 놈이야."

"……."

"지미 우들턴하고 같이 있는 고대형은 전문 암살자야. 최고급 수준이라고."

"……."

"만일 그런 작전이 실패했을 때 동무는 책임질 수 있겠나?"

"예?"

표도르의 얼굴이 굳어졌다. 입을 반절만 벌린 채 크노스키의 시선을 받는다. 크노스키가 표도르를 노려보았다.

"본부가 이번 지미의 제의에 반응했던 분위기로 보면 작전에 실패했을 때 나는 옷을 벗어야 할 것이고, 동무는 반역죄로 처형될 거네."

"……."

"국가에 해를 끼치려고 의도적인 반역적 작전을 제안했다는 죄목이 될 거야."

그러더니 크노스키가 고개를 절레절레 흔들었다.

"공명심으로 무모한 작전을 제안해서 여럿을 함정으로 몰아넣다니."

다시 30분 후, 이번에는 알마티의 FSB 주재원과 셋이 소파에 둘러앉아 있다. 주재원은 방금 안쪽 상황실에서 달려온 것이다.

탁자 위에는 10분쯤 전에 야코브와 지미 간의 통화를 도청한 녹음기가 놓여 있다.

알마티 주재 FSB에서는 야코브 사무실로 들어가는 전화선 전체를 도청기에 연결해 놓은 것이다. FSB의 작전은 압도적이다. 스케일이 큰 것이다.

주재원이 버튼을 누르자 곧 녹음기에서 야코브의 목소리가 울렸다.

"힘들겠다는군. 가격이 비싸고 교환 조건이 맞지 않는다나? 안전장치도 없고."

저쪽은 가만있었고, 야코브가 말을 잇는다.

"당신이 교환 현장에 나오는 것을 묻더군. 그래서 안 나온다고 했더니 두 시간 후에 다시 연락한대."

그때 지미가 물었다.

"전화 받은 사람이 누구라고?"

"본부 책임자라고 했어."

"그놈, 앞뒤 분간은 물론이고 사건의 중요성을 모르는 놈이군."

"FSB는 다 그렇지."

"KGB 시절의 요원들이 더 정예였던 것 같지 않아?"

"맞아. 지금 FSB는 CIA보다 수준이 훨씬 떨어져. 애들이 권위 의식만 높고 책임도 지지 않으려고 해."

"그 새끼는 내가 돈 때문에 이러는 줄 아는 것 같군."

"난 돈 때문인데 내 앞에서 그렇게 말 막 하지 마."

"노튼, 그래서 난 당신을 믿는 거야."

"지미, 어떻게 할 거야? 난 중계비를 받고 싶은데."

"그 선오버비치가 싫어서 러시아 정부에 자료 넘길 마음이 없어졌어."

"마이 갓!"

"마음 바꿨다, 노튼."

"이봐, 그 이름 부르지 마."

"1천 1백만 불을 내라고 해."

"옳지. 1천만 불은 송금이고, 1백만 불은 현찰로 말이지?"

"그래, 노튼. 오늘이 지나면 1천 2백만 불, 역시 현찰 1백만 불이다."

"알았어, 지미. 내가 그렇게 다시 연락하지."

"아니, 지미. 연락할 필요 없다."

"왜?"

"이미 다 도청해서 듣고 있을 테니까 기다려."

그러고는 통화가 끊겼다.

정보원이 고개를 들었을 때 한숨을 쉬고 난 크노스키가 입을 열었다.

"내가 직접 지미한테 전화해야겠다."

"해밀턴. 고대형과 접촉이 안 되는 거요?"

윌슨이 불쑥 물었기 때문에 해밀턴은 전화기를 고쳐 쥐었다.

"갓댐. 윌슨, 지금 무슨 수작이야?"

"다 알면서 그럽니까?"

"알다니? 내가 CIA의 개 같은 작전을 어떻게 안단 말야?"

해밀턴의 목소리가 높아졌다.

"내가 딱 한마디만 하지. CIA는 그 영감이 나가는 것으로 개혁이 시작 돼. 그런 식으로 문제를 풀면 안 돼."

그때다.

그 영감, CIA 부장 후버의 목소리가 울렸다.

"알았다, 해밀턴. 나도 곧 나간다. 그전에 너하고 이야기 좀 하자."

해밀턴이 엉겁결에 귀에 붙였던 전화기를 멀찍이 떼었다. 얼굴에 일그러진 웃음이 떠올라 있다. 윌슨이 스피커 버튼을 누르고 통화를 하고 있었던 것이다. 해밀턴은 지금 뉴욕으로 돌아와 있다. 윌슨과 후버도 1백 마일 반경 안에 있을 것이다.

그때 떼어놓은 수화구에서 후버의 목소리가 울렸다.

"해밀턴. 지금 두 놈이 러시아하고 접촉하는 것 같다. 그래서 윌슨이 널 찾은 거야."

"아니. 보스. 지금 왜 그 두 놈 이야기를 나한테 합니까? 내가 기가 막혀서 그런 거 아닙니까?"

"기가 막힌다고 내가 CIA를 나가야 한단 말이냐?"

"뭐, 악의로 그런 말 한 건 아닙니다. 내가 보스한테 악감을 품고 있을 이유가……."

"갓댐. 셧업!"

"예, 보스."

"지미 우들턴, 그 교활한 놈이 암살자를 이용하고 있어. 암살자를 끌고 다니면서 제 몸값을 올리고 있단 말이다."

"둘은 한 팀 아닙니까? 그리고 둘을 죽이려고 했던 건 사실 아닙니까?"

"네가 암살자를 찾아서 우린 그런 의도가 없었다고 전해."

"힘들겠습니다, 보스."

"암살자 때문에 리스타와 CIA 관계가 최악이 될 수도 있어."

"그렇게 안 될 겁니다, 보스."

"선오버비치."

"예, 보스."

"암살자한테 연락해서 우들턴을 막으라고 해."

"난 암살자가 어디 있는지도 모릅니다."

의자에 등을 붙인 해밀턴이 말을 이었다.

"카불 작전을 성공시킨 암살자 팀을 제거해서 증거를 없애겠다는 작전을 지시한 자가 책임을 져야만 할 일입니다, 보스."

"……."

"그리고 신께 맹세코 우리는 암살자하고 접촉하지도 접촉할 수도 없습니다, 보스."

그러고는 해밀턴이 전화기의 통화 정지 버튼을 눌렀다.

"지미, 잠깐만."

고대형이 부르자 지미가 몸을 돌렸다.

알마티 시장 안의 카페, 오후 6시 반. 번잡한 곳이어서 테이블 옆으로 사람들이 스치고 지나간다. 겨울이라 모두 방한복 차림, 러시아 여행자가 많다.

"왜?"

다가온 지미가 고대형을 내려다보았다. 지금 지미는 다시 야코브에게 전화를 걸려는 것이다. 카운터 옆의 공중전화를 사용하고 추적당하기 전에 바로 나오면 된다.

그때 고대형이 말했다.

"지미, 난 리스타 소속이야."

"알고 있어, 형."

"내 행동으로 리스타가 불이익을 받으면 안 돼."

"당연히."

주위를 둘러본 지미가 다시 앞자리에 앉았다. 주위의 소음이 컸기 때문에 서로 목소리를 높여서 말하고 있다.

"형, 놈들은 너까지 죽이려고 했어. 이건 리스타에 항의하거나 연결시키지도 못해."

"CIA 놈들이 네 와이프를 자살하게 만든 것, 그리고 우리를 죽이려고 한 건 확실해. 하지만."

"형, 겁나는 거야?"

"리스타가 CIA하고 틀어질까 봐 겁난다."

고대형이 똑바로 지미를 보았다.

"우즈베크의 내 여자, 그리고 그 가족을 떠난 건 잘된 거야. 네 덕분이지."

"……."

"하지만 끝까지 이렇게 나올 필요는 없지 않아?"

"난 살고 싶지 않아, 형."

지미가 번들거리는 눈으로 고대형을 쏘아보았다. 어깨를 편 고대형이 소음 속에서 소리쳤다.

"돈은 목적이 아냐! 그냥 저놈들에게 치명상을 주고 끝내고 싶어!"

"갓댐."

"넌 아직 저 놈들의 압박을 피부로 느끼지 못해. 난 그것도 이해해, 형."

지미가 테이블 위에 놓인 맥주병을 움켜쥐더니 고개를 저었다.

"형, 너는 저놈들의 체제를 전혀 모르고 있어. 저놈들은 나하고 너를 따로 생각하지 않아. 넌 제거 대상이야."

"……."

"그냥 죽는 건 억울하지 않냐?"

"근데 방법이 더럽다."

고대형이 고개를 저으면서 말했다.

"마음에 안 들어, 지미."

어깨를 늘어뜨린 지미가 고대형을 보았다.

입술 한쪽이 조금 비틀려 있다.

"여기서 헤어지자, 형."

"……."

"넌 네 갈 길을 가. 우즈베크로 돌아가지만 말고."

"……."

"난 여기서 마무리를 할 테니까."

"지미."

"아, 됐어."

자리에서 일어선 지미가 고대형에게 손을 내밀었다.

"아비도스, 잘살아라."

"갓댐, 지미."

고대형은 지미의 눈을 노려본 채 손을 내밀지 않았다.

이윽고 손을 내린 지미가 몸을 돌리면서 말했다.

"내가 전화하고 올 동안 꺼져."

오후 10시, 리스타랜드.

비서실장 안학태가 비서실 직원한테서 전화 보고를 받는다. 지금 안학태는 숙소 응접실에 앉아있다.
직원이 말했다.
"조금 전 기조실 직원이 비상 전화를 받았습니다."
안학태는 듣기만 한다.
"리스타연합 소속의 고대형이라고 한다는데요."
"무엇이?"
놀란 안학태가 전화기를 고쳐 쥐었다.
"그래서?"
"직원이 무슨 용건이냐고 물었더니 보고 드릴 일이 있다고 했답니다."
"그래서?"
"왜 리스타연합에 보고하지 않느냐고 했더니 긴급 사항이라고 했다는 겁니다."
"계속해."
"그래서 30분 후에 다시 연락을 해보라고 했다는데요. 그런데……."
"말해."
"고대형이라면 아실 거라고 했답니다."
안학태가 길게 숨을 뱉었다.
리스타연합 측에 보고하기에는 여러 가지가 걸렸을 것이다. 고대형은 이제 리스타연합도 믿지 않는다.
지미 우들턴이 CIA에 배신당한 것처럼 고대형은 리스타연합을 믿지 않는 것 같다.

30분 후.
리스타그룹 비서실장 안학태가 직접 전화를 받았다. 파격이다. 안학태는 그룹 사장단과 동격인 인물이다.

"응, 고대형 씨. 나 그룹 비서실장 안학태야."

안학태의 응답에 놀란 듯 저쪽이 주춤하다가 말했다.

"예, 리스타연합 행정실 소속이었던 고대형입니다. 지난번 아프간에……."

"알아."

말을 자른 안학태가 물었다.

"그래, 무슨 일인가?"

"제가 지금 지미 우들턴과 같이 있다가 헤어졌습니다."

"그래?"

"저희들 상황을 잘 알고 계시리라고 믿습니다."

"계속해."

"지미는 배신감으로 CIA 정보를 넘길 것 같습니다."

"들었어."

"이번에는 러시아입니다."

"그렇군."

"제가 조금 전 말리다가 헤어졌습니다."

"……."

"지미 우들턴을 구해주실 수 없습니까?"

그때 안학태가 전화기를 고쳐 쥐었다.

"지미 우들턴을 구해달라고 했나?"

"예,, 실장님."

"자네는 아니고?"

"저는 자료도 없습니다. 그리고 그렇게까지 할 생각은 없습니다."

"……."

"죽이려고 덤비는 놈들은 먼저 죽이겠지요. 그렇게 죽이다가 제가 죽을 것입니다."

"……."

"그게 암살자의 한계 아니겠습니까? 제 본분을 지키고 다소 억울하더라도 그 한도 내에서 머물다가 가는 겁니다."

"고대형."

마침내 안학태가 고대형의 이름을 불렀다. 안학태가 이렇게 이름을 불러 대화한 직원은 없다.

"예, 실장님."

"일이 이렇게 된 것을 유감스럽게 생각한다. 내가 대표로 사과한다."

"아니올시다, 실장님. 저는 그런 의미로 전화를 드린 것이 아닙니다."

"널, 어떻게든 그 더럽게 얽힌 구덩이에서 빼내 주겠다."

"실장님."

"말해라."

"지미 우들턴을 어떻게 해야 살릴 수 있겠습니까?"

"지미 우들턴을?"

"예, 실장님."

"너는 어떻게 할 건데?"

"저는 암살자입니다. CIA도 절 목표로 삼는다면 카불 방송국을 떠올리게 될 겁니다, 랭글리 본부가 그렇게 폭파될 수도 있을 테니까요."

"흠."

"지미 우들턴이 러시아 FSB와 교섭 중입니다. 1천1백만 불과 자료를 교환할 예정인데 제가 어떻게 해야 좋은지를 말씀해 주시지요."

35분 후, 뉴욕.

이곳은 오전 11시 반이다.

맨해튼의 안가 응접실에서 세 사내가 둘러앉아 녹음기에서 울리는 대화를 듣고 있다. 영어로 울리는 목소리. 이것은 안학태와 고대형의 대화를 영어로 번역해서 들려준 것이다. 이윽고 목소리가 끊겼을 때 후버가 고개를 들고 윌슨을 보았다.

"암살자가 존경스럽군."

"예, 정상적 상황이라면 '최고 명예 훈장'감이죠."

윌슨이 말을 이었다.

"우리가 지시한 목표는 모두 달성했습니다, 부장님."

"그런데도 우리는 증거를 없애려고 암살팀을 제거하려고 했어."

윌슨은 입을 다물었고 후버가 말을 이었다.

"그것을 알면서도 암살자는 우리를 배신하지 않겠다고 하는군."

"리스타에 피해가 갈까 봐 그렇습니다."

그때 옆자리에 앉아 있던 메디슨이 물었다. 메디슨은 러시아 담당 부장보다.

"곧 해밀턴이 우리한테 연락해오지 않을까요?"

둘의 시선을 받은 메디슨이 조금 당황했다. 둘 다 '무슨 소리야' 하는 표정이었기 때문이다.

"아니. 해밀턴이 이런 내용을 듣고 독자적으로 처리할 수는 없지 않겠습니까?"

그때 이번에는 윌슨과 후버의 시선이 마주쳤다.

그러고 나서 윌슨이 말했다.

"메디슨, 이미 알고 있을 거야."

"뭘 말야?"

메디슨이 묻자 윌슨이 입맛을 다셨다.

"리스타에서는 우리가 다 도청해서 지금쯤 이렇게 상의하고 있을 것까지 알고 있을 거란 말야."

"아니……."

"고대형도 그것까지 계산했을 거야. 시간을 줄이려고 말야. 해밀턴한테 보고했다면 어차피 리스타 본부에도 알려줘야 할 것이거든."

"……."

"단계를 줄인 거지, 시급하니까 말야."

그때 후버가 손목시계를 보는 시늉을 했지만 시계를 차고 있지는 않았다.

"해밀턴, 그 망할 놈이 전화할 때가 됐는데."

그때 옆쪽의 붉은색 전화기가 울렸기 때문에 메디슨이 숨을 삼켰다.

'외부 긴급' 전화다. 메디슨도 안다, '특급 작전용' 전화가 붉은색이라는 것을. 메디슨은 이 전화번호를 아직 써먹지 못했다.

벨이 다섯 번 울리도록 놔둔 후버가 전화기를 들더니 스피커 버튼을 눌렀다. 다 들으라는 것이다.

"여보세요."

"보스, 접니다."

해밀턴의 목소리다. 메디슨은 해밀턴의 목소리를 안다.

후버가 느긋하게 대답했다.

"응, 별일 없지?"

"들으셨지요?"

해밀턴이 대뜸 되물었기 때문에 셋의 시선이 제각기 마주쳤다. 메디슨만 '뻥'한 표정.

후버가 상반신을 세워 탁자 위에 파이프를 집으면서 또 물었다.

"뭘 들었다는 거야?"

"고대형의 통화내역 말입니다."

"클린턴의 연설은 들었는데, 국회 연설 말야."

"어떻게 하실 겁니까?"

"르윈스키는 이제 뉴스 중심이 아냐. 이젠 오벌룸이 진짜 오랄룸이 되었어."

"우린 고대형과 연락망을 확보했습니다. CIA에서 기를 써도 그건 못 찾을 겁니다."

"클린턴이 역시 정력이 세."

"고대형한테 하실 말씀이 있다면 지금 육성으로 한마디 하시죠."

"힐러리가 대선에 나오면 여자들 동정표는 얻을 거야."

"1천1백만 불을 보내주시죠. 오늘 중으로 말입니다."

"나도 지쳤다, 해밀턴."

그때 통화가 끊겼기 때문에 후버가 다시 의자에 등을 붙였다.

둘의 시선을 받은 후버가 빈 파이프를 탁자 위에 던지면서 말했다.

"갓댐. 1천1백만 불을 해밀턴한테 보내."

수리를 마친 승용차의 보닛을 내렸던 야코브 이바노프스키가 숨을 들이켰다. 앞에 사내 하나가 서 있었기 때문이다.

밤 10시 45분.

혼자 살아도 시간관념이 철저해서 야코브는 11시 이후에는 일하지 않는다.

"누구야?"

물었지만 야코브의 어깨가 늘어졌다.

CIA 요원이었다가 숨어 산 지 15년이 넘은 야코브다. 어떤 상황인지 대번에 파악했기 때문이다.

사내는 타타르계 러시아인, 아랍계로도 보였다. 장신, 각진 얼굴, 그늘진 눈이 깊이를 알 수 없는 우물 속 같다.

그때 사내가 러시아어로 물었다.

"야코브 이바노프스키?"

"그렇다."

"죠니 노튼?"

야코브는 숨을 들이켰다. 그렇구나. CIA 암살대. 15년 만에 찾아냈느냐?

그때 사내가 시선을 준 채 아주 천천히 점퍼 주머니에 넣은 손을 꺼내었다. 예상대로 손에 브라우닝, 소음기가 끼워져 있다. 총에서 시선을 들었을 때 사내가 고개를 끄덕였다.

"그래. 너한테서 지미가 가져온 거야."

사내가 총구를 야코브의 얼굴에 겨눴다.

"지미가 널 이용해서 FSB하고 거래를 하고 있는데, 진행 상황은?"

야코브가 대답 대신 차 옆에 놓인 플라스틱 의자를 눈으로 가리켰다.

"저기 앉아도 되겠나?"

"오케."

야코브가 앉았을 때 사내가 말했다.

"문단속 걱정 마. 내가 앞뒷문 다 닫고 자동 경보장치도 재가동시켰어."

"……."

"낡은 시스템이더군. 신형이 많이 나왔는데 넌 많이 뒤져있어."

"……."

"이곳 후진 놈들한테는 먹히겠지."

사내가 앞쪽의 차에 몸을 기대더니 다시 물었다.

"진행 상황을 말해, 노튼."

한 시간 후.

표도르가 보고를 받는다.

"야코브의 자동차 수리 센터에 화재가 일어났습니다. 불이 순식간에 센터와 이 층까지 태워버려서 지금은 철근 기둥만 남았습니다."

말문이 막힌 표도르가 듣기만 했고 요원이 말을 이었다.

"소방서 당국은 수리 센터에서 야코브로 추정되는 시체 1구를 찾아냈다고 합니다. 화재 원인은 가스 유출 같다는데요."

"……."

"지금 현장에 요원들이 나가 있으니까 다시 추가사항을 보고 드리겠습니다."

표도르는 대답도 않고 전화를 끊었다. 지금까지 야코브를 통해 지미 우들턴과 '상담'을 하고 있었던 것이다. 크노스키의 승인을 받아 1천1백만 불과 자료를 교환하기 직전이다.

파커의 후드를 뒤집어쓴 지미가 몸을 돌렸다. 구경꾼들이 하나둘씩 돌아가고 있다. 화재 현장에서 흘러나온 연기가 1백 미터 거리의 이곳까지 뒤덮여 있다. 흐린 날씨라 연기가 바닥에 깔려서 올라가지 않는다. 발을 뗀 지미가 어금니를 물었다.

CIA의 소행은 아니다. 고대형이다. 고대형이 이제는 적이 되어 있는 것이다.

망할 자식, 내 그림자가.

"이런 개 같은."

크노스키가 들고 있던 보드카 잔을 벽을 향해 던졌다. 벽에 맞은 잔이 박살나면서 유리 조각이 흩어졌다.

이곳은 알마티 서북 지역 별장 지대의 별장 안. 크노스키는 방금 표도르로부터 보고를 받은 것이다.

밤 12시 반.

전화기를 바꿔 쥔 크노스키가 소리쳐 물었다.

"CIA 놈들이 여기까지 온 거야?"

"조사 중입니다."

"본부에 다 보고했는데 이게 무슨 개 같은 일인가?"

크노스키가 고래고래 소리치는 바람에 앞에서 얼쩡거리던 여자들이 방을 나갔다. 알마티 클럽에서 데려온 여자들이다. 술과 여자를 좋아하는 크노스키는 알마티에 오면 별장으로 여자들을 불러 파티를 연다. 오늘도 바깥쪽 홀에는 알마티 검찰총장, 경찰청장이 손님으로 초대되어 와 있는 것이다.

그때 표도르가 말했다.

"지미 우들턴이 어떻게 되었는지가 관건입니다, 어쨌든 키는 그자가 쥐고 있으니까요."

그렇다. CIA가 지미 우들턴도 노리고 있을 테니까.

전화벨이 울렸기 때문에 지미가 눈을 떴다.

저택 응접실 안.

소파에 등을 붙이고 누워 눈만 감고 있었을 뿐 잠이 들지는 않았다.

전화기로 손을 뻗으면서 벽시계를 보았다. 오전 12시 20분.

야코브의 집에서 저택으로 돌아와 있었던 것이다.

전화기를 든 지미가 심호흡부터 했다.

이 저택과 함께 전화기까지 임대했지만 지금 지미는 처음 전화를 받는다.

"여보세요."

러시아어로 물었을 때다.

"지미, 나야."

오후에 카페에서 헤어진 고대형의 목소리가 울렸다.

지미는 눈만 껌벅였고 고대형이 말을 이었다.

"내가 CIA에 연락해서 1천1백만 불을 받을 거야."

"……."

"그 돈이 너에 대한 보상이라고 생각해라, 지미. 그것으로 용서하고 잊어, 이 자식아."

"……."

"그래. 내가 야코브를 없앴다. 그것으로도 CIA는 나한테 보상금을 줘야겠지."

"……."

"네가 잔머리를 쓰는 역할이고 난 손발을 쓰는 곰 행세를 했지만 이번에는 내가 머리를 썼다."

"……."

"지미, 지금 당장 도망쳐."

"……."

"내가 전화 끊고 바로 경찰에 신고를 할 테니까 말야. 여기 경찰이 FSB와

바로 연결되어 있더군."

그러고는 고대형이 짧게 웃었다.

"지미, 그곳에서 보자. 이만."

전화가 끊겼을 때 지미는 '여보세요' 한마디밖에 하지 않았다는 것을 깨달았다.

"갓댐."

통화가 끊겼을 때 지미 우들턴이 그 한마디는 했다. 한동안 그 자리에 앉아 있던 지미 우들턴은 자리에서 일어섰다.

지미가 별장을 나왔을 때는 20분쯤 후다.

인적이 없는 샛길을 걷다가 다시 호수가의 산책로로 들어선 지미의 자취는 곧 호수의 물안개에 덮여 사라졌다.

오전 8시.

파라고사행 버스표를 끊고 몸을 돌렸던 고대형의 앞에 사내 둘이 가로막고 섰다.

사복 차림, 둘 다 무릎 밑까지 내려온 방한 파카를 입고 가죽 부츠를 신었다. 검정색 털모자, 러시아계다.

"신분증."

사내 하나가 손을 내밀었지만 고대형의 시선이 사내들 뒤 좌우를 재빠르게 훑고 지나갔다.

암살자의 시선.

넷이 더 있다. 뒤쪽에 하나, 우측에 둘, 좌측에 하나, 도합 여섯.

그중 둘은 파커 주머니에 손을 넣고 있는 것이 총을 쥐었다. 저 차림으로는 기관총도 들어간다.

고대형이 주머니에서 신분증을 꺼내면서 손끝으로 사물보관함 열쇠를 땅바닥에 떨어뜨렸다.

B-127번.

머릿속에 번호를 다시 한 번 입력시켜 놓았다.

“파키스탄 국적이야?”

여권을 펼친 사내가 러시아어로 묻는다. 얼굴에 가득 의혹이 덮여 있다. 여섯은 이미 고대형을 둘러싼 상태.

버스 터미널 왼쪽 구석으로 그들은 옮겨와 있다.

사내들은 알마티의 ‘보안 경찰군’ 소속, 러시아 FSB와 유사한 조직이다.

“같이 갑시다.”

여권을 제 주머니에 넣은 사내가 웃음 띤 얼굴로 고대형에게 말했다.

“당신은 불법 입국으로 체포되었어.”

고대형이 사내를 향해 고개를 끄덕였다.

“넌, 한 시간 안에 후회하게 될 거야.”

“이런.”

쓴웃음을 지은 사내가 다시 웃었다.

“네가 다른 세상을 보게 될걸?”

곧 고대형의 몸수색이 시작되었고 주머니에 있던 지갑과 5천 불 가까운 달러가 발견되었다. 나머지 무기와 달러는 버스 정류장의 사물보관함에 넣었기 때문에 발각되지 않았다.

“가자.”

사내가 앞장을 섰고 수갑이 뒤로 채워진 고대형은 좌우에 팔을 낀 사내 둘, 그리고 뒤를 받친 넷의 호송을 받으면서 버스 정류장 건물을 나온다.

모두의 시선이 모인 구경거리다.

건물 앞에는 러시아제 대형 승용차 한 대가 주차되어 있었는데 고대형은 뒷좌석에 밀어 넣어졌다. 그리고 좌우에 한 명씩 붙어 탄다. 운전석 옆 좌석에는 조금 전의 지휘자로 보이는 사내가 탔다.

차가 출발했을 때 고개를 돌린 지휘자가 웃음 띤 얼굴로 고대형을 보았다.

"너 CIA지?"

고대형이 시선만 주었더니 사내가 눈을 가늘게 떴다.

"넌, 이제 좋은 세상 다 간 거야."

30대 후반쯤의 육중한 체격. 입에서 역한 냄새가 풍겨 나왔다. 위액과 보드카가 섞인 냄새. 눈에 핏발이 서 있는 것이 아직 술도 덜 깬 것 같다.

팔을 뒤로 돌려 수갑이 채워졌기 때문에 앞쪽보다 30퍼센트 가량 불리하다.

그러나 이 수갑은 C-14형으로 고대형이 특공대 '탈출' 훈련에서 1분 25초 기록을 세운 종류다. 뒤로 채웠을 경우다. 앞으로 채웠을 경우에는 1분 5초를 내었는데 55초를 낸 '비상한' 동료도 있었다.

고대형은 먼저 팔목을 힘껏 벌려 강철의 탄력을 늘렸다. 강철이라도 힘을 가하면 탄성이 늘어난다.

러시아제 승용차는 소음이 크다.

도로 포장 상태가 좋지 않아서 차가 덜커덩거리는 것도 도움이 된다.

한 번, 두 번, 세 번, 네 번.

다섯 번째 힘을 주었을 때 왼쪽 톱니 하나가 미끄러지는 것이 느껴졌다.

힘이다. 팔목에 붉은 피가 몰렸을 것이다. 다시 고대형은 어깨에 힘을 주었다. 어깨를 부풀렸다가 내리면서 그 반동으로 팔목에 힘을 더하면 힘이

20퍼센트는 증가된다. 이번에는 네 번 만에 톱니 하나가 늘어났다.

다시 힘을 주면서 고대형이 앞쪽 사내를 보았다.

머리를 뒤로 젖힌 사내는 무전기를 귀에 붙이고 말한다.

"예, 20분쯤 후에는 도착합니다."

그때 왼쪽 팔목의 톱니 하나가 더 늘어나면서 손이 수갑에서 빠져나왔다.

차가 사거리로 우회전한 순간.

뒷좌석은 셋이 꽉 찬 상황이었지만 몸이 오른쪽으로 쏠렸기 때문에 오른쪽 사내가 고대형에게 밀렸다.

그 순간이다.

고대형의 오른손이 뒤에서 빠져나와 왼쪽 사내의 가슴 안에 찬 토카레브를 빼내었다.

카자흐스탄은 구소련의 구형 토카레브를 쓴다. 실용적이고 싼 권총.

"탕!"

엄청난 발사음과 함께 제 총으로 옆머리를 관통당한 왼쪽 사내가 무기력 상태가 되었다.

이어서.

"퍽!"

와락 몸을 왼쪽 사내에게 젖히면서 거리를 확보한 고대형이 오른쪽 사내를 쏘았다.

겨누지도 않고 총구만 틀었기 때문에 총구가 사내의 가슴을 쑤시는 것 같은 자세로 발사된 것이다.

그때 앞좌석의 사내가 권총을 뽑아들고 몸을 돌렸다.

운전사는 어쩔 수가 없는 형편이라 차에 속력을 내고 있다.

그때 고대형이 몸을 눕히면서 다리를 들어 앞쪽 사내의 팔을 찼다. 권총을 쥔 팔이다.

"탕!"

그 서슬에 사내의 총이 천정을 향해 발사되었고 그 순간이다.

"탕!"

고대형이 제대로 겨누고 쏜 총탄이 사내의 코를 뚫고 들어갔다.

"억!"

처음 신음소리가 났다.

입을 딱 벌린 사내의 두 눈이 치켜떠졌고 콧등에 엄지 손톱만 한 구멍이 뚫렸다. 그때 고대형이 운전사의 뒤통수에 대고 다시 한 발을 쏘았다.

"탕!"

그 순간 운전사가 핸들에 머리를 처박더니 옆쪽 가게를 향해 차를 돌진시켰다.

그릇 가게는 난리가 났지만 고대형은 앞쪽 사내의 주머니에서 수갑 열쇠와 지갑을 찾아내었다.

차는 앞부분만 망가졌고 안은 멀쩡했기 때문에 고대형은 안에서 수갑을 풀고 피가 묻은 재킷까지 갈아입었다. 앞쪽 사내의 재킷이 그중 멀쩡했기 때문이다.

다 풀고, 갈아입고 나왔을 때는 5분쯤 되었을까?

구경꾼이 가게 주인 포함해서 10여 명 모여 있었지만 아직 영문을 모르는 상태.

차가 선팅이 되어 있었기 때문에 밖으로 나온 고대형을 쳐다보기만 했다.

그때 고대형이 러시아어로 소리쳤다.

"현장 보존! 모두 밖으로 나가!"

고대형이 가슴 주머니에서 권총을 빼들었다.

"난 경찰이야! 안에 죄수가 들었어!"

그러고는 밖으로 나가면서 다시 소리쳤다.

"차에 손대지 마!"

그대로 뛰어서 옆쪽 길로. 다시 골목을 건너 건너편 도로로.

그리고 다시 1백 미터쯤 거리를 넓힌 후에 골목으로 들어가 옷차림 점검.

바지와 구두에 묻은 피를 휴지를 주워 닦아내고 근처의 카페로 들어가 화장실로. 거기에서 거울을 보면서 얼굴과 옷차림을 점검한 후에 나와서 택시를 타고 버스 정류장으로.

정류장 근처를 점검하면서 서성대다가 주위에 감시가 없는 것을 확인하고 사물 보관함으로 다가가 B-127번의 자물쇠통을 준비해 간 송곳으로 망가뜨리고는 문을 열었다.

사물함에서 가방을 꺼낸 고대형이 정류장 건물을 나와 택시를 타면서 시계를 보았다.

오전 9시 15분이다.

버스가 멈췄기 때문에 지미가 눈을 떴다. 창밖을 보았더니 황무지가 펼쳐져 있다.

국경 도시인 파라고사로 가는 버스 안이다. 앞쪽 버스 문이 열리더니 군인 둘이 들어섰다. 뒤에 선 군인은 앞에 총 자세.

버스 승객들이 웅성거렸다.

그때 앞에 선 군인이 말했다. 앳된 얼굴이다.

"검문이 있겠습니다."

"무슨 일이야?"

노인 하나가 묻자 앳된 군인이 대답했다.

"알마티 정류장에서 잡힌 테러리스트가 경찰을 네 명이나 죽이고 도망갔다 네요."

지미 우들턴이 저절로 한숨을 뱉었다.

지미의 여권을 받은 앳된 얼굴의 군인이 건성으로 훑어보고 나서 돌려주었다. 그때 노인이 투덜거렸다.

"테러라니. 방송에도 그런 소리 없더니."

버스 안을 검사하고 난 군인들은 미안한 표정을 짓고 서둘러 나갔다.

차가 다시 출발했을 때 옆자리에 앉은 사내가 지미에게 물었다.

"고향이 어디십니까?"

"모스크바."

바로 대답한 지미가 되물었다.

"동무는?"

지미가 러시아 여권을 내미는 것을 사내가 본 것이다.

지미의 시선을 받은 중년 사내가 쓴웃음을 지었다.

"난 침켄트에 삽니다."

지미가 잠자코 의자에 등을 붙였다.

이제 러시아에 자료 넘기는 건 불가능해졌다.

그놈, 고대형 때문이다.

앞질러서 야코브를 죽이고 CIA에다 흥정을 하다니, 저격 솜씨만큼 정확하게 급소를 찔렀다. 거기에다 잡혔다가 탈출까지 했는가? 가지가지 다 하면서 어쩔 수 없이 도망치게 만들었구나.

버스는 이제 속력을 내어 동진(東進)하고 있다, 국경으로.

사흘 후.

중국 신장성 위구르 자치구의 구도인 우루무치시.

시내의 위구르족 식당 안, 오후 1시.

구석 쪽 테이블에서 혼자 양고기 꼬치구이를 먹는 사내가 있다. 허름한 검정색 점퍼에 같은 색깔의 바지를 입었고 흙이 묻은 운동화를 신었다.

우루무치시 변두리가 진흙땅이어서 대부분은 흙 묻은 신발을 신고 다닌다.

볕에 탄 얼굴은 수염을 말끔하게 밀어서 단단한 턱과 선이 굵은 이목구비가 드러났다.

양고기 꼬치를 네 개나 시켰는데 네 개째를 먹는 중이다.

위구르족 용모다.

우루무치는 위구르족 자치구지만 인구 2백만 중 한족이 150만이다. 위구르족은 25만 정도밖에 되지 않는다. 이곳까지 중국 본토에서 한족이 몰려든 것이다.

사내가 4개째 꼬치를 다 먹고 고개를 들었을 때, 식당 안으로 사내 하나가 들어섰다. 검은 머리, 검게 탄 얼굴, 허름한 작업복 차림에 낡은 등산화.

식당에는 손님이 절반쯤 차 있었는데 주위를 둘러본 사내가 곧장 양꼬치를 먹은 사내에게 다가왔다. 그러더니 무표정한 얼굴로 앞쪽에 앉는다.

양꼬치 사내가 앞에 앉은 사내를 물끄러미 보았다.

"머리는 염색했나?"

"그래."

"렌즈를 끼었고."

"맞다."

"코까지 깎으면 적당한데."

"닥쳐, 형."

이제 정체가 드러났다.

양고기 꼬치를 먹은 자가 고대형, 방금 들어온 사내가 지미 우들턴이다.

다가온 종업원에게 지미 대신 고대형이 양꼬치를 시켰다.

고대형은 위구르어를 쓴다.

"놀랍군."

지미가 고개를 저으면서 고대형을 보았다. 감탄한 표정이 되었다.

"암살자가 위구르어까지 지껄이다니."

"내 입에는 위구르탄이 발사되는 거야, 지미."

"카자흐스탄에서는 카자흐탄으로 넷을 죽였구나. 그렇지. 다섯이군, 노튼까지."

"끌려갔다면 지금쯤 모스크바에 가 있을걸?"

"후버가 1천만 불을 내놓을까?"

"1천1백만 불이야, 지미."

"노튼한테 50만 불을 주기로 했는데. 그놈, 안됐군."

그때 종업원이 양꼬치를 가져와 지미 앞에 놓았고 고대형은 맥주를 시켰다.

지미가 양꼬치를 보더니 침부터 삼키고는 꼬치를 들었다.

"중국 놈들의 감시가 더 철저해서 애를 먹었어. 국경에서 여기까지 이틀이 걸렸다."

투덜거리면서 지미가 양고기를 뜯어 입에 넣었다.

"나도 그 이유를 생각해 봤는데, 이놈들이 욕심이 많기 때문인 것 같다."

"과연."

고기를 삼킨 지미가 고개를 끄덕였다.

"맞아. 신장성의 위구르족이 독립 투쟁을 하고 있지?"

"그래서 중국 본토에서 중국인들을 이쪽으로 쏟아붓는 거야."

당연한 일이다. 이곳은 2천 년 전에 실크로드의 중심도시였고 유라시아의 교통 요지다. 그래서 당나라 시절부터 중국의 침입을 받았던 것이다. 명분은 오히려 중국에 있다.

그때 지미가 고개를 들고 고대형을 보았다.

"그래. 어떻게 된 거야?"

"상하이로 가야 돼, 지미."

고대형이 의자에 등을 붙이면서 웃었다.

"돈을 거기서 찾아야 돼."

"마이 갓."

이맛살을 찌푸린 지미가 마침 가져온 맥주병을 쥐었다.

"중국 대륙을 동서로 횡단하게 되는군."

해밀턴이 CIA로부터 1천1백만 불을 받고 상하이의 퍼시픽 은행에 예치시켜놓은 것이다.

리스타로부터 연락을 받은 고대형은 이제 찾기만 하면 된다.

긴 여행이 되겠지만 지금까지처럼 어렵지는 않다.

"알마티에서 테러범 하나가 보안 경찰 넷을 사살했습니다."

윌슨이 웃음 띤 얼굴로 후버를 보았다.

이곳은 랭글리의 CIA 본부, 부장실 안.

후버와 윌슨이 독대하고 있다.

랭글리 본부에 있을 때 후버는 부장실에서 독대하지 않는다. 금방 독대 사실이 백악관까지 보고되기 때문이다. CIA 부장 동정이 대통령에게 보고되는 것이 관행이기 때문에 부장 비서실에서 일정표를 보내는 것이다.

이것이 후버가 뉴욕의 안가(安家)를 자주 찾는 이유다.

윌슨이 말을 이었다.

“그리고 또 있습니다.”

후버가 이맛살을 찌푸렸다.

“돈이라도 주운 얼굴이군.”

“그렇습니다.”

“말해. 짜증나기 전에.”

“부장님, 죠니 노튼 아시지요?”

“노튼?”

후버의 눈동자에 초점이 잡혔다.

“그, 반역자, 소련으로 도망간 놈, 말이냐?”

“예, 그놈이 알마티에 있었습니다.”

“갓댐.”

“이번에 죽으면서 알마티 보안 경찰 자료가 러시아 FSB로 넘어갔습니다. 이미 죽었으니까 극비 처리할 것도 없이 일반문서로 넘겼지요. 야코브 이바노프스키, 구명 죠니 노튼의 보호를 파기시킨다는 내용이었지요.”

“그놈이 어떻게 죽은 거냐?”

“암살자입니다.”

“무엇이?”

“지미가 노튼을 시켜 FSB에 거래를 했고 그 거래를 막으려고 암살자가 노튼을 죽인 겁니다. 죽이고 화장까지 시켜줬지요."

"원더풀."

"암살자는 현상금까지 받아야 합니다."

"갓댐."

"이번 보안 경찰을 사살한 테러범도 암살자인 것 같습니다."

호흡을 고른 윌슨이 말을 이었다.

"일 마치고 버스 터미널에 갔다가 체포되었던 것입니다. 그래서 연행되는 도중에 탈출한 것이지요."

"쓸 만한 놈이야, 진짜."

후버가 생각에 잠긴 얼굴로 천천히 고개를 끄덕였다.

그러더니 문득 눈동자에 초점을 잡고 말했다.

"해밀턴, 그놈은 말할 것도 없고, 리스타 측에도 노튼 그놈에게 현상금이 걸려 있다는 이야기는 하지 마."

옷차림이 달라졌다.

이제 둘은 말쑥한 양복에 코트 차림으로 손에 유명 브랜드인 여행 가방을 쥐었다.

지미는 잿빛 눈동자 위에 안경까지 썼다. 둘은 대륙을 횡단하는 특급열차의 특실에 타고 있었는데 나란히 붙은 1인실을 사용하고 있다.

특급호텔 수준의 방이어서 고대형은 만 하루 동안 밥도 먹지 않고 잠을 잤다. 자고 일어났더니 곧 중국 대륙의 중심, 시안(西安)이 2시간 거리로 다가왔다.

시안(西安), 중국의 고도.

주, 한, 당, 등 13개 왕조의 1,100년 동안 수도였던 이곳은 중국 역사를 품고 있는 곳이다. 당의 수도였을 때는 장안(長安)이라고 불리었고 세계의 4대 고도에 포함된다고 한다.

로마, 카이로, 아테나가 나머지 셋이지만 고대형한테는 시안이 가장 번영했던 수도로 보였다. 역사의 흔적을 봐도 그렇다.

"대단하군."

병마용갱 발굴 현장을 둘러본 지미가 정색을 하고 말했다. 4열, 5열로 끝없이 늘어선 병사상을 둘이 내려다보고 있다.

"저놈들이 가로막고 서 있으면 형, 너도 어쩔 수가 없겠다."

"과연."

고대형이 고개를 끄덕였다.

"여기선 통하지 않겠군."

"시내에 클럽도 많고 미인도 많던데."

"이번에는 지미, 네가 결혼할 차례냐?"

"결혼하기에는 돈이 너무 많아, 형."

"아직 돈 받지 않았어."

"네 가방에 든 돈을 말하는 거야."

"35만 불 남았어."

"그렇게나 많이 남았어?"

고개를 돌린 지미가 고대형을 보았다.

"이 스크루지 같은 자식. 우즈베크의 해바라기 가족에게 넉넉하게 줬어야 되는 거 아냐?"

지미는 정색하고 있다.

"갓댐. 입 닥쳐, 지미."

고대형이 눈을 치켜떴다.

"그러다가 의심받게 돼. 그럼 끝장이야. 우즈베크는 고려인에게 감시가 심하다고."

"자, 가자."

몸을 돌린 지미가 먼저 발을 떼었다.

"중국을 정복하지."

클럽 안, 밤 10시가 조금 넘었다.

이곳은 시안 중심가의 이른바 '부자 거리'.

차량 출입이 금지된 길이 5백 미터 정도의 거리 양쪽에 수많은 카페와 클럽이 영업 중이다. 거리에는 호객하는 남녀가 가득 찼고 오가는 행인들 중에서 외국인이 절반 이상이다.

지미와 고대형은 그중 가장 고급 클럽으로 들어섰는데 이름이 '아방궁'이다.

고대형이 지나는 행인한테서 소개를 받고 찾아간 곳이지만 손님 등쳐먹는 클럽인지 아닌지 누가 알겠는가?

클럽 지배인이 허리를 꺾어 절을 하면서 맞는다. 말쑥한 양복 차림의 40대다. 사내가 유창한 영어로 말을 잇는다.

"특실로 모시지요."

클럽의 홀은 손님으로 가득 차서 소란스러웠는데 안쪽의 특실로 안내한다. 방으로 들어선 지미가 쓴웃음을 띤 얼굴로 고대형을 보았다.

"동양인의 호화로움이 가장 뛰어났구나."

고대형도 숨을 들이켰다.

황금 기둥은 아니겠지만 금박을 입힌 기둥, 붉은 천정과 벽에 금벽으로 그린 갖가지 짐승과 환상의 동물들. 바닥에 깔린 양탄자는 밟기가 미안할 정도로 호화롭다. 대리석 탁자 위에 놓인 도자기, 꽃병, 앞쪽 벽에는 황금 물레방아가 돌아가고 있다.

"갓댐."

낮게 욕설을 뱉은 지미가 자리에 앉더니 지배인에게 물었다.

"술과 안주, 그리고 미녀들을 데려오는 데 얼마야?"

"두 분이 실컷 노시는 데 한 분당 1천 불만 내시면 됩니다."

"여자 데리고 나가는 값도 포함되나?"

"그렇습니다."

"내가 듣기로 공안하고 짜고 돈을 뜯어낸다는 말도 있던데."

"천만의 말씀입니다."

둥근 얼굴의 지배인이 손까지 저었다.

"아방궁의 명예를 걸고 맹세합니다. 그런 일 없습니다."

"좋아. 1천 불 가치가 있는지 보자."

"예, 선생님."

지배인이 절을 하더니 곧 방을 나갔다.

특실은 지름이 15미터 정도의 원형이다. 안쪽에 문이 2개가 있어서 고대형이 보았더니 하나는 화장실이고 하나는 침실이다.

고대형이 아예 문을 열고 밖에까지 나갔다가 5분쯤 후에 돌아왔다.

지미가 웃음 띤 얼굴로 물었다.

"비상구 체크하고 온 거야?"

"이놈들이 비상구가 없어."

고대형이 고개를 절레절레 흔들었다.

"안쪽 주방 안으로 들어가야 뒷골목 쓰레기장으로 나가는 쪽문이 하나 있을 뿐이야."

"주방은 어느 쪽인데?"

"문을 나와서 오른쪽 복도로 갔다가 왼쪽 복도로 20미터만 가면 오른쪽에 있어."

"갓댐."

"불이 나면 이곳 룸에 있는 놈들은 다 타죽게 되어 있어."

"클럽이 엄청 크던데 지금 손님이 5백은 들어왔지?"

"룸이 70개라는데 룸 손님까지 합하면 7, 8백 정도. 그중 외국인이 절반 이상이야."

"갓댐. 대참사가 일어나면 토픽 뉴스감이군."

"장점이 있어."

불쑥 고대형이 말했기 때문에 지미가 시선만 주었다.

고대형이 말을 이었다.

"이놈들은 돈만 주면 무슨 일이든 하거든. 잘만 이용하면 이곳이 가장 안전한 도피처가 될 거야."

"네가 어떻게 그걸 아나?"

"내가 리스타연합 소속이었을 때 중국에서 6개월쯤 살았거든."

"오 마이 갓. 그랬군."

"베이징, 칭다오, 상하이에서는 한 달쯤 살았고 다른 지역은 1주일 정도 거쳐 갔지만, 시안 이곳은 처음이다."

"이제 마음이 좀 놓인다."

그때 문이 열리더니 한 무리의 남녀가 들어섰다.

중국의 시녀 차림인 여자들이 쟁반에 요리를 받쳐 들고 7, 8명이나 왔고 환관 복장의 남자들은 술병과 안주를 날라 온다.

그리고 그 뒤로 선녀 같은 아가씨 5명이 나긋나긋한 자태로 따라 들어오는 것이다. 그 맨 뒤에서 몰고 오는 지배인이 이제는 황제의 시종장처럼 보였다.

"링링입니다."

왼쪽에 앉은 아가씨가 웃음 띤 얼굴로 고대형을 보았다.

영어를 쓴다. 갸름한 얼굴, 진한 화장을 했기 때문에 얼굴이 회로 반죽을 해놓은 것 같다. 붉은색 바탕에 금색으로 용을 자수한 긴 가운을 입었는데 머리가 멍해질 정도의 향수 냄새가 맡아졌다.

고대형이 오른쪽 아가씨를 보았다.

똑같다. 회반죽 짝퉁이다. 냄새도 같고 옷도, 체격도 같다.

식탁에는 수십 가지 요리가 놓여 있다. 술병도 5개나 된다. 중국술이다.

그때 앞에 앉은 지미가 고대형을 보았다.

지미도 좌우에 아가씨가 앉아 있다. 지미가 말했다.

"난 이런 분위기가 싫어. 진짜 징그럽군."

파슈툰어여서 아가씨들은 못 알아듣는다.

지미가 말을 이었다.

"페샤와르의 작은 골방에서 여자를 만났던 것이 이 분위기보다 3배는 나았다."

"돈을 낼 테니까 대가를 받아야지, 지미. 2천 불이야."

"이 음식도 싫어. 화려하지만 더럽다. 독약을 넣었거나 침을 뱉었을 수도 있어."

"갓댐."

"형, 네 옆의 여자들한테서 자극이 와?"

"노."

"저런 애들을 안고 싶어?"

"노 땡큐."

"그럼 나가자."

"갓댐."

"이 냄새 못 견디겠다. 이 얼굴들이 악몽으로 나올 것 같다."

"그건 심한데."

"형, 나, 나갈게. 뒷문이 주방 옆이라고 했지?"

"갓댐."

"암살자한테 뒤를 맡긴다."

그러고는 지미가 자리에서 일어섰다.

좌우에 앉은 회반죽이 어리둥절하고 있을 때 지미는 바람을 일으키며 방을 나갔다.

고대형이 길게 숨을 뱉었다.

그때 지미의 왼쪽에 앉았던 여자가 벌떡 일어섰다, 따라가려는지. 눈치를 채고 신고를 할지도 모른다.

그 순간 고대형이 따라 일어섰다.

"앉아!"

고대형이 중국어로 소리치자 놀란 여자가 주춤거리며 자리에 앉았다.

방 안 분위기가 순식간에 가라앉았다.

고대형이 지갑을 꺼내 여자들에게 100불짜리 지폐를 한 장씩 나눠주면서 말했다.

"10분 동안만 그대로 앉아 있어. 만일 그 안에 일어나서 밖으로 나온다면."

고대형이 웃음 띤 얼굴로 여자들을 둘러보았다.

"할 수 없지. 지배인한테 너희들 돈 줬다는 말을 할 수밖에."

그러고는 발을 떼어 방을 나왔다.

"음, 나왔군."

거리 입구에서 기다리고 있던 지미가 시치미를 뗀 얼굴로 다가왔다.

"자, 이젠 다른 곳으로 가보지."

밤 11시가 되어가고 있다.

"선오버비치."

투덜거린 고대형이 발을 떼었다.

옆으로 다가온 지미가 묻는다.

"그냥 도망 나온 거야?"

"그래. 카자흐스탄을 탈출할 때보다 더 힘이 들었다."

"방에 있던 여자들은 어떻게 했어?"

"다 죽였어."

고대형이 가슴을 손바닥으로 두드려 보였다.

가슴에 브라우닝을 차고 있는 것이다. 바지 주머니에는 소음기까지 들었다.

"윽!"

놀란 지미가 눈을 치켜뜨고 걸음이 더 빨라져서 고대형을 앞질렀다.

"네 명 다?"

"그래. 다 죽여야지 어떻게 하냐?"

"오 마이 갓."

"너 때문이야."

"선오버비치. 그렇다고 넷이나……."

"네가 나오지 않았다면 이런 일도 일어나지 않았어."

그때 지미가 지나는 택시를 세웠다.

"빨리 가자."

택시에 타면서 지미가 소리쳤다.

다음 날 오전 11시가 되었을 때 고대형이 시안 성벽 근처의 커피숍으로 들어섰다. 관광객이 가득 찬 커피숍은 아예 안팎 구분이 없도록 트여 있다.

고대형이 거리 쪽 빈자리에 앉았을 때 관광객 차림의 사내가 다가와 앞에 앉는다. 30대쯤으로 얼굴에 웃음을 띠고 있다.

"전 리스타연합 소속의 김기일입니다."

먼저 자신을 소개한 사내가 말을 이었다.

"고 부장님이시죠?"

"오랜만에 한국어를 듣는군."

고대형의 얼굴에 웃음이 떠올랐다.

고대형이 어젯밤 리스타에 다시 연락을 한 것이다.

리스타그룹은 중국에 현지 법인이 세워졌고 '연합'과 '상사' '유통'까지 진출한 상태다.

사내가 따라 웃었다.

"어젯밤 고 부장님 연락을 받고 베이징에서 날아왔습니다."

"현재 상황은?"

"예. 본사에서 1천1백만 불이 입금된 상태이고 언제든지 인출이 가능합니다."

사내가 옆에 놓인 손가방을 고대형 앞에 밀어놓았다.

"가방 안에 한국에서 입국한 스탬프가 찍힌 여권이 있습니다. 한국 여권이죠."

"오랜만에 내 신분을 찾는 것 같군."

가방을 연 고대형이 제 사진이 박힌 여권을 보고 빙그레 웃었다.

이제는 중국 공항에서 마음 놓고 떠날 수 있다.

고개를 든 고대형이 김기일을 보았다.

"내 동행이 있는데, 그자 여권은 어려운가?"

"위조 여권은 만들 수 있겠지요. 하지만 이런 정식 여권은 힘듭니다."

김기일이 눈으로 고대형이 손에 쥔 한국 여권을 가리켰다.

고대형의 여권은 한국 외무부에서 발행한 진짜 여권이다. 안한성이라는 다른 사람의 여권에 사진만 바꿔놓은 것이다.

고대형이 고개를 끄덕였다.

"할 수 없지, 만들 수밖에."

"그런데 어디로 가실 계획입니까?"

김기일이 정색하고 고대형을 보았다.

"두 분이 같이 행동하실 겁니까?"

"돈을 찾아서 주고 헤어지겠어."

"얼마를 주실 생각이십니까?"

고대형이 이맛살을 찌푸렸다.

"이것 봐, 김기일 씨."

"예, 부장님."

"당신 연합 소속이니까 묻겠는데 직급이 뭐요?"

"과장입니다."

"법인의 연합 책임자가 누구야?"

"곽문수 부장입니다."

"어젯밤 전화 받은 사람은 누구지?"

"연합의 양만호 대리입니다."

"얼마를 지미 우들턴에게 주는지 누가 알아보라고 했나?"

"곽 부장입니다."

"왜?"

"그건 모르겠습니다."

"곽 부장은 언제 중국 법인에 왔나?"

"6개월쯤 되었습니다."

"당신은?"

"2년 반 되었습니다."

"곽 부장은 그전에 어디 있었나?"

"상사에 3년 있다가 연합으로 옮겨왔습니다."

고대형이 지그시 김기일을 보았다.

"김 과장, 나에 대해서 알고 있나?"

"전 모릅니다, 부장님."

김기일이 손바닥으로 뒷머리를 만졌다. 이제는 긴장으로 얼굴이 굳어 있다. 긴 얼굴, 흰 피부, 콧등도 길고 입술은 얇다.

연합은 주로 정보, 수사, 연구, 분석 요원으로 이루어져 있기 때문에 김기일은 그중 하나일 것이다.

고대형은 연구 요원으로 채용되었지만 특별팀이다.

연합 사장인 해밀턴이 직접 운용하는 SS인 것이다. 스페셜 서비스다.

이윽고 고대형이 말했다.

"중국의 연합 책임자가 월권을 하고 있는 것 같은데, 김 과장."

"예?"

놀란 김기일이 숨을 들이켰다.

"월권이라니요?"

"그렇지 않으면 CIA의 정보원 노릇을 하는 것 같다."

"……."

"지금 여기서 곽 부장한테 연락해. 내가 그런 말을 하더라고. 그래서 내가 죽이러 가겠다고."

"예?"

"적절한 해명을 하지 않으면 안 될 거야. 내가 지금 CIA하고 불편한 관계거든."

그때다. 둘의 테이블 옆으로 사내 하나가 다가와 말했다.

"형, 가자."

지미 우들턴이다.

자리에서 일어선 고대형이 김기일의 어깨를 잡았다.

"김 과장, 날 따라와."

"아, 아니."

놀란 김기일이 주춤거렸을 때 고대형이 끌어 일으켰다. 강한 힘이다.

그때 지미가 눈을 치켜뜨고 말했다.

"한 놈을 쏴죽이고 화장실에 처박아 놓았어. 서둘러!"

한 시간쯤 후.

시안 동부시장 옆 수산물 집하장 창고 안.

이곳은 폐창고여서 창고 벽이 절반쯤 허물어져 있었는데 인적이 없다. 철거 중이기 때문이다.

세 사내가 창고 안 폐자재 뒤에 둘러앉아 있었는데 고대형과 지미, 김기일이다. 택시를 타고 이곳까지 오는 동안 지미는 고대형에게 상황을 설명해 주었다. 물론 김기일도 다 들었다. 지미가 김기일과 고대형의 만남을 감시하던 사내를 처리한 것이다.

사내는 중국인이었고 그의 주머니에 있던 신분증을 보더니 김기일이 연합소속 정보원이라고 말해주었다.

연합의 곽문수가 고용한 정보원이다. 곽문수가 김기일도 모르게 정보원을 딸려 보낸 것이다.

지미가 쓴웃음을 띤 얼굴로 고대형에게 말했다.

"형, 리스타에도 CIA 정보원이 심어져 있어. 이건 놀랄 일도 아냐."

고대형은 눈만 껌벅였고 지미의 말이 이어졌다.

"연합 사장 해밀턴이 CIA 출신이거든. 아마 곽문수나 내가 조금 전에 화장실에 처박아둔 그 중국 놈도 해밀턴과 내통하고 있을지도 모르지."

"갓댐."

고대형이 욕설을 뱉었지만 곧 따라 웃었다.

"곧 알게 되겠지."

그때 김기일이 굳어진 얼굴로 고개를 저었다.

"전 모르는 일입니다. 맹세합니다."

20분 후, 리스타랜드.

안학태가 비서실장실에서 기조실 담당 이사 강현호한테서 보고를 듣고 말했다.

"해밀턴은 고대형이 중국에 들어 온지를 알고 있어, CIA도 마찬가지고."

방금 강현호는 고대형의 전화를 받은 것이다.

고대형의 직통 연결 라인은 리스타 그룹 비서실의 강현호다.

이맛살을 찌푸린 안학태가 강현호를 보았다.

"다만 해밀턴이 중국 법인의 연합 소속 곽문수에게 고대형을 감시하라는 지시를 내렸는지는 알 수가 없다."

"곽문수를 잡아서 확인할 수도 있습니다, 실장님."

강현호가 정색했다.

"법인 사장에게 지시하면 됩니다."

"그게 가장 쉬운 방법이지."

안학태가 고개를 끄덕였다가 다시 강현호를 보았다.

"곽문수의 통화기록, 행적까지 조사하면 증거가 나오겠지."

"여기서 조사단을 보내면 됩니다."

강현호가 자신 있게 말했을 때 안학태는 심호흡부터 했다.

"회장님께 보고해야겠다."

"네?"

놀란 듯 강현호가 숨을 들이켰을 때 안학태가 몸을 일으켰다.

"해밀턴 사장의 입장을 살펴줘야 할 일이야."

강현호는 입 안에 고인 침을 삼키면서 어깨를 늘어뜨렸다.

20분 후.

안학태의 보고를 들은 이광이 의자에 등을 붙였다.

바닷가의 별장. 이광은 베란다의 의자에 길게 몸을 뻗고 앉아 있고 그 옆에 안학태가 서 있다. 보통 때는 같이 나란히 앉거나 마주 보고 앉은 자세에서 보고를 했지만 가끔은 이런 모습이 될 때가 있다. 급하거나 심각한 경우다.

그때 이광이 입을 벌렸다.

"전화해."

"예?"

안학태가 눈을 크게 뜨고 되물었을 때 이광이 눈으로 응접실을 가리켰다.

"지금, 해밀턴에게."

"예, 회장님."

고개를 숙여 보인 안학태가 몸을 돌렸다.

5분 후.

응접실에서 안학태가 송화구에 대고 말했다.

그러고는 스피커 버튼을 눌렀다.

"해밀턴? 나요."

"여긴 밤 11시오, 안."

해밀턴의 목소리가 베란다까지 들린다.

안학태가 바로 물었다.

"해밀턴, 물어볼 게 있어요."

"뭐요?"

"고대형에 관해서요."

"그놈, 중국에 있지 않소?"

되물은 해밀턴이 말을 이었다.

"법인의 연합 직원이 여권을 전해줬을 텐데. 잘 받았답니까?"

"고대형을 미행시킨 거요?"

"누가 말요?"

"고대형하고 여권을 전해준 연합 직원이 만나는 것을 감시한 연합의 정보원을 지미가 죽였어요, 해밀턴 씨."

"……"

"그 정보원이 중국 법인의 연합 책임자 곽문수 직속 정보원이라는 데……"

"갓댐."

"해밀턴, 어떻게 된 거요?"

"그놈이 정보원이 당한 줄 알면 도망칠 텐데, 재빠른 놈이어서 말요."

해밀턴의 말이 이어졌다.

"그럼 내가 그놈에게 시켰다는 누명을 벗기가 힘들겠지, 그렇지 않소?"

"아니, 누가 누명을 씌운답니까?"

"이건 분명히 지부장 곽문수의 월권 내지는 CIA와의 밀통이오. 내가 지금 즉시 베이징에 연락해서 곽문수의 신병을 확보해 놓을 거요."

"아니, 그렇게까지."

"그러고 나서 비서실에 맡길 테니까 기다려 주시오."

그러고는 통화가 끊겼다.

안학태가 천천히 전화기를 내려놓으면서 어깨를 늘어뜨렸다.

역시 보스에게 보고하기 잘했다.

보스는 정면 승부를 해버리는구나.

2장 베이징

"CIA 베이징 본부의 마리안이야."

마침내 곽문수가 자백했다.

"마리안은 베이징에서 동서문화관이라는 미술품 감정, 중개업을 하고 있어."

"마리안한테서 얼마를 받았지?"

한경만이 묻자 곽문수가 흐려진 눈을 깜빡여 초점을 잡았다. 입가에 피가 흘러내렸고 눈 한쪽은 피멍이 들어서 부어 있다. 몸이 의자에 묶여 있었기 때문에 머리만 흔들거릴 뿐이다.

오후 5시 경.

이곳은 베이징 교외의 단층 벽돌 주택 안.

앞쪽에는 잡초가 뒤덮인 황무지가 펼쳐졌는데 전에는 옥수수 밭이었다. 경작하던 농민이 모두 시내로 들어가는 바람에 논밭은 황무지가 되었고 농가는 폐가로 변했다. 집 주변에도 드문드문 농가가 있지만 두 집 중 하나가 빈집이다.

곽문수가 입을 열었다.

"이번에 1만 불 받았어."

"전에는?"

"건당 2천 불에서 5천 불."

"정보는 그쪽에서 요구해 왔나?"

"그래."

"어떤 정보야?"

"리스타 업무, 예산이나 접촉자."

"네 가족을 위협했다고?"

"실제로 유치원 앞에서 딸을 안고 있는 사진을 보내주기도 했어."

곽문수가 핏발 선 눈으로 한경만을 보았다.

"그리고 그 정보가 우리 회사에 해를 끼치는 내용도 아니었어."

"이 개자식, 그게 변명이냐?"

"……."

"넌 반역자나 같다."

한경만이 권총을 꺼내더니 소음기를 끼었다. 농가의 창고 안에는 네 사내가 들어와 있다. 사람의 왕래가 없는 지역이어서 조용하다. 국도도 5백 미터쯤이나 떨어진 외진 곳이다.

"네놈을 이곳에 묻고 가면 1천년쯤 지났을 때 병마용처럼 발굴해 낼지도 모르지."

그때 곽문수가 말했다.

"살려주면 무슨 짓이든 다 할게."

어깨를 부풀린 곽문수가 몸을 흔들었다.

"이건 내가 정보원한테서 들었지만 CIA에서 자금을 회수한다고 했어. 이번에 고 부장이 찾아갈 1천1백만 불 말야."

"……."

"그래서 미행시킨 것 같아."

한경만이 숨을 들이켰다.

큰일 났다.

방으로 들어선 고대형이 지미에게 말했다.

"베이징으로 가자."

지미의 시선을 받은 고대형이 얼굴을 일그러뜨리며 웃었다.

"전쟁이야."

"어떻게 된 건데?"

지미가 물었다.

지금 고대형은 밖에서 전화를 걸고 온 것이다.

고대형의 시선이 방구석에 앉은 김기일을 스치고 지나갔다. 김기일도 손만 묶인 채 의자에 앉아 있었는데 고대형의 말을 듣더니 얼굴이 굳어 있다.

이곳은 동부시장 근처의 연립주택 안.

3층 연립주택의 2층인데 숙박비를 내고 빌린 집이다. 외국 관광객 전용으로 연립주택을 빌려주는 것이다. 방 3개짜리 주택에 가구도 다 설치해 놓아서 호텔 방값만 내면 5명까지 투숙할 수 있다. 고대형에게는 적당한 투숙처다.

고대형이 말을 이었다.

"베이징 CIA에서 우리를 미행하고 제거해서 자금 1천1백만 불을 회수한다는 작전을 세운 거야. 연합 지부장 곽문수가 자백을 했어."

김기일이 놀라 숨을 들이켰다.

"내가 방금 그룹 비서실의 지시를 받았어. 베이징 지부의 CIA 작전팀을 몰사시키라는 거야."

이제는 지미가 눈을 치켜떴다.

"리스타그룹 비서실 지시라고?"

"그래. 내가 담당 이사하고 직접 통화했다니까."

"아니, 그럼 리스타연합은?"

지미도 리스타의 조직을 아는 것이다.

고대형은 리스타연합'소속이었다가 CIA의 암살자로 차출되었다. 그러니 연합의 지시를 받아야 정당하다.

그때 고대형이 대답했다.

"연합과 상의를 하고 결정을 내렸다고 했어."

"그렇군. 연합의 해밀턴 씨도 입장이 난처하겠지, CIA 출신으로 오해를 받을 수도 있을 테니까."

"어쨌든 개 같은 놈들이야, CIA는."

고대형이 이 사이로 말하자 지미가 쓴웃음을 지었다.

"거봐, 형, 그놈들은 썩어 문드러졌다. 내가 이번에 터뜨려야 했는데 그렇게 말리더니, 어떠냐?"

"갓댐."

"일단 베이징의 CIA 놈들을 몰살한 후에 카불 방송국 폭파사건을 터뜨리기로 하지."

지미의 목소리에 생기가 떠올랐다.

"잘하면 중국 공안의 협조도 받을 수 있을 거야. 이놈들이 지금 미국과 손을 잡고 있지만 우릴 적극적으로 막지는 않을 거다."

그때 고대형의 시선이 김기일에게로 옮겨졌다. 영어로 지미하고 이야기를 했지만 다 들었을 것이다.

"곽문수가 실종되었습니다."

제럴드가 말하자 마리안은 고개를 들었다.

오전 11시. 베이징 내성(內城) 안. 미술관 건너편 3층 건물의 3층 사무실 안이다. 사무실 문에는 '동서문화관'이라는 간판이 붙어 있는데 미술품 중개상 사무실이다.

마리안의 시선을 받은 제럴드가 말을 이었다.

"어제 아침에 출근한다고 숙소를 나온 후에 연락이 끊겼습니다."

"……."

"가끔 이런 일이 있다고는 하지만 만 하루가 지나도록 연락이 없습니다."

"일이 터졌군."

마리안이 금발을 쓸어 올리면서 웃었다. 파란 눈이 반짝였고 고른 이가 드러났다. 빼어난 미인이다. 30대 초중반의 나이에 날씬한 몸매.

마리안은 이곳 미술품 중개상 사이에서도 알려진 미술품 중개 상점 감정가다.

"시안(西安)에 간 김기일은 어떻게 되었지?"

"그건 아직 파악 못 했습니다. 리스타법인 측에 알아보겠습니다. 곽문수가 실종된 바람에 연합 측이 지금 어수선한 분위기여서요."

"왕치우는?"

"그놈도 아직."

"이미 발각된 거야."

마리안이 이제는 정색하고 제럴드를 보았다.

"그래서 아마 연합 측이 움직이고 있다고 봐야 돼."

"우리도 대비해야 되지 않겠습니까?"

"곽문수가 다 불었다면 이곳도 밝혀지겠지."

"연합에서 어떻게 나올까요?"

"해밀턴은 해외작전부장 출신이야."

혼잣소리처럼 말한 마리안이 전화기를 집었다.

제럴드는 잠자코 마리안이 손에 쥔 전화기를 본다.

"전 경찰 출신이죠. 경찰 대학을 나와 경위로 근무하다가 리스타에 옮겨온 겁니다."

김기일이 말을 이었다.

"무슨 사고를 내고 옮겨온 것이 아닙니다. 보다 큰 세상에서 일하고 싶었기 때문이죠."

앞쪽에 앉은 고대형은 듣기만 했고 지미는 창에 머리를 기댄 채 잠이 들었다.

베이징을 향해 달리는 특쾌(特快) 안이다. 시안에서 베이징까지 특쾌라는 특급 열차로 17시간이 걸린다. 셋은 특등실 2개를 터서 사용하고 있었는데 침대가 4개, 화장실과 욕실이 2개 구조인 호텔 수준이다.

그때 김기일이 물었다.

"부장님, 저는 이번 일을 마치면 복귀하게 됩니까?"

"아마 그렇게 되겠지."

고대형이 지그시 김기일을 보았다.

"곽문수하고 CIA 간첩질을 하지 않았다는 증명이 되어야겠지만 말야."

"그건 자신 있습니다."

"곽문수는 다 자백했다니까 네 이야기도 했을지 모르겠다."

"상관없습니다."

김기일이 세차게 고개를 저었다.

"이번 기회에 깨끗하게 청소를 해야 됩니다. 그래야 진상이 밝혀지겠지요."

그때 자고 있는 줄 알았던 지미가 눈을 떴다.

"이봐. 한국말은 잠꼬대하는 것 같은 말이군. 시끄러워서 잠을 잘 수가 있나?"

둘은 한국어로 대화하고 있었기 때문이다.

"갓댐, 지미."

고대형이 투덜거렸을 때 지미가 김기일에게 물었다.

"이봐, 베이징에 무기 거래상 아나?"

"압니다."

김기일이 대번에 대답했다.

"러시아에서 흘러들어온 무기가 거래되지요. 주로 티베트나 신장성 쪽 구매자들이 사갖고 갑니다."

"암살자한테 무기가 필요해."

지미가 눈으로 고대형을 가리키며 웃었다.

"베이징에 도착하자마자 무기상을 만나러 가자고."

"어떻게 할까요?"

마리안이 묻자 곧 메디슨이 대답했다.

"부딪쳐야지. 지금 그곳을 비우면 문제가 돼. 네가 자백한 꼴이 된다고."

"그건 알지만 우린 전투력이 부족합니다. 내가 가용할 수 있는 병력은 5명뿐입니다."

"알고 있어."

"그리고 그 5명도 정식으로 훈련받지 않은 현지 요원들이라고요."

"이봐, 마리안."

메디슨의 목소리가 낮아졌다.

"내가 오늘 두 명을 보냈어."

마리안이 전화기를 고쳐 쥐었다.

이곳은 베이징 백화점 안이다.

지금 마리안은 거래선인 화랑에서 통화를 하는 중이다.

메디슨이 말을 이었다.

"피터라는 이름이야. 평시처럼 행동하면 돼, 그들이 해결할 테니까."

마리안이 숨을 들이켰다. 미끼가 되라는 말이다.

"마리안은 33세, CIA 경력 8년째로 중국에 근무한 지 2년 반이 되었습니다."

커티스가 말을 이었다.

"6년 전 미술 평론가 에이브 윌슨이란 사람하고 결혼했지만 3년 만에 이혼, 그동안 에이브한테서 배운 미술품 감정 실력으로 베이징에 감정 및 거래 사업을 하고 있지요."

고개를 든 커티스가 앞쪽에 앉은 해밀턴과 안학태를 보았다.

이곳은 리스타랜드의 리스타빌딩 회의실 안이다.

뉴욕에서 급거 입국한 해밀턴이 안학태와 함께 보고를 받고 있다.

커티스는 연합 소속으로 역시 전직 CIA 요원이다.

지금 커티스는 베이징의 마리안 브라운에 대한 조사 보고를 하고 있다.

"마리안의 실제 임무는 중국의 반국가 단체나 반중(反中) 인사 지원, 탈출도 돕고 때로는 돈 많은 중국인들의 재산 반출도 돕고 있습니다."

그때 해밀턴이 고개를 돌려 안학태를 보았다.

"이 마리안이란 년의 배후에 누가 있는지 압니까?"

"후버요?"

안학태가 바로 되묻자 해밀턴이 쓴웃음을 지었다.

"영감은 직접 손을 대지 않아요. 아랫놈들이 알아서 챙기지. 영감의 분위기를 보고 판단하는 거요."

"그럼 윌슨인가?"

"윌슨도 그런 장난을 할 만큼 조급하지 않아요. 곧 영감의 뒤를 잇게 될 테니까 말요."

어깨를 부풀렸다가 내린 해밀턴이 말을 이었다.

"부장보 다섯 놈 중 서열 3번째인 러시아 담당 메디슨이란 놈이요."

"……."

"그놈이 이번 암살자 사건이 터지면서부터 영감한테 자주 불려가더니 이 일을 저질렀어. 마리안이 이놈의 심복이거든."

"그런 놈이 결국 나라까지 망치게 되는 거요, 해밀턴 씨."

안학태가 정색하고 해밀턴을 보았다.

"해밀턴 씨, 지금 암살자는 베이징으로 가는 중이오."

그러자 해밀턴이 잠자코 고개만 끄덕였다.

"형, 저놈을 어떻게 할 거야?"

특실 밖 복도에 나란히 서서 창밖을 보던 지미가 물었다.

고대형이 옆으로 흘러가는 옥수수 밭을 보다가 입을 열었다.

"베이징에서 다시 연합 측에 연락해 봐야겠어. 저놈의 말이 어디까지 진실인가 알 수가 없어."

"하지만 저놈은 이제 우리한테 충성하는 것 같던데. 우리가 본부하고 연락하는 것도 알고 있으니까 말야."

지미가 말을 이었다.

"저놈이 지리도 잘 알고 있으니까 이용가치가 있어, 형."

"좋아. 당분간 살려두기로 하지."

이렇게 김기일의 운명이 결정되었다.

"나, 피터입니다."

수화구에서 사내의 목소리가 울렸을 때 마리안이 숨부터 들이켰다. 암살자다.

"네, 마리안입니다."

"좀 만날까요?"

오후 3시 10분, 마리안의 사무실이다.

기다리고 있었기 때문에 마리안이 물었다.

"그럼 한 시간 후에 미술관 안에서 뵙지요. 제가 우측 전시장 앞에서 기다리고 있겠습니다."

"그럽시다."

전화가 끊겼을 때 마리안이 자리에서 일어섰다. 미술관은 길 건너편이어서 5분이면 간다. 인터폰의 벨을 누르자 곧 제럴드가 들어섰다.

"곧 그들을 만날 거야."

마리안이 긴장한 얼굴로 제럴드를 보았다.

"미술관 우측 전시장 앞에서 한 시간 후에."

"둘입니까?"

"둘 보낸다고 했으니까."

고개를 든 마리안이 말을 이었다.

“넌 장 씨를 데리고 날 감시해. 내가 만나는 사람들까지.”

“그러지요.”

“함정일지도 모르니까 내가 신호할 때까지 기다려.”

“알고 있습니다.”

지금 마리안은 아무도 못 믿는 상황이다. 메디슨이 보냈다는 암살자도 확인해야 한다.

고개를 든 마리안이 제럴드를 보았다. 얼굴에 옅은 웃음기가 떠올라 있다.

“제럴드, 넌 CIA에 몇 년 있었지?”

“3년이오, 마리안.”

제럴드가 정색하면서 되물었다.

“왜 묻습니까?”

“베이징이 해외 첫 근무지, 맞지?”

“그렇습니다.”

“난 여기서 2년 반을 보냈어.”

“알고 있어요, 마리안.”

“전에는 베를린에 있었고. 거긴 미국, 러시아 그리고 나토 각국의 정보 전쟁터였지. 베를린에 1년 반 있었어.”

그러더니 심호흡을 하고 나서 이 사이로 욕을 했다.

“이번에는 개 같이 일이 엉켰어, 제럴드.”

“우리 일을 도우려는 암살자를 곧 만나지 않습니까?”

제럴드가 묻자 마리안이 쓴웃음을 지었다.

“메디슨이 지금 곤란해졌어, 제럴드.”

“부장보님 말씀입니까?”

“그래. 그 개아들 놈이 일을 벌였다가 지금 서둘러 일을 덮으려고 하는 것 같다."

"어떻게 말씀입니까?"

마리안이 제럴드의 얼굴을 물끄러미 보았다.

"없던 일로 하려는 거야."

"뭘 말입니까?"

"암살자를 없애고 돈을 회수하려던 작전."

"……."

"내가 곽문수한테서 받은 정보로 암살자를 미행, 없애고 돈을 빼앗으려던 작전이 허무하게 무너졌어. 시안에서 김기일이 잡히고 뒤를 따르던 왕치우까지 당한 거야. 그 후로 바로 곽문수가 잡혔고."

"누구한테 말입니까?"

"리스타연합일 거야. 그럼 어떻게 되겠나? 화가 솟구친 해밀턴이 암살자한테 지시하겠지. 다 죽여라. 배신한 놈들은 CIA건 뭐건 몰살시켜라. CIA는 아무 말 못한다."

마리안이 손가락으로 제 목을 따는 시늉을 하면서 웃었다.

"암살자는 이곳에 와서 나나 널 잡아 배후를 캘 거야. 그때 견딜 수 있을 것 같나?"

"……."

"배후인 메디슨 부장보가 드러나는 거야. 그럼 메디슨은 어떻게 될 것 같나?"

"당연히 옷을 벗거나 교도소에 가겠군요, 마리안."

"지금 분위기가 그렇게 흘러가고 있어, 제럴드. 그런데 내가 한 시간 후에, 아니 50분 남았구나. 내가 메디슨이 보낸 피터라는 암살자를 만나러 가는 거야."

"……."

"제럴드, 생각해 봐."

제럴드는 장신에 검은 머리의 미남이다. 갈색 눈동자, 약간 검은 피부, 남미계 피가 섞인 혼혈 같다.

그때 제럴드가 눈동자의 초점을 잡았다.

"마리안, 피터가 마리안을 제거하면 암살자가 그런 것으로 모두 믿지 않겠습니까?"

"그렇지."

마리안이 얼굴을 펴고 웃었다.

"고정관념을 깨면 그런 생각도 떠오르는 거야. 너도 이제 현장에서 뛸 만하다."

"피터라는 놈은 우리를 제거하러 왔을지도 모릅니다."

"그러고는 암살자에게 뒤집어씌우는 거지."

"그럼 암살자와 CIA의 전쟁이 시작되겠군요."

"해밀턴 입장도 난처해지겠지."

제럴드가 고개를 끄덕였다.

"해밀턴이 시킨 줄 알 테니까요."

"물론 시켰을 가능성도 있어."

의자에 등을 붙인 마리안이 길게 숨을 뱉었다.

"제럴드, 내 CIA 인생 8년 만에 절체절명의 위기가 온 거야."

4시 30분이 되었을 때 미술관에서 밖으로 한 무리의 관광객이 나왔다.

서양인들이다. 깃발을 든 안내원의 뒤를 따라 30여 명의 서양인 남녀 관광객은 대기시킨 버스에 올라 미술관을 떠났다.

"갓댐. 이제 눈치를 챈 모양이군."

중년 사내가 뿔테 안경을 치켜 올리면서 말했다.

"사무실에는 없겠지?"

"당연히."

대답한 중년 여자가 말을 이었다.

"자택도 비워놓았을 거야."

"갓댐."

창밖에 시선을 준 채 사내가 말을 이었다.

"이거 메디슨이 곤란하게 되었는데."

"숨어버린 놈들을 찾기 힘들어."

여자가 사내를 보았다.

"이쯤 되었으니 서둘러야 돼, 피터."

"보고 해야겠다."

고개를 끄덕인 사내가 자리에서 일어섰다. 버스에서 내리려는 것이다.

잠시 후, 두 중년 부부는 제각기 무거워 보이는 배낭을 멘 채 버스에서 먼저 내렸다.

그 시간에 리스타랜드에 머물고 있던 해밀턴은 중국에서 걸려온 전화를 받고 있다. 발신자는 마리안 브라운.

자신을 베이징의 동서문화관 관장이라고 소개했는데 해밀턴은 리스타 빌딩의 연합 사장 집무실에서 전화를 받았다.

"아. 마리안?"

해밀턴이 부드러운 목소리로 묻는다.

이 전화는 리스타연합의 뉴욕 사무실로 갔다가 곧 이쪽 전화번호를 알려줬기 때문에 통화가 된 것이다. 발신자 마리안이 해밀턴과 직통 전화를 원한다면서 연락을 해왔기 때문이다.

마리안이 대답했다.

"네, 처음 뵙겠습니다. CIA 베이징 지부의 제3팀장이며 '동서문화관'을 운영하고 있는 마리안 브라운입니다."

"반가워. 마리안."

"말씀드릴 것이 있습니다, 사장님."

"요즘 바쁘다고 들었어. 말해."

"메디슨이 저한테 암살자를 보냈기 때문에 저는 지금 관련 직원과 함께 피신 중입니다."

"상황이 대충 짐작이 가는데."

"메디슨이 저한테 지시한 내용을 모두 녹음해두었습니다. 그것을 드릴 수 있습니다, 사장님."

"좋아. 받겠네."

해밀턴이 말을 이었다.

"메디슨이 보낸 암살자는 어디에 있나?"

"지금 베이징에 있습니다. 피터라는 이름을 쓰고 2명입니다. 제가 조금 전에 미술관에서 만나기로 해놓고 나가지 않았습니다."

"그렇군. 얼마든지 용병을 늘릴 수가 있어. 조심해야 돼."

"전 회사 그만두겠습니다."

"아니. 메디슨이 제멋대로 일을 만든 것이니까 그놈만 제거하면 마리안은 원상 복귀할 수 있어. 내가 윌슨한테 미리 말해놓을 테니까."

"……."

"지금은 영감한테 말할 단계가 아냐. 영감 입장에선 메디슨의 작전이 성공했다면 그놈을 부장으로 추천했을지도 모르지."

해밀턴이 짧게 웃고 나서 말을 이었다.

"그런 위험한 놈이 부장이 되면 안 되지, 마리안."

"그렇습니다, 사장님."

"지금 베이징에 있다니 진짜 암살자를 만나도록 해."

"네?"

"마리안, 그 진짜 암살자의 보호를 받으라고. 지금 그쪽으로 가는 중이야. 곧 도착할 시간이 되었어."

마리안이 저도 모르게 한숨을 쉬었다.

그렇다. 진짜 암살자가 베이징으로 오고 있는 중이다. 그 진짜의 타깃이 되어 있다가 지금은 풀린 것인가?

"뭐라고?"

메디슨의 목소리는 갈라져 있다. 지금 메디슨은 뉴욕에서 전화를 받는다.

"갓댐."

메디슨이 다급하게 말을 이었다.

"찾아. 찾아서 없애야 돼."

"사무실도 비었고 저택도 알 수가 없어요. 눈치를 채고 도망간 겁니다."

"이런."

"찾을 방법이 없습니다. 그렇다고 베이징 본부에다 알아볼 수도 없는 일 아닙니까?"

"알았어. 당분간 베이징에 있도록. 2시간 후에 다시 연락해."

그러고는 통화가 끊겼기 때문에 피터가 쓴웃음을 지었다.

"개떡 같은 작전이군."

"그럼 메디슨은 큰일 난 건가?"

옆에 서 있던 쥬리가 묻자 피터가 고개를 기울였다.

둘은 부부팀으로 위장해서 지금까지 8번 암살에 성공했다.

주로 배신자나 이중첩자, 부패한 관리도 죽였지만 CIA 요원을 청부받은 것은 이번이 처음이다.

"그런데 여기서 대기하라니, 찾을 수가 있다는 말인가?"

피터가 안경을 벗어 주머니에 넣으면서 물었다. 둘은 천안문 근처의 길가 커피숍에 앉아있다. 관광객들로 시장 바닥이 되어 있는 지역이다.

"어떻게든 죽여야만 제가 산다는 것 같은데. 좀 꺼림칙해, 피터."

쥬리가 낮은 목소리로 말을 이었다.

"부장보가 요원 암살을 시키다니. 이런 경우는 처음 아냐?"

호리호리한 몸매에 등산 재킷과 바지를 입은 쥬리는 40대 여자로 분장했지만 35세. 검정 가발을 벗기면 금발의 미녀가 된다. 그러나 쥬리는 냉혹한 살인자다.

지금까지 피터와 한 팀이 되어서 8번, 12명을 죽였지만 8명을 쥬리가 처형했다. 주로 권총으로 이마에 한 발, 심장에 한 발, 두발씩을 쏘는데 심장에 먼저 쏜다.

쥬리가 말했다.

"피터, 철수하자."

피터의 시선을 받은 쥬리가 입술 끝을 올리며 웃었다.

"예감이 좋지 않아, 피터. 이건 메디슨의 개인 작전이야. CIA 전체를 우리가 적으로 만들 가능성이 있어."

"좋아. 두 시간 후에 연락하라고 했으니까 이야기를 들어보고 철수하지."

피터가 고개를 끄덕이며 말했다.

안경을 벗으니까 피터도 40대쯤의 사내로 돌아왔다.

피터 옆에 내려놓은 배낭에는 베레타 92F가 소음기까지 끼워진 채 2정이 들어 있다. 한 정은 쥬리 것이다.

"일단 계약금은 받았으니까 그것으로 끝내자, 피터."

쥬리가 달래듯이 말했다.

"무기상한테 가시죠."

베이징역 광장에 나왔을 때 김기일이 말했다.

"여기서 택시로 1시간 거리입니다."

"예약은 안 하나?"

고대형이 묻자 김기일이 쓴웃음을 지었다.

"예약한 적 없습니다. 전화 받는 것도 싫어해서요."

지미의 시선을 받은 김기일이 영어로 말을 이었다.

"놈들의 아파트에 가서 현관을 지키는 놈들의 수색을 받고 나서 사무실까지 걸어가야 합니다."

김기일이 지미와 고대형을 번갈아 보았다.

"그리고 가끔 사업장을 옮기지요. 그러고 나서 고객들에게는 나중에 장소를 알려줍니다."

"기발한 방법을 쓰는군."

고대형이 감탄하자 지미가 말을 받았다.

"그러니까 옛날 방법이 더 정확한 거야. 전화나 컴퓨터를 쓰는 것보다 직접 가서 듣고 보는 것이 실수가 없어."

셋은 택시 정류장으로 발을 떼었다. 오후 6시 10분이다. 시안(西安)에서 17시간 반 만에 베이징에 도착했다.

"피터, 지금 천단공원 북문 건너편의 자양식당으로 가."

피터가 전화했을 때 메디슨이 바로 말했다.

오후 6시 50분.

피터는 두 시간 후에 메디슨에게 전화를 한 것이다.

메디슨이 말을 이었다.

"거기 들어가서 저녁을 먹으라고. 그럼 중국인 하나가 와서 황 사장이라고 인사를 할 거야."

"황 사장?"

"그래. 50대쯤으로 내 연락원이야. 그 친구가 마리안의 은신처로 추정되는 곳을 알려줄 거야."

"그자가 날 찾을 수 있습니까?"

"백인 부부면 찾을 수 있지 않을까?"

"나 혼자 있을 거요, 쥬리는 옷을 사고 나중에 만나기로 했으니까."

"그래?"

잠깐 주춤했던 메디슨이 말을 이었다.

"피터, 그럼 혼잔데 어떻게 찾지?"

"내가 붉은색 등산복 상의를 입었고 테이블에 조금 전에 산 판다 곰 인형을 놓아둘 테니까."

"옳지. 그럼 찾기 쉽겠군. 1시간 후인 8시에 식당에서 황 사장을 만나게."

"알았습니다. 천단공원 북문 건너편의 자양식당, 맞습니까?"

"맞네. 그럼 이만."

통화가 끝났을 때 피터와 쥬리가 얼굴을 마주 보았다.

현관 앞에서 두 팔을 벌리고 선 지미가 투덜거렸다.

"이 자식들, 날 포로로 잡은 것 같군."

지금 사내 둘이 지미의 몸을 앞뒤에서 뒤지는 중이다. 그 옆에 선 고대형과 김기일도 마찬가지다.

한 명에 둘씩 달라붙어서 몸과 배낭까지 뒤지고 있다. 고대형의 배낭을 뒤지던 사내 하나가 1만 불 뭉치 1개를 빼냈다가 눈을 크게 뜨고는 도로 넣었다.

낡은 아파트의 현관 안. 인적도 없는 아파트에 현관에만 사내들이 찼다.

고대형이 쓴웃음을 지었다.

배낭에 들었던 1만 불권 뭉치 34개는 근처의 버스터미널 사물함에 임시로 넣어두고 온 것이다. 1만 불 뭉치 1개만 들고 왔어도 이런다.

이윽고 수색을 마쳤을 때 사내 하나가 앞장을 섰다.

"따라와."

영어를 쓴다.

불도 켜 있지 않은 시멘트 계단을 올라 2층 복도로 들어섰지만 불이 켜진 집은 하나도 없다. 복도에는 악취가 풍겼고 쓰레기가 이쪽저쪽에 쌓였다. 철거 예정의 아파트 같다.

이윽고 왼쪽 끝 쪽의 아파트로 다가간 일행이 멈춰 섰을 때 안에서 문이 열렸다. 그 순간 불빛이 밖으로 쏟아졌다. 사내를 따라 앞장서서 안으로 들어선 고대형은 응접실에 모여 있는 사내들을 보았다. 5명. 그룹 안쪽에 앉아 있던 사내가 김기일을 보더니 얼굴을 찌푸리며 웃었다.

"어. 요즘 바쁜 모양이군, 미스터 김."

연합과 거래가 있었던 무기상인 것이 확인은 되었다.

자양식당 안, 이곳도 관광객이 손님의 절반 이상이어서 번잡한 분위기다.

소문난 식당이다. 서양인, 동양인이 뒤섞인 손님들 사이로 종업원들이 분주하게 움직이고 있다. 종업원 하나가 벽 쪽에 혼자 앉아 있는 서양인 손님에게 다가가 물었다.

"주문하시겠습니까?"

손님이 고개를 들었다. 붉은색 등산복 상의를 입은 50대쯤의 사내다.

사내는 테이블 위에 판다 곰 인형을 놓고 있었기 때문에 표시가 난다.

사내가 고개를 저었다.

"조금 후에 손님이 올 테니까 기다려줘요."

"알겠습니다."

종업원이 몸을 돌렸을 때다.

갑자기 손님이 테이블 위로 엎어졌기 때문에 종업원이 고개를 돌렸다.

"억!"

다음 순간 종업원이 외침을 뱉었고 주위 손님들의 시선이 모였다.

"꺄악!"

옆자리의 서양인 여자가 날카로운 비명을 질렀다.

"으악!"

사내 하나도 외치면서 벌떡 일어섰다.

보라. 테이블에 엎드린 사내의 뒷머리가 절반쯤 부서져서 흰 뇌수와 함께 피가 쏟아져 나오고 있다.

"경찰!"

어디선가 한국인이 외쳤다.

"아니, 공안을 불러!"

다른 한국인이 다시 외쳤다. 비명이 연거푸 터졌고 주변 테이블은 싹 비워지면서 둥근 원이 만들어졌다. 식당 밖으로 도망치는 손님에다 이곳저곳에서 외침이 울려서 식당은 금세 난장판이 되었다.

"보았지?"

잠시 후, 자양식당에서 2백 미터쯤 떨어진 택시 정류장 앞.

택시를 기다리던 사내에게 뒤에 선 여자가 물었다. 둘은 양복과 투피스 정장 차림으로 각각 손가방을 쥐었다.

사내가 고개도 돌리지 않고 대답했다.

"못 봤어. 뒤에서 쏘았는데 뒷머리가 부서졌더군."

"메디슨 그놈을 돌아가서 죽여야 돼."

"일단 내가 죽은 것으로 해놓지."

"메디슨이 날 찾지 않을까?"

"찾겠지만 넌 내 조수로 알고 있으니까 오래 신경 쓰지는 않을 거야."

그때 택시가 앞에 멈췄기 때문에 둘은 말을 그쳤다. 피터와 쥬리다.

서양인 하나에게 새 등산복을 입혀주고 판다 인형까지 선물한 후에 같이 식사를 하자면서 먼저 식당에 보낸 것이다.

그러고는 옆쪽 식당에서 감시했지만 암살자는 찾지 못했다. 메디슨이 보낸 놈이다.

오후 4시 반.

응접실로 들어선 메디슨이 후버를 보았다. 후버는 파이프를 입에 물고 있었는데 메디슨을 보더니 성냥을 그어 담배에 불을 붙였다.

방 안은 언제나처럼 어둡다. 짙은 색 커튼을 쳐놓은 데다 창가의 스탠드만 불을 켜 놓았다.

메디슨이 앞쪽 자리에 앉았을 때 후버가 말했다.

"메디슨, 암살자가 중국으로 들어간 것 알지?"
"예, 압니다."
메디슨이 똑바로 후버를 보았다.
"이젠 우리가 상관할 필요가 없지 않습니까?"
"그렇지."
후버가 파이프를 빨자 얼굴 윤곽이 드러났다가 사라졌다.
"그런데 메디슨, 베이징 CIA에 문제가 생겼다."
후버가 말을 이었다.
"작전 팀장 하나가 실종되었고 리스타 중국 법인에서도 간부급 하나하고 요원 몇이 사라진 모양이야. 그놈 고대형의 짓인 것 같다."
"……."
"메디슨, 네가 베이징으로 가서 수습해."
"예, 부장님."
"베이징에서 문화원을 하고 있는 팀장이야. 조금 전에 보고가 되었는데 그 마리안이라는 팀장이 리스타의 간부급과 밀접한 사이였다는군. 그놈도 실종되었지만 말야."
입에서 파이프를 뺀 후버가 손을 흔들어 나가라는 시늉을 했다.
"서둘러, 메디슨. 베이징도 네 관할 아니냐?"

식당 안으로 들어선 지미 우들턴이 곧 안쪽 테이블에 앉아 있는 마리안을 보았다.
이곳은 중산공원 옆쪽의 카페 안. 오후 9시가 넘은 시간인데도 손님이 버글거리고 있다. 다가간 지미가 마리안의 앞자리에 앉으면서 웃었다.
"갓댐. 이런 미인이 암살자의 타깃이 되어 있다니."

마리안은 쓴웃음만 지었지만 눈동자가 흔들렸다.

지금 마리안은 리스타 측 연락을 받고 암살자를 만나러 온 것이다.

해밀턴에게 상황을 알려주고 나서 마리안과 제럴드는 리스타의 보호를 받고 있는 셈이다.

그때 마리안이 물었다.

“암살자는 동양인이라고 들었는데요?”

“난 암살자를 지도하는 사람이야. 리스타에서 이야기 해주지 않던가?”

“보조원 겸 연락관이 옆에서 따르고 있다고 했습니다.”

“갓댐.”

정색한 지미가 마리안을 보았다.

“마리안 씨, 경력이 얼마나 되지?”

“8년 되었습니다.”

“그렇군. 난 페샤와르에서만 5년, 중동 지역에서 10년을 근무했지. 그리고…….”

“암살자는 어디 있습니까?”

마리안이 말을 자르고 묻자 지미가 입맛을 다셨다.

“지금 날 경호 중이야.”

“…….”

“이런 장소에서 떡, 하고 나타날 수는 없지 않겠어?”

그러고는 지미가 자리에서 일어섰다.

“자, 가지.”

“어디로 말입니까?”

“은신처로.”

지미가 발을 떼면서 말했다.

"메디슨 그 빌어먹을 놈이 고용한 암살자는 걱정 안 해도 될 거야."

베이징 지단공원 근처의 주택가.

이곳은 옛날 주택이 많아서 지미는 택시에서 내린 다음에 좁은 골목길을 한참이나 앞장서서 걸어 올라갔다. 그 뒤를 마리안과 제럴드가 따른다.

제럴드는 식당 앞에서 마리안과 합류했는데 지미는 힐끗 쳐다만 보고는 인사도 하지 않았다. 택시에 탈 때도 뒷자리에 마리안과 나란히 앉았고 제럴드에게 말도 걸지 않았다.

이윽고 나무로 만든 대문 앞에 섰을 때는 밤 10시가 넘은 시간이다.

"이 집은 리스타연합이 빌려준 거야, 그러니까 안심하고 들어와."

지미가 대문을 밀었더니 낡은 나무문이 요란하게 삐걱거리면서 열렸다. 빗장도 걸지 않은 것이다.

조용한 주택가에 문 열리는 소음이 커서 마리안은 숨을 들이켰다.

지미가 앞장서 들어서면서 말을 이었다.

"마리안, 오늘 밤은 시간이 많으니까 이야기 좀 해줘야 할 거야."

"무슨 이야기인데요?"

뒤를 따르면서 마리안이 묻자 지미가 어둠 속에서 이를 드러내며 웃었다.

"네가 포섭한 리스타연합의 배신자들."

마리안이 잠자코 지미를 따르면서 넓은 마당을 둘러보았다.

보안등도 켜지 않은 마당은 어둡다. 1백 평쯤 되는 면적의 마당은 잔디가 깔려 있었는데 건너편 본채 마루방에 불이 켜져 있었기 때문에 희미하게 윤곽만 드러나 있다.

마루방으로 들어선 지미가 마리안과 제럴드에게 자리를 권하면서 말했다.

"자, 앉으시지. 방이 여러 개여서 아무데서나 자면 돼. 걱정할 것도 없어. 이제 다시 리스타와 CIA는 그전 분위기로 돌아간 거야."

"……."

"다만 정리는 해야 되겠지. 자, 리스타 중국 법인의 연합 소속 책임자인 곽문수는 마리안 너한테 포섭당해서 리스타 정보를 다 넘겨주었다고 자백했어. 맞지?"

"네, 맞습니다."

마리안이 주위를 둘러보며 물었다.

"이 대화 내용이 녹음되고 있겠죠?"

"당연하지. 녹음테이프는 CIA 본부로도 갈 거야."

지미의 얼굴에 쓴웃음이 번졌다.

"난 아직 CIA에서 퇴출되지 않았어, 마리안."

"알고 있습니다."

"곽문수가 자백한 내용하고도 맞춰야 돼. 자, 베이징의 연합에서 마리안이 이용한 요원은 누군가?"

"곽문수를 통했기 때문에 아는 데까지 말씀드리지요."

마리안이 말을 이었다.

"팀장급 김기일이 시안까지 간 건 알고 계시구요."

"알아."

"곽문수가 정보원 왕치우를 김기일의 뒤를 따르게 한 것도 압니다."

"김기일은 그 사실을 모르고 있었나?"

"그런 것 같습니다."

고개를 끄덕인 지미가 물었다.

"그렇다면 곽문수 하나를 포섭해서 이용한 것이군."

"그렇습니다."

"됐어."

고개를 끄덕인 지미가 마리안과 제럴드를 둘러보았다.

"당분간 여기서 쉬어. 이삼 일이면 될 거야. 물론 외부에 연락하지는 말고."

뉴욕, 브루클린의 허름한 카페에서 두 사내가 마주 보고 앉아 있다. 카페 안은 어두워서 얼굴 윤곽만 겨우 보이고 한산하다. 안쪽 바에 두 명이 한 명씩 떨어져 앉아 있을 뿐이다.

맥주병을 손에 쥔 윌슨이 입을 열었다.

"베이징에는 오후 3시 반에 도착할 거야. 눈에 띄지 않으려고 일반 여권을 쓰고 제임스 볼드윈이란 가명이야."

"그 개자식이 볼드윈으로 죽겠구나."

해밀턴이 쓴웃음을 짓고 말했다.

"몇 명 데려가는데?"

"그놈은 허세가 심해서 공작반 2개 팀을 소집했더군."

윌슨의 얼굴에도 쓴웃음이 떠올랐다.

"저격조까지 포함한 2개 팀이니까 20명쯤 돼, 해밀턴."

"작전팀을 먼저 보내겠지?"

"오늘 밤에 베이징에 도착해."

"거기서 증거 인멸을 한다는 거야?"

"일단 마리안을 잡아 죽이겠지, 마리안 입부터 막아야 할 테니까."

"마리안이 재빠르게 나한테 연락을 한 줄은 아직 모르고 있겠군."

"그럴 거야."

한 모금 맥주를 삼킨 윌슨이 이맛살을 찌푸렸다.

"나한테 신고해도 될 텐데 당신을 찾다니, 그년도 군기가 빠졌어."

"오죽하면 나한테 연락했겠냐? 너도 못 믿은 거지. 반성은 않고 걔 탓을 해?"

"갓댐."

"지금 고대형이 마리안을 보호하고 있어, 지미하고 같이."

"베이징 CIA 지부장 마크 올랜도만 병신이 되었어."

윌슨이 말을 이었다.

"지금 아무 영문도 모르고 있다고. 메디슨이 그 지랄을 한 줄 안다면 아마 쏘려고 할 걸?"

"마크 그놈이 그럴 만하지."

해밀턴이 눈을 가늘게 뜨더니 고개를 돌려 윌슨을 보았다.

해밀턴의 시선을 받은 윌슨이 눈을 치켜떴다.

식당으로 들어선 마리안이 먼저 커피포트에서 커피를 한 잔 따르고는 식탁으로 다가가 앉았다. 직사각형의 나무 식탁은 중국식으로 투박했지만 두꺼운 송판에 옻칠을 해놓았다.

주방 안쪽에서 뚱뚱한 중국 여자 하나가 요리를 만들고, 다른 여자 하나는 안쪽으로 옮기고 있다. 식당에는 아직 마리안 하나뿐이다.

뷔페식 식당이다. 식탁 위에는 빈 그릇과 포크, 나이프, 젓가락, 수저까지 나란히 놓여 있을 뿐이다.

커피를 한 모금 마시고 내려놓은 마리안이 자리에서 일어섰다.

접시를 들고 앞쪽 진열대로 다가간 마리안이 계란 프라이와 쇠고기 조림, 돼지고기 무침과 야채를 가득 접시에 담아들고 돌아왔다. 어제 하루를 굶다시피 했기 때문에 식욕이 무럭무럭 일어났다.

먼저 돼지고기 무침을 포크로 찍어 입에 넣었더니 맛이 기가 막혔다. 입가심으로 야채를 씹자 딱 맞는다.

다시 무침을 포크로 찍던 마리안이 식당 안으로 들어서는 사내를 보았다. 장신, 검게 탄 얼굴이 동양인도 같고 아랍인 같게도 보인다.

사내는 거침없이 들어와 마리안과 비스듬한 앞자리에 앉았다. 고개를 들고 있었는데도 시선이 마주치지 않는다. 그래서 눈인사도 할 수가 없다.

돼지고기 무침을 내려놓은 마리안이 커피 잔을 들었다.

그때 식당 여자가 사내 앞에 커피 잔을 내려놓는다. 시키지도 않았는데 그런다.

사내가 묵묵히 커피 잔을 들더니 한 모금을 삼켰다. 여전히 시선은 마리안 옆쪽으로 향해 있다.

그 순간 마리안의 심장이 철렁 내려앉았다.

암살자 고대형이다.

마리안도 요즘에야 암살자의 명성을 들었다. 아프간에서 탈레반과 알 카에다를 수십 명 죽였다고 했던가?

그러다가 지미 우들턴과 함께 CIA를 배신, 보상금을 요구했고 결국 받아낸 거물.

물론 마리안은 암살자 팀이 CIA의 증거인멸 작전으로 제거 대상이 되었던 사실은 모르고 있다.

그때 마리안이 작게 헛기침을 하고 사내에게 말했다.

"저, 마리안이라고 합니다."

그때서야 사내와 시선이 마주쳤다. 그러나 입을 열지 않는다.

마리안이 말을 이었다.

"제가 언제까지 이곳에 머물게 되죠?"

"아마 오늘 끝날 거요."

사내가 한마디씩 차분하게 말했다.

"내가 오늘 메디슨을 죽일 테니까."

"메디슨이 이곳에 오나요?"

"오후에."

"그렇군요."

고개를 끄덕인 마리안이 다시 물었다.

"그럼 다시 원상으로 돌아가겠네요."

"원상태로 돌아가는 건 없어요."

사내의 얼굴에 희미한 웃음이 떠올랐다가 지워지는 것을 마리안이 보았다.

차가 공항을 빠져 나오더니 속력을 내었다.

밤 10시 반, SUV의 뒷좌석에 앉은 메디슨이 앞쪽 자리의 조나산에게 물었다.

"마리안이 베이징 본부에 접촉한 동향은 없지?"

"없습니다."

조나산이 고개를 돌려 메디슨을 보았다.

"잠적한 상태죠. 아마 베이징에 있을 것 같습니다."

조나산은 5급으로 보좌관보 직급인데 CIA 경력 12년. 내년에 보좌관으로 승진하지 못하면 명퇴 대상자가 된다. 그래서 작년부터 메디슨의 심복 노릇을 한다.

조나산이 말을 이었다.

"피터와 쥬리가 아직 베이징에 있는 것 같습니다."

처음에는 피터가 당한 줄 알았더니 다음 날 검찰 발표를 보니까 독일 관광객이었다.

그러니 피터도 이 기회에 없애버려야 한다.

메디슨은 들고 가던 쇼핑백이 찢어져서 내용물이 쏟아진 느낌이었다. 베이징에 쏟아진 내용물을 주워서 버려야 한다.

힐끗 택시 운전사의 뒤통수를 보았던 메디슨이 입을 다물었다. 택시 2대는 지금 베이징 시내의 안가를 향해 달려가는 중이다. 먼저 보낸 팀원들도 안가로 사용되는 아파트에 들어가 있다.

"아, 마리안."

마당 구석의 나무 벤치에 앉아 있던 마리안이 뒤에서 부르는 소리에 고개를 돌렸다. 지미가 다가오고 있다.

늦은 밤 시간이어서 주위는 조용하다. 잔디밭 위를 소리 없이 다가온 지미가 마리안의 옆자리에 앉았다.

"오늘 저녁때 암살자를 만났다면서?"

마리안이 '그래서요?' 하는 표정으로 쳐다보았더니 지미가 말을 이었다.

"암살자가 그러던데, 오늘 다 끝나면 원상태로 돌아가느냐고 물었다면서?"

"원상으로 돌아가는 건 없다고 하던데요."

"맞아."

"오늘 메디슨을 죽인다고 했는데요."

"죽이러 갔어."

"도와주지 않으세요? 지도를 한다든가……."

"지시 다 끝났어."

"어디서 죽이는가요?"

"궁금해?"

"그 자식이 좀 처참하게 죽었으면 좋겠어요."

"죗값은 받아야지. 그놈은 너를 찾으려고 이곳에 온 거야, 널 없애면 증거가 사라지니까."

"본부에서도 알아야 할 텐데요."

"그것이 문제야."

어둠 속에서 지미의 얼굴에 쓴웃음이 번졌다.

"널 랭글리로 복귀시켰다가 메디슨의 행위가 드러날 수도 있거든. 그렇다고 메디슨의 행동에 대해서 입을 다물라는 각서를 받을 수도 없고 말야."

"……."

"CIA 최고위층이 저지른 일이라고. 오픈되면 영감까지 책임을 져야 된다니까."

"그럼 제가 희생양이 되어야 한단 말인가요?"

"이젠 리스타까지 알게 되어서 널 어떻게 할 수는 없어."

지미가 지그시 마리안을 보았다.

"더구나 너 같은 미인을."

안가는 베이징 북동쪽 외성의 주택가에 위치하고 있었는데 대저택이었다. 나무 대문을 열고 들어가면 돌이 깔린 마당이 펼쳐졌고 30미터쯤 안에 다시 중문이 있는 구조다. 중문을 지나 마당을 건너야 본채와 좌우 부속채가 펼쳐지는 것이다.

불을 환하게 밝힌 대저택을 둘러보면서 본채 마루방에 들어선 메디슨이 고개를 끄덕였다.

"이런 저택이 오히려 아파트나 호텔보다 경호에 낫다."

"그럴 것 같습니다."

조나산이 맞장구를 쳤다.

"대문이 2개나 있는 데다 담장이 높아서 밖에서는 안이 보이지도 않는군요. 마치 성 안에 들어온 것 같습니다."

저택 안에 들어온 메디슨의 일행은 모두 5명이다. 거기에 안가 관리인인 현지 요원 2명이 포함되어서 7명이 되었다.

본채 맨 안쪽의 침실로 들어선 메디슨이 침대에 오르면서 벽시계를 보았다. 오전 12시 반이다. 길게 숨을 뱉은 메디슨이 시트를 끌어 당겼을 때다.

문이 열리면서 사내 하나가 들어섰다. 거침없이 들어서기에 처음에는 수행원인 줄 알았다.

"악!"

다음 순간 메디슨이 벌떡 상반신을 일으켰다. 수행원이 아니다.

장신의 동양인. 저 얼굴, 암살자 고대형이다.

메디슨은 고대형의 본명과 사진까지 첨부된 파일까지 본 것이다.

그때 침대에서 세 발짝 거리로 다가선 고대형이 소음기가 끼워진 베레타를 겨눴다. 총구가 향해진 곳은 얼굴이다.

"잠깐."

메디슨이 손바닥을 펴 보이면서 말했다. 말할 것은 없다. 시간을 끌어보려는 것이다.

바로 마루를 건너면 조나산의 방이 있다.

그 옆쪽에 경호원 하나, 옆쪽 부속채에 둘, 관리인 둘, 한 명은 중문 밖에서 경비를 서고 있을 텐데.

그때 고대형이 총을 고쳐 쥐더니 총구가 내밀어졌다.

그 순간 메디슨이 입을 다시 벌렸지만 말은 안 나왔다.

"퍽!"

세 발짝 거리에서 총탄이 메디슨의 이마 한복판에 명중했다. 메디슨이 침대 윗부분에 머리를 부딪치면서 넘어졌고 고대형이 몸을 돌렸다. 침실의 불을 켜 놓았기 때문에 고대형의 뒷모습을 메디슨이 바라보고 있는 것 같다.

오후 6시 반이 되었을 때 뉴욕의 안가에 있던 후버가 윌슨의 전화를 받았다.

안가에서 외출 준비를 하고 있던 참이어서 후버는 손에 넥타이를 쥐고 있다.

윌슨의 목소리를 들은 후버가 서둘러 말했다.

"윌슨, 배드 뉴스면 내가 저녁 먹고 나서 이야기해라. 전쟁이 터진 경우만 빼고 말야."

"그건 아닙니다만……."

"모처럼 민주당 놈들하고 저녁을 먹는 자리야. 내가 웃어야 할 분위기라고."

"알겠습니다. 제가 수습하지요."

그때 후버가 거울에 비친 제 얼굴에 대고 물었다.

"네가 수습해도 되는 일이냐?"

"어쩔 수 없지요. 우리 내부 일이니까요."

"알았다."

"식사 웃으시며 하십시오."

"갓댐. 별 인사를 다 받는군."

전화기를 소파 위로 내동댕이친 후버가 넥타이를 매기 시작했다.

그로부터 한 시간 후.

후버가 민주당 의원들하고 웃으면서 식당에 둘러앉아 있을 때다. 맨해튼의 작고 허름한 카페에서 윌슨과 해밀턴이 이마를 맞대고 있다.

"갓댐. 그놈이 살인마가 되었군."

해밀턴이 한숨과 함께 말했지만 어두운 카페 안에서 두 눈이 번들거리고 있다. 암살자 고대형이 베이징의 CIA 안가에 잠입하여 7명을 몰살한 것이다. 그 7명 중에 CIA 부장보이며 러시아, 중국 담당으로 부장 특별보좌관인 메디슨도 포함되었다.

고대형이 어떻게 안가를 알게 되었는지도 의문이고 메디슨 일행의 일정을 손에 넣었어야 가능한 일이었다.

윌슨이 말을 이었다.

"베이징 본부의 요원이 안가하고 연락이 끊기자 가 보았더니 모두 사살되었다는 거야. 외부에서 침입한 흔적은 없고 반항한 것 같지도 않다는데……."

"그건 암살자한테 일도 아니지."

해밀턴이 말을 끊었다.

"장소와 인원까지 알려준 상황이니 미리 들어가서 기다리고 있었던 거지. 그쯤은 나도 하겠다."

고대형한테 안가 위치나 메디슨 일행의 숫자까지 알려준 것이 바로 해밀턴이다.

해밀턴은? 윌슨한테서 들은 것이다.

윌슨은 어떻게? 베이징 CIA 지부장 마크 올랜도가 보고를 했기 때문이다. 윌슨한테서 메디슨의 소행을 들은 마크는 분해서 제가 총을 들고 나서려고까지 했던 것이다.

그때 해밀턴이 고개를 들고 윌슨을 보았다.

"윌슨, 영감이 뭐래?"

"저녁 밥맛이 떨어진다고 나중에 보고하라고 해서 아직 못 했는데."

윌슨의 얼굴에 쓴웃음이 번졌다.

"영감이 도청을 우려하는 것 같았어. 하지만 대충 눈치를 채고 있을 거야."

후버가 메디슨을 베이징으로 보낸 것은 바로 이 결과를 바랐기 때문인 것이다. 그것을 이신전심으로 받아들인 윌슨이 해밀턴에게 상의를 했고 마크 올랜도에게 상황 설명을 하고 나서 고대형에게 정보를 준 것이다.

윌슨이 길게 숨을 뱉고 나서 해밀턴을 보았다.

"이제 그 빌어먹을 '카불 방송국 폭파' 사건이 겨우 끝난 것 같아."

"진즉 끝났어야 했는데 너희들이 증거를 없애려다 날벼락을 맞은 거지. 거기에다 메디슨 같은 병신이 끼어들었고."

"고대형은 어떻게 할 거야?"

"그걸 왜 나한테 묻나?"

눈썹을 치켜 올린 해밀턴에게 윌슨이 말을 이었다.

"고대형 덕분에 지미를 눌러서 사건이 끝났지만 아직 안심은 안 돼."

"지미 때문에?"

"그래서 지미를 서울 지부장으로 승진시키고 고대형을 서울로 같이 보냈으면 좋겠는데."

"고대형을?"

해밀턴이 다시 눈썹을 올렸다.

"너희들이 뭔데? 고대형은 내 직원이야. 이제 임무 끝났으니까 걔도 복귀해야 돼, 진급도 하고."

"당분간만 그렇게 해 주시지, 1, 2년 동안이라도. 지미 옆에 고대형을 둬야 영감도 안심할 테니까."

"영감 따위는 신경 안 써."

"더구나 1천1백만 불이나 나갔잖아?"

"그 돈은 고대형이 아직 안 찾았어."

"서울은 베이징보다 환경이 좋아. 그래서 상급지로 취급된다고."

그래도 해밀턴이 고개를 저었다.

"글쎄. 고대형을 우리가 어떻게 하란 말야? 걘, 서울에서 리스타연합 일을 할 것이 없다고!"

해밀턴이 버럭 소리쳤을 때 윌슨이 바로 대답했다.

"마침 우리 일이 있어. 한국을 경유해서 미국으로 들어가는 마약 루트가 여럿인데, 그것을 담당한 부서가 있어."

"……."

"비밀 부서라 한국 지부와는 별도로 움직이는데 현재 요원은 12명. 그 부서에 고대형과 마리안을 책임자와 부책임자로 임명해서 보내는 거야."

"갓댐."

"책임자는 부서장급이니까 지부장과 동급이야. 부책임자는 보좌관급으로 마리안도 진급이 된 셈인 데다 근무 환경도 좋으니까 만족하겠지."

"고대형을 마리안과 묶어놓을 계획이군."

"이건 내가 계획한 게 아냐."

"네 보좌관 놈들이군. 간사한 놈들."

그러고는 해밀턴이 한숨을 쉬었다. 이보다 나은 방법이 떠오르지 않은 것이다.

안가의 응접실 안, 오후 12시 반이다.

고대형과 지미는 소파에 등을 붙이고 앉았지만 마리안은 상반신을 세운 채 둘의 눈치를 보았다. 마리안은 어젯밤에 고대형을 보고 오늘 처음 만난다.

저택 안은 조용하다. 그러나 열려 있는 창으로 음식 냄새가 흘러 들어왔다. 점심시간인 것이다.

그때 먼저 지미가 입을 열었다.

"어젯밤 암살자가 CIA의 안가에 출현했어."

지미가 마리안의 옆쪽에 시선을 둔 채 말을 이었다.

"외성의 저택에 들어갔던 CIA 부장보 메디슨과 수행원 네 명, 그리고 저택 관리요원 둘까지 일곱 명이 사살되었지."

마리안은 숨을 죽였다. 바로 앞에 앉은 고대형은 고개만 들면 보였지만 들지 않는다. 지미가 헛기침을 했다.

"저택 안에 있는 CIA 요원들은 싹 몰살을 했지. 이건 CIA 역사상 처음 있는 일인데."

"……."

"오늘 오전 10시쯤 CIA 내부 공문이 떴어. 부장 명의로 발표가 된 건데 메디슨 이하 수행원 4명은 베이징에서 차량 전복 사고로 사망했다는군. 그래서 조금 전에 미 군용기 편으로 본국에 수송되었어."

"……."

"그 개아들 놈이 업무 중 사고사가 되어서 퇴직금에다 거액의 사망자 위로금, 연금까지 가족들에게 넘겨주었어."

그때 고대형이 입맛을 다셨다.

"이제 그만, 짐. 죽은 놈 이야기 할 것 없다. 용건을 말해."

"아니, 먼저 그놈이 죽었을 때의 장면을 말해봐, 형."

지미가 힐끗 마리안을 보았다.

"마리안도 듣고 싶을 테니까."

"갓댐."

"어디서 쏘았나?"

"침실에서."

"자는 놈을?"

"아니. 누웠다가 벌떡 일어나더군."

"그래서?"

"이마를 겨눴더니 '잠깐' 하더라."

"그래서?"

"화장실을 가려고 했나봐."

"그래서 가라고 했나?"

"그만하세요."

마리안이 말했기 때문에 둘의 시선이 모였다. 그때 고대형이 마리안을 응시한 채 말을 이었다.

"이마를 쏘았어, 정확하게. 앞쪽은 10센트짜리 동전만 하게 구멍이 뚫렸지만 뒤쪽은 골프공만 한 크기로 커졌을 거야."

"옳지."

"그놈은 눈을 크게 뜨고 죽었어. 눈의 빛이 스르르 꺼져 가는 것을 보고 싶었는데, 그냥 나왔어."

그때 마리안이 지미에게 물었다.

"이 말을 들려주시려고 부른 건가요?"

"아니."

지미가 상반신을 세웠다.

"난 서울지부장으로 발령이 났어, 마리안."

숨을 들이켠 마리안에게 지미가 말을 이었다.

"4급에서 3급 지부장으로 승진했지. 그리고."

지미가 마리안을 보았다.

"너는 6급에서 5급으로 승진해서 서울의 특수반 소속이 되었어. 그리고……."

고개를 든 지미가 고대형을 손으로 가리켰다.

"이놈이 네 직속상관이야."

"아니, 그럼."

마리안이 눈을 치켜떴다.

"내가 암살자의 부하가 되란 말이에요?"

"아니, 마리안."

정색한 지미가 나무랐다.

"여기 아비도스, 아니 고대형은 부장의 직접 관리를 받는 암살자였다고. 그런 식으로 말하면 안 돼."

"하지만 내 업무가……."

그때 고대형이 말했다.

"그렇다면 해임시켜주지. 내 직권으로 되는 일이니까 고향으로 돌아가서 연금이나 받아라."

마리안이 입만 딱 벌렸을 때 지미가 손부터 저으면서 말했다.

"아니, 잠깐."

"이야기 끝났어, 저 여자는 내가 같이 일 못 한다고 본부에 연락할 테니까."

고대형이 자리에서 일어섰다.

"너덜거리는 꼬리 달고 다니기 싫어."

고대형이 응접실을 나갔을 때 마리안이 눈썹을 모으고 지미를 보았다.

"서울 지부장이 되셨으니까 저 사람도 지부 소속이 될 거 아녜요? 저도 그렇고요. 근데 저 사람 마음대로 나를 해임시킬 수 있어요? 암살자 주제에 말이에요."

"이봐."

이제는 지미도 이맛살을 찌푸렸다.

"넌 좀 답답하군. 아무래도 미스터 고하고는 맞지 않겠다."

숨을 고른 지미가 말을 이었다.

"고대형은 본부의 직접 지시를 받는 별도 조직의 지휘자야. 밑에 10명쯤 조직원이 있고 넌 부지휘자로 임명된 거라고."

"……."

"네가 갈 곳은 그곳뿐이야. 어쨌든 너는 메디슨하고 연루되어서 본부에서는 이 기회에 널 대기 발령을 낸 후에 해임시킬 예정이었는데 서울, 별도 조직의 부지휘자로 발령을 낸 거야."

"……."

"그래서 고대형이 같이 근무하기 싫다고 한마디만 하면 넌 끝나게 돼. 본국으로 돌아가서 쉬는 수밖에."

그러고는 지미가 고개를 절레절레 흔들면서 일어섰다.

"이제 끝났어, 마리안."

"서울은 5년 만에 가는 거야."

고대형이 쓴웃음을 짓고 말했다.

"돌고 돌아서 원점으로 왔구나."

"한국에 가족은 있어?"

지미가 묻자 고대형이 고개를 저었다.

"없어. 부모 다 돌아가시고 누나는 뉴질랜드로 이민을 갔어."

"그럼 우즈베크가 고향이군."

불쑥 지미가 말하자 고대형이 의자에 등을 붙였다.

비행기는 지금 황해에 떠 있다. 서해상이다. 베이징을 떠나 서울로 날아가는 것이다.

"갓댐. 한국에 가다니."

고대형이 혼잣말로 투덜거렸다.

"다시는 돌아가지 않으려고 했더니 뜻대로 안 되는구나."

"무슨 사연이 있어?"

"5년 전에 내가 서울에서 고등학교 역사 선생이었다는 거 믿어지나?"

"해병대 중사는 언제 한 건데?"

"그전에. 군에 6년 있었지."

고대형이 눈을 가늘게 떴다.

"군 경력이 내 인생을 이끌고 있어."

"기이한 인생이군."

지미도 고대형의 이력을 안다.

페샤와르에서 만났을 때 본부에서 이력을 보내왔기 때문이다.

서울의 명문대 영문과 졸. 파슈툰, 타지크, 아랍어 등 6개 국어와 역사에 정통. 그러나 해병 특공대에서 6년 근무, 중사로 제대. 리스타연합에서 5년 근무 등이다.

그사이에 고등학교 역사 선생을 했단 말인가?

그때 고대형이 말했다.

"이봐, 짐. 앞으로 나한테 우즈베크 이야기 하지 마라."

"왜?"

"난 우즈베크에 이제 안 간다."

"무슨 소리야?"

지미가 정색을 하고 고대형을 보았다.

"결혼까지 했으면서. 소냐는 네 아이를 낳았을지도 모르는데."

"입 닥쳐."

"아이 일곱 명을 낳는다면서?"

"선오버비치, 셧업."

"갓댐. 벌 받는다, 인마."

"소냐는 내가 없는 것이 오히려 더 행복할 거다."

"이 자식이 합리화시키는 것 봐라. 비겁한 놈 같으니."

지미가 어깨를 부풀린 것이 정말 화난 것 같다. 제가 애먼 고대형한테 찾아가 빼내 오고서는 그런다. 지금도 고대형은 타슈켄트에서 떨어진 고려인 마을에 있었다면 아무도 찾지 못했을 거라고 믿고 있다.

그때 고대형이 말했다.

"내 주변의 여자들은 다 죽어."

지미가 눈만 치켜떴고 고대형이 말을 이었다.

"그래서 소냐는 오래 살 거야."

"지저스 크라이스트."

투덜거렸던 지미가 고개를 들고 고대형을 보았다.

"그런데 어쩌나? 뒤쪽 이코노미석에 마리안이 타고 있어. 네 팀에서 일하겠단다."

"……."

"네가 본부에 보고를 했건 안 했건 받아줘야 할 것 같다."

"……."

"알지? 3년 전에 이혼했다는 것."

"……."

"네가 마리안을 없애고 싶다면 같이 있는 것이 낫겠네."

지미가 깐죽거렸지만 고대형은 대꾸하지 않았다.

먼저 입국장에 나와서 기다리고 있던 지미와 고대형은 다가오는 마리안을 보았다. 고대형은 외면하고 섰고 지미가 마리안에게 말했다.

오후 1시 반, 입국장은 사람들로 가득 차 있어서 소란하다.

"이봐. 마리안, 일이 이렇게 되었으니까 네 상관한테 한마디 해야지."

그때 마리안이 고대형의 옆얼굴을 향해 말했다.

"미안합니다. 내가 분수를 모르고 입을 놀린 것 같습니다."

고대형이 고개를 돌려 마리안을 보았다.

"지미 덕분에 같이 일하는 줄 알아, 난 널 데려갈 생각은 눈곱만큼도 없었으니까."

마리안의 얼굴이 금방 붉어졌다가 누렇게 굳어졌을 때 지미가 끼어들었다.

"자, 자, 됐다. 이것으로 게임 끝났다. 가자."

지미가 앞장을 섰고 그 뒤를 고대형이, 마리안이 맨 나중에 서서 따른다.

공항 건물 밖에는 요원들이 기다리고 있었기 때문에 지미와 고대형은 그곳에서 헤어졌다. 고대형의 특수팀도 따로 대기하고 있었기 때문이다. 지미와 헤어진 고대형이 마리안과 함께 특수팀의 SUV에 올랐다.

"전 10년 차입니다. 현재 특수팀 중 가장 선임이죠."

운전석 옆자리에 앉은 사내가 차가 출발했을 때 뒤로 몸을 돌리고 말했다.

이름은 핸더슨, 건장한 체격, 붉은 얼굴에 잿빛 머리칼.

핸더슨이 말을 이었다.

"특수팀은 8개월 전에 조직되었는데 지금까지 정보 수집만 해온 셈입니다. 작전을 하기에는 인원도 부족하고 자금 지원도 제대로 되지 않아서요."

"……."

"한국을 거쳐서 일본과 미국 본토로 나가는 마약 양이 엄청납니다. 일부분은 한국에서 유통되는데요. 아직 한국 당국하고 협의한 적은 없습니다. 우리 특수팀 존재를 비밀로 하고 있어서요."

고대형의 시선이 옆에 앉은 마리안을 스치고 지나갔다.

마리안이 베이징에서 운영했던 동서문화관이 그런 비밀 조직이다, 그곳에서는 주로 정보 수집을 했지만.

그때 고대형이 물었다.

"인원은 어떻게 되나?"

"예. 파견 요원이 4명. 현지 채용 한국인이 4명입니다."

"버클리 씨는?"

"한 달 전에 귀국해서 제가 팀장 대리를 맡고 있었습니다."

버클리는 한 달 전까지 팀장이었던 사내다. 인사 기록을 보지 못했기 때문에 경력이나 귀국 이유를 알 수가 없고 이름만 알고 있을 뿐이다.

그때 핸더슨이 쓴웃음을 짓고 말했다.

“이번에 팀장과 부팀장이 오시는 바람에 팀 분위기가 달라졌습니다.”

“어떻게 말인가?”

“작전이 없으니까 분위기가 침체되어 있었거든요. 마치 기업체의 시장조사 사무실 같았습니다.”

“……”

“더구나……”

잠깐 망설였던 핸더슨이 말을 이었다.

“전(前) 팀장 버클리 씨가 사고를 일으키는 바람에 요원 하나하고 현지인 고용원 하나까지 셋이 소환되었거든요.”

“……”

“중국에서 가져온 헤로인 1킬로를 빼앗아서 운영 자금으로 쓴 것이 감사에 걸렸기 때문입니다.”

“……”

“이번에 두 분이 오신 건 내부 기강부터 단속하라는 것으로 모두 알고 있습니다.”

“버클리가 그렇게 해먹었다면 다른 요원들이 모를 리가 없겠는데.”

“전 모르고 있었습니다.”

“핸더슨, 네 직책은 뭐야?”

“행정 업무올시다. 총무직이지요. 건물, 차량, 서류 관리를 맡고 있습니다.”

“정보 수집은?”

“마크 워크맨이 맡고 있었지요.”

고개를 끄덕인 고대형이 좌석에 등을 붙였을 때 마리안이 입을 열었다.

“보고 라인은 어떻게 되죠?”

"예. 서부지역 마약국의 직접 관리를 받습니다. CIA 서울 지부하고는 별개 조직으로 서부지역 마약 국장 코왈스키 씨의 지시를 받습니다."

고대형이 창밖으로 고개를 돌렸다. 먼저 내부 정리, 정돈이 우선이다.

이태원의 숙소에 도착했다. 일방통행 길 안의 2층 집이다. 담장 위에는 철조망까지 둘러놓았고 정원도 있다.

차가 대문 안으로 들어서자 철문이 자동으로 닫혔다. 대문 밖에서는 안이 보이지 않는다.

"이곳에 요원 넷하고 현지 요원 1명이 삽니다."

현관으로 안내하면서 핸더슨이 말했다.

현관 안에는 여자 둘이 서 있었는데 가정부 같다.

핸더슨이 둘을 소개했다.

"강 씨, 민 씨. 두 분이 집안일을 거듭니다."

이미 밖에서 경비원으로 일하는 최 씨를 만났으니 고용원은 셋이다. 거기에다 요원 다섯이 거주하고 있는 것이다.

저택은 컸다. 아래층 면적이 120평쯤 되었고 이 층도 비슷했으니 건평만 2백 평이 넘는다. 대문 옆에 경비원 숙소도 있었으니까 대저택이다.

"위층을 비워놨으니까 두 분이 위층을 쓰시지요."

핸더슨이 계단을 가리키며 말했다.

"요원들은 아래층을 사용하고 있습니다. 아래층도 방이 8개나 있어서요."

고대형과 마리안이 핸더슨을 따라 이 층 계단으로 올라갔다.

"왼쪽을 팀장이 쓰시고 오른쪽은 부팀장 숙소로 정했습니다."

계단을 오른 핸더슨이 왼쪽과 오른쪽을 번갈아 가리켰다. 응접실을 사이에 두고 나눠진 공간이다.

이 층도 넓어서 각각 아래층으로 내려가는 계단이 있기는 했다.
마리안이 여자라고 딴 곳을 숙소로 정하는 것은 생각도 안 한 것 같다.
고대형이 왼쪽으로 몸을 돌렸다.

왼쪽 구역에는 침실과 서재, 그리고 베란다까지 배치되어 있어서 응접실로 나가지 않아도 공간이 여유롭다. 아마 마리안의 오른쪽 구역도 비슷한 구조일 것이다.

숙소에 짐을 풀고 나서 고대형은 서재로 나와 핸더슨이 주고 간 보고서를 읽는다. 지금까지의 정보를 모은 것이다.

현재 한국을 통해 유통되는 헤로인은 연간 5백 킬로. 그중 350킬로가 한국을 거쳐 일본과 미국으로 공급된다.

한국으로 오는 경로는 배, 비행기 등 다양하지만 중국에서 밀수선을 이용하는 비율이 70퍼센트, 어선과 여객선이 20퍼센트, 나머지가 비행기나 항공화물 등이다. 그중 80퍼센트가 중국, 10퍼센트가 러시아, 나머지는 동남아 각국에서 온다.

헤로인은 대부분 폭력 조직에 의해서 관리, 공급되는데 중국은 삼합회, 태국의 만타랑, 러시아의 마피아다. 일본과 미국으로 보내지는 헤로인은 야쿠자 3개 조직, 야마구치조, 스미요시회, 이나카와회 등인데 군소 조직도 몇 개 포함되어 있다.

미국으로 넘겨지는 헤로인은 주로 LA의 3개 조직, SF의 3개 조직, 동부 뉴욕의 3개 조직 정도인데 그것은 LA의 서부 마약국에서 맡고 있다.

저녁 식사 시간 때까지 자료를 읽고 난 고대형이 아래층 식당으로 내려왔을 때는 오후 7시가 되었을 무렵이다.

그때는 숙소에 특수팀 전원이 모여 있었는데 고대형이 소집했기 때문이다. 상견례 겸 저녁 식사를 저택에서 하려는 것이다. 숙소의 식탁에는 팀원 10명이 모두 모였다. 논현동의 사무실 문을 일찍 닫고 숙소로 온 것이다.

숙소를 사용하는 인원은 총원 10명 중 7명이나 되어서 현지 요원 3명만 밖에서 거주하는 셈이다.

식사 전에 고대형과 마리안은 팀원들과 상견례를 했다. 서로 인사를 주고받는 간단한 의식이었고 고대형은 신임 팀장으로 인사말도 하지 않았다. 고대형의 분위기가 '뻣뻣'해서 누가 말을 걸 분위기도 아니다.

CIA 요원 넷은 모두 정식 요원으로 핸더슨, 마크, 케인, 토리노였고 현지 요원은 김인식, 장무혁, 오태준, 그리고 정유미다.

정유미는 여자이고 저택에서 거주한다. 기업체 기획실 근무를 하다가 채용된 경우다. 28세, 미혼, 전에 CIA 서울 지부에서 근무하다가 특수팀으로 전출되었으니 신원 확인은 되어 있겠지.

정유미는 자꾸 고대형에게 시선을 주었는데 팀장이 한국 국적의 사내인 것이 반가운 것 같다.

저녁 식사를 하면서 마리안이 유일한 여자 팀원인 정유미에게 자주 말을 걸었다. 둘이 금세 친해져서 식사가 끝나고 술을 마실 때는 옆에 붙어 앉았다. 고대형이 술을 가져오라고 했기 때문이다.

이렇게 고대형의 귀국 첫날밤이 지나갔다.

"암살자는 서울에 도착했나?"

후버가 묻자 윌슨이 정색하고 대답했다.

"예, 부장님."

"부팀장으로 베이징 문화원장으로 있던 여자가 붙었지?"

"그렇습니다."

"서울 지부장은 그 선오버비치가 갔지?"

"예, 부장님."

"그럼 일단 암살자한테 상황을 알려주도록."

후버의 시선을 받은 윌슨이 헛기침을 했다.

이곳은 맨해튼의 안가, 오후 4시 반이다.

여전히 짙은 색 커튼을 내린 방 안은 어둑하다. 물론 천정의 불은 켜놓았지만 항상 '초저녁'의 밝기로 방 안 조명이 유지되고 있다.

"부장님, 작전을 시작하란 말씀입니까?"

후버가 윌슨의 시선을 맞받았다.

흐린 방 안에서 두 쌍의 눈이 번들거리고 있다.

"이봐, 윌슨."

"예, 부장님."

"너 CIA 경력이 몇 년이지?"

"예, 28년 되었습니다."

"너보다 경력이 긴 놈이 많은데도 네가 제2인자가 된 비결이 뭔지 알아?"

"부장님 주변에서 벗어나지 않았기 때문이죠."

"글쎄. 벗어나지 않았던 비결을 말하라니까?"

"아무래도 지시를 고분고분 따랐기 때문인 것 같습니다."

"다른 놈도 다 그랬다. 너만 그런 게 아니야."

"그럼 대책 수립입니까?"

"아냐."

"돈 문제에서 깨끗한 것 말씀이군요."

"이놈이 슬슬 제 자랑을 하는군. 아냐."

그때 윌슨이 입을 다물었고 후버가 말을 이었다.

"내가 감(感)만 믿고 저지른 일을 네가 잘 수습해줬기 때문이야."

"……."

"베이루트 사건, 이라크 사건, 그리고 모스크바 사건."

"무모하셨지요."

"내가 아니면 일으킬 수 없었지."

후버가 고개를 절레절레 흔들었다.

"간부 회의를 거친다면 도저히 통과 안 되고 나중에는 다 터뜨려져서 CIA가 망해버릴 사건이었는데 우리가 성공해서 국익에 이바지했다."

"엄청난 희생이 따랐지요."

"희생을 겁냈다면 이 정도까지 이루어내지 못했지."

"그래도 이번 일은 위험합니다."

윌슨이 말했을 때 후버가 쓴웃음을 지었다.

"이번처럼 조건이 좋은 작전이 없어."

술좌석은 11시가 되어서야 끝났다.

고대형은 10시쯤 2층에 올라왔기 때문에 창밖으로 외부 거주자인 현지 요원 셋이 떠나는 것만 보았다.

11시 10분, 고대형의 응접실에 놓은 인터폰이 울렸다.

전화기를 귀에 붙였더니 여자 목소리.

"저, 정유미인데요, 주무세요?"

한국말이다. 식당에서는 영어를 썼는데 정유미는 거침없이 한국어로 묻는다.

"아니, 그런데 무슨 일이야?"

"보고 드릴 것이 있는데요. 다음에 할까요?"

"뭔데?"

"오시면 바로 보고 드리라고 해서 보고서 갖고 있었습니다."

"누가?"

"윌슨 부장보이신데요. 제가 정보 관리를 맡고 있었거든요."

"윌슨 부장보가?"

"예."

"그럼 올라와."

고대형이 전화기를 내려놓고 기다렸을 때 5분도 안 되어서 문에서 노크 소리가 났다. 1층에서 왼쪽 계단을 올라오면 고대형의 숙소가 나온다.

곧 문이 열리더니 정유미가 파일을 들고 방 안으로 들어섰다. 긴 머리를 뒤에서 묶었고 긴팔 셔츠에 바지 차림이다. 파티에서 마신 술기운에 볼이 빨개져 있었지만 취한 것 같지는 않다.

앞쪽 자리에 앉은 정유미가 파일을 고대형 앞에 놓았다.

"마약 수송 루트와 수송 수단, 수송 책임자와 인수자 등을 기록한 자료입니다."

고대형은 서류를 쳐다만 보았고 정유미가 말을 이었다.

"우리 팀에서 6개월 동안 수집한 정보지요. 지금까지 우리는 유통 과정만 조사한 것입니다."

고대형이 파일을 펼쳐 보았다.

특수팀은 한국을 중심으로 유통되는 마약 루트를 조사해 놓은 것이다. 먼저 배를 통해 유통되는 경우가 5개나 있었다.

첫 번째가 서해상에서 어선을 통해 유입되는 경우다. 이 분량이 가장 많았다. 사용되는 어선은 11척, 배 사진까지 찍혀 있다.

고개를 든 고대형이 정유미를 보았다.

"이 자료는 어떻게 수집한 거야?"

"정찰 위성까지 동원한 것이죠. 주로 7함대 사령부와 주한미군 사령부에서 보내온 자료를 우리는 모아서 정리했을 뿐입니다."

정유미가 번들거리는 눈으로 고대형을 보았다.

"우리 팀이 10명밖에 안 되지만 아시아에서는 마약 루트에 대한 가장 많은 자료를 갖고 있을 것 같습니다."

"그래서 이 정보를 이용해서 헤로인을 가로채었나?"

"확인하다가 전달책이 내버리고 도망간 것을 주웠는데 어쩔 수가 없었죠. 요원들을 시켜 처리하다가 적발되었습니다."

"당신은 그것이 별 문제가 아닌 것 같이 말하는군."

고대형이 지그시 정유미를 보았다.

갸름한 얼굴형의 정유미가 똑바로 고대형의 시선을 받았다.

"네, 팀장님. 별일 아니었습니다. 그런데 버클리 씨가 실수를 했죠."

"실수?"

"헤로인을 판 대금을 셋이서만 나눴기 때문이죠. 더구나 그것도 불공평하게요."

고대형의 얼굴에 웃음이 떠올랐다.

"팀에서 그 짓을 여러 번 했던 것 같군."

"본부에서 조장한 부분도 있습니다. 눈앞에서 헤로인과 현금이 왔다 갔다 하는 것을 매일 보게 되었으니까요."

"그렇군."

"어깨만 툭 쳐도 헤로인 몇 킬로가 떨어지는 상황이었으니까요."

"다 썩었다고 나한테 고발하는 거야?"

"조금 전에 본부에서 연락을 받았습니다."

"누가?"

"제가요."

"넌, 본부의 스파이인가?"

"예. 서울 지부에서 이곳에 파견될 때 윌슨 부장보님의 지시를 받았습니다."

"직접?"

"아뇨, 보좌관 케니 씨한테서요."

고대형은 모르는 이름이다.

정유미가 말을 이었다.

"지금까지의 상황과 자료를 모두 팀장께 보고하라고 했습니다."

"……."

"파티 도중에 연락받았어요."

"……."

"내일 중에 팀장께 직접 연락한다고 했습니다."

"누가?"

"그건 모르겠어요."

"팀 상황을 말해 봐."

"예. 핸더슨이 관리담당으로 선임인데 정보담당인 마크하고 친합니다. 둘이 그동안 여러 번 헤로인을 빼앗아서 한국 도매상에 유통시켰습니다."

"그렇군."

"한국인 셋은 요원들과 손발을 맞추고 있습니다. 헤로인 판 돈으로 모두 잘살지요."

"너는?"

"저도 받았습니다."

정유미가 접힌 쪽지를 고대형의 앞에 놓았다.

"2개월 전부터 시작해서 모두 6번, 1억 2천이 되었습니다."

"모두 너를 믿나?"

"제가 여기 정보 보고를 하러온 줄 모두 알고 있습니다."

"나에 대한 소문은 들었나?"

"예. 모두 정보통이라서요."

고개를 든 정유미가 고대형을 보았다.

"중동에서 K-5로 근무하다가 이곳으로 전임되었다고 들었습니다."

고대형의 얼굴에 쓴웃음이 떠올랐다. 맞다. K-5는 용병 암살자다.

K-1에서 K-4까지가 자체의 암살대이고 K-5는 용병으로 고용한 임시요원을 말한다.

다 아는구나. 고개를 끄덕인 고대형이 옆에 놓인 전화기를 집어 들었다. 버튼을 누르자 곧 발신음이 들리더니 사내 목소리가 울렸다.

"여보세요."

지미 우들턴이다.

"지미, 나야."

"앗."

놀라는 소리를 뱉은 지미가 대뜸 물었다.

"뭐야? 또 누가 개수작을 부리는 거냐?"

CIA 본부를 빗댄 말이다.

고대형이 전화기를 쥔 채 앞쪽에 앉은 정유미를 보았다.

"내 거처 알지?"

"이거 안다고 해야 하나? 곤란한데."

"지금 당장 행동조 5명만 보내줘. 차 3대는 있어야겠다."

"무슨 일이야?"

"곧 알게 될 거야. 특수팀장이 지부장한테 공식 요청을 하는 거다."

"오케."

지미의 목소리가 굳어졌다.

"나도 가지, 형."

전화기를 내려놓은 고대형이 자리에서 일어서더니 벽 쪽으로 다가가면서 말했다.

"정, 아래층으로 내려가서 곧 지부 요원들이 올 테니까 문을 열어주라고 해."

"네."

자리에서 일어선 정유미의 얼굴이 하얗게 굳어져 있다. 그러나 더 이상 묻지 않고 방을 나간다.

선반으로 다가간 고대형이 서랍을 열고 권총을 꺼냈다. 팀장에게 지급된 권총으로 베레타 92F다. 권총을 꺼낸 고대형이 탄창의 실탄을 확인한 후에 옆쪽 서랍에서 소음기를 꺼내 끼웠다. 그러고는 약실에 실탄이 들어간 것을 확인하고는 다시 소파로 돌아와 앉았을 때 응접실 문이 열리더니 마리안이 들어섰다.

마리안이 이 방에 들어온 것은 처음이다.

"무슨 일이죠? 서울 지부 요원들을 불렀어요?"

"응, 마침 잘 왔어."

고대형이 권총을 탁자 위에 내려놓았더니 마리안의 시선이 그쪽으로 옮겨졌다.

"마리안, 대문 경비만 남겨놓고 모두 이곳으로 불러."

"이곳으로요?"

"그래, 대문은 열어놓으라고 하고. 경비원에게 지부 요원들이 오면 모두 2층으로 올라오라고 전해."

마리안이 주춤거리다가 곧 방을 나갔다. 고대형의 기세에 눌렸기도 하지만 심상치 않은 분위기를 느꼈기 때문이다.

3장 서울의 특수팀

곧 아래층에서 요원들이 올라왔는데 모두 술기운이 오른 얼굴이다. 맨 나중에 들어온 정유미만 얼굴이 굳어 있다.

"모두 거기 앉아."

고대형이 앞쪽 소파를 눈으로 가리키며 말했다.

그때쯤은 모두의 시선이 고대형 앞쪽에 놓인 권총을 스치고 지나갔다. 그래서 소파에 앉았을 때 분위기가 변했다. 이제 응접실 안이 조용해졌다.

그때 고대형이 말했다.

"곧 지부 요원들이 올 거야."

모두 침묵했고 고대형의 말이 이어졌다.

"내가 요청했어. 그때까지 이야기나 하지."

"무슨 일입니까?"

핸더슨이 물었다.

"우리는 지부하고 연락을 못 하는 입장 아닙니까?"

"그건 팀장이 알아서 한다."

고대형이 웃음 띤 얼굴로 핸더슨을 보았다.

"집에 불이 났을 때 이웃집에서 도와주는 상황하고 같아. 더구나 이웃집이 친척집이거든."

"그럼 우리 집에 불이 났다는 말씀입니까?"

"불을 지른 놈이 있어."

고대형이 소파에 등을 붙이면서 앞에 놓인 권총을 보았다.

"그놈을 오늘 밤에 쏴 죽일 거다."

웃음 띤 얼굴로 말했기 때문에 모두 눈만 깜박였다. 그때 이번에는 마크 워크맨이 입을 열었다.

"팀장, 자세하게 말씀해 주시지요. 이해가 안 됩니다. 우리 중에서 불을 지른 놈이 있다니요?"

"하나씩 정리하도록 하지."

그때 아래층에서 수선스러운 기척이 들렸기 때문에 마리안이 먼저 일어섰다.

고대형이 마리안에게 말했다.

"이리 데려와."

지부 요원들을 말하는 것이다.

잠시 후에 지미 우들턴을 선두로 지부 요원 6명이 응접실로 들어섰다. 앉아 있던 요원들이 주춤대면서 일어섰을 때 지미가 고대형에게 물었다.

"이봐, 무슨 일이야?"

그때 고대형이 탁자 위에 놓은 베레타를 집어 들면서 말했다.

"짐, 이 방 안에 도청 장치가 있는가를 확인해라."

"오!"

순식간에 상황을 알아챈 지미가 탄성 같은 신음을 뱉더니 뒤에 선 요원들에게 말했다.

"좋아. 수색 실시."

지부 요원들도 1초도 머뭇거리지 않고 응접실을 수색하기 시작했다. 그때 고대형이 앞쪽에 주춤거리고 선 특수팀 요원들에게 말했다.

"모두 앉아서 기다려."

핸더슨, 마크 등은 얼굴을 굳히고 있더니 자리에 앉았다. 마리안은 고대형의 옆으로 다가와 서서 지부 요원들을 둘러보고 있다.

그때 TV 뒤쪽을 살피던 요원 하나가 말했다.

"여기 도청 장치가 있군요."

고개를 든 요원이 웃음 띤 얼굴로 고대형과 지미를 번갈아 보았다.

"선이 전선하고 함께 아래층으로 연결되어 있습니다. 이건 우리 장비입니다."

요원 하나가 뒤쪽을 들여다보더니 말을 이었다.

"아래층에서 이곳을 도청하고 있었습니다. 이 선을 따라가면 아래층이 나오겠지요."

그때 지미가 고개를 끄덕였다.

"그렇군. 이곳이 네 방이라면 팀원들이 팀장을 도청하고 있었어."

지미가 얼굴을 일그러뜨리며 웃었다.

"이제 너희들 큰일 났다."

특수팀을 향해 말한 것이다.

그때 고대형이 베레타를 무릎 위에 올려놓은 채 앞에 앉은 다섯 명을 보았다.

특수팀의 요원 넷. 핸더슨, 마크, 케인, 토리노, 그리고 현지 요원 정유미다.

지미가 팔짱을 낀 채 고대형의 옆에 서 있고 지부 요원들은 보는 중이다.

그때 고대형이 말했다.

"누가 설치했나? 자백하면 살려준다."

고대형이 베레타를 들어 올렸다. 소음기까지 껴 총신이 길다. 방 안에 정적이 덮였고 한동안 숨소리도 들리지 않았다.

이윽고 20초쯤 지났을 때 고대형의 얼굴에 웃음이 떠올랐다.

"이 개새끼들이 날 입으로만 떠드는 놈으로 알고 있군."

그때 지미가 말했다.

"형, 진정해. 절차를 밟아. 어차피 이놈들은 파면이야."

"이놈들은 정보를 갖고 있어. 기생충을 놔 보내는 꼴이 돼. 파면하면 말야."

"어떻게 하겠다는 거야?"

"즉결처분하는 거지. 시체는 지부에 맡길 테니까 싣고 가."

"갓댐."

"그래서 차 3대 가져오라고 한 거야."

"몇 놈이야?"

"이 네놈이 다 모의했을 수도 있어."

고대형이 총구로 요원 넷을 가리켰다.

"난 네놈 다 쏴 죽일 권한이 있다, 짐."

"좋아. 알아서 해."

지미가 뱉듯이 말했을 때 고대형이 넷을 둘러보았다.

"개새끼들아, 누가 먼저 말할래?"

"……."

"먼저 쏴 죽인 놈한테 뒤집어씌우려는 생각을 한다면 오해다."

"……."

"개새끼들."

순간 고대형의 총에서 발사음이 울렸다.

"퍽!"

총탄이 탁자 위에 놓인 유리컵을 박살내면서 물과 유리 파편이 넷의 몸에 튀었다.

고대형이 말을 이었다.

"아래층에서 정유미의 이야기를 들으면서 대책 회의를 했지? 자. 누가 설치한 거냐?"

"……."

"다 죽을래?"

그때 토리노가 고개를 들었다.

"가만있으려니까 비겁한 놈들 비위가 상해서 못 견디겠군. 핸더슨과 마크가 주동이 되어서 설치한 거요."

토리노는 29세, 4년 차 정보요원이다. 해병 출신, 팀에서 가장 막내다.

어깨를 편 토리노가 말을 이었다.

"물론 나도 호응을 했소. 새 팀장은 용병 출신으로 CIA 경력도 없으니까 우리가 주무르자는 의견에 말요."

그때 고대형이 핸더슨을 보았다.

"이 비겁한 놈아, 대답해 봐라!"

"본부의 정식 감찰을 받겠어."

핸더슨이 뱉듯이 말했다.

"마침 여기 지부장도 와 있으니까 정식 감찰을 요구합니다."

그때 지미가 쓴웃음만 지었고 고대형이 마크 워크맨에게 물었다.

"네 생각도 마찬가지냐?"

"그래야겠군."

마크의 넓은 얼굴에 쓴웃음이 번졌다.

"어차피 당신하고는 같이 일을 못 할 상황이 되었으니까 말야."

"너는?"

고대형이 남은 요원 케인한테 물었더니, 케인이 고개부터 저었다.

"난 도청 장치 설치에 반대했었지만 어쩔 수 없었어요, 이미 오염이 되어 있었으니까요."

"내가 이렇게 포로처럼 잡혀 있을 수는 없지."

핸더슨이 벌떡 일어서며 말했다.

"지금 뭐 하는 거야? 총을 휘두르면서 말야? 여기가 아프간인 줄 알아?"

그 순간이다.

"퍽!"

고대형이 쥔 베레타가 발사음을 내었다.

"악!"

비명을 지른 것은 앞쪽 끝자리에 앉았던 정유미다.

정유미는 이마 복판에 구멍이 뚫린 채 소파에 넘어진 핸더슨을 본 것이다.

"갓댐."

그때 지미가 투덜거렸다.

"이봐, 형, 소파 버렸지 않나?"

그러나 물러선 지부 요원들은 사색이 되어 있다. 그들로서는 같은 요원을 즉결처분하는 장면을 처음 보는 것이다.

그때 고대형의 총구가 마크에게로 옮겨졌다.

그 순간 고대형을 본 마리안이 숨을 들이켰다. 고대형이 웃고 있었기 때문이다. 장난을 치는 것 같다.

피비린내가 풍겨 왔고 핸더슨의 왼쪽에 앉은 마크가 고대형의 시선을 받았다.

고대형이 물었다.

"마크, 할 말 있으면 해라."

"당신이 이럴 권한이 있는 거야?"

"물론이지, 이 개새끼야."

다음 순간 발사음이 다시 울리더니 마크의 이마에도 구멍이 뚫렸다.

그때 지미가 고대형에게 한 걸음 다가섰다.

"이봐, 시체 2구면 됐어. 나머지는 나중에 처리해."

그때 자리에서 일어선 고대형이 말했다.

"지미, 미안한데 이 두 놈을 포장해서 본국으로 보내줘, 내가 보고를 할 테니까."

"내가 시체 처리반이냐?"

와락 소리를 질렀던 지미가 몸을 돌리더니 요원들에게 지시했다.

"우선 저놈들을 비닐로 싸."

그때서야 방 안에서 피비린내가 맡아졌다.

소파까지 들어내고 양탄자도 말아서 치운 응접실에서 넷이 둘러앉았다. 고대형과 지미, 마리안과 정유미다.

지금 정유미는 지미와 마리안에게 상황 보고를 하는 중이다. 고대형이 시켰기 때문이다.

지미는 도청 장치를 찾고, 시체 치우는 일까지 맡은 터라 들을 권리가 있다고 고대형이 판단한 것이다.

지부 요원 넷은 시체를 싣고 떠났고 둘이 아래층에서 대기 중이다. 케인과 토리노도 아래층으로 내려가 있다.

이윽고 정유미의 보고가 끝났을 때 지미가 말했다.

"갓댐. 시신 보내면서 이 내용을 언급하지 않겠지만 그럴 만하군. 난 네 협조 요청을 받고 지원해준 것으로 하자."

지미가 고개를 절레절레 흔들었다.

"고인 물이 썩는다더니 바로 이 팀을 말한 것이군. 윌슨이 이 내막을 알면서도 널 보낸 건 이렇게 될 걸 예상하고 있었던 거야."

고대형이 설마 하는 표정을 지었다가 마리안에게 고개를 돌렸다.

"마리안, 내일 현지 요원 셋을 9시까지 이곳으로 집합시켜."

그때 마리안이 바로 고개를 끄덕였다.

"그러지요."

오전 10시 10분.

윌슨이 보좌관 케니한테서 연락을 받는다. 케니는 옆방에 있다.

"부장보님, 서울의 고대형입니다. 긴급 보고라는데요. 부장보님을 찾습니다."

"나를?"

"예, 특수팀 미스 정의 보고를 받고 찾는 것 같습니다."

그렇지 않아도 오후에 고대형한테 연락을 하려고 했던 윌슨이다.

"바꿔."

지시한 윌슨이 도청 방지 버튼을 눌렀다. 그때 수화구에서 사내의 목소리가 울렸다.

"저, 고대형입니다."

"아. 고 팀장, 내가 연락하려고 했어."

윌슨이 부드럽게 말했다.

후버의 지시로 작전을 시작할 참이었다, 그래서 고대형을 팀장으로 보낸 것이니까.

"그래, 무슨 일이야?"

"제가 팀원 둘을 사살했습니다."

그 순간 윌슨이 숨을 들이켰다가 곧 냉정을 찾았다. 어디, 이런 일이 한두 번인가?

그러나 저절로 얼굴에 쓴웃음이 번졌다.

그때 고대형이 말했다.

"보고를 듣고 있었는데 문득 도청당하고 있는 것 같았습니다. 그래서 증인 겸 조사 협조, 그리고 사후처리를 위해서 서울지부에 연락을 했습니다."

그러고는 고대형이 상황을 설명했다.

고대형의 말이 끝날 때까지 잠자코 듣던 윌슨이 입을 열었다.

"다 썩었는데 나머지 팀원은 어떻게 할 계획인가?"

"당분간 이 인원으로 운용하겠습니다."

"나도 보고를 들어서 알고 있었어."

윌슨이 말을 이었다.

"그래서 너에게 정리를 시킬 계획이었는데 조치가 과격했군."

"남은 팀원들에게 경고를 한 것입니다."

"알았어. 그건 내가 수습하겠다."

윌슨이 말을 이었다.

"정보 보고는 받았지?"

"예, 받았습니다."

"그럼 지금부터 어선을 통해 유통되는 과정을 하나씩 찾아서 처리해라."

"어떤 식의 처리 말씀입니까?"

"네 식이지."

"……."

"어선, 인수자, 유통자, 모두."

"한국을 거쳐서 일본이나 미국으로 나가는 유통 라인이 70퍼센트가 됩니다. 그것까지 다 처리합니까?"

"그렇다."

윌슨이 말을 이었다.

"그것이 네 일이지. 이해가 가나?"

고대형은 대답하지 않았다. 이것이 고대형 식 대답이다.

고대형이 마리안을 부른 것은 통화를 끝내고 10분쯤 지난 후다.

밤 12시 20분, 인터폰으로 연락했더니 마리안이 바로 응접실로 들어왔다. 각각의 구역 중심부에 위치한 중간 응접실이다.

앞쪽에 앉은 마리안에게 윌슨과의 대화를 고대형이 그대로 전달하고 나서 말했다.

"날 이곳에 보낸 목적이 밝혀진 거야."

마리안의 시선을 받은 고대형이 얼굴을 펴고 웃었다.

"지금까지 정보를 수집해놓은 건 나한테 그 뒤처리를 맡기려고 그런 거야."

마리안은 고대형의 가슴만 바라보았다.

"암살하는 거야. 배의 선장, 헤로인 받는 놈, 그놈한테서 사 가는 놈, 유통하는 놈."

"……."

"일단은 어선을 이용하는 놈들부터."

"……."

"인원도 필요 없어. 나 혼자면 돼. 옆에 보조원이 한두 명 따르면 되겠지."

"……."

"그래서 지금까지 정보를 모은 거야."

그때 마리안이 물었다.

"내 역할이 뭘까요?"

"정보를 모아서 나한테 타깃의 순서를 정해주는 거야."

고대형이 바로 대답했다.

"지미 우들턴이 나한테 해준 역할이지."

오전 9시에 연락을 받은 현지 요원 셋이 저택으로 돌아왔다. 저택에 들어온 셋은 곧 지난밤에 일어난 사건을 듣고는 모두 의기소침한 상태.

고대형이 아래층 응접실로 전원을 모았다. 이제는 팀원이 현지 요원 넷, 팀장 이하 정식 요원 넷으로 구성되었다.

고대형이 테이블에 둘러앉은 팀원을 둘러보았다.

"오늘부터 작전 개시다."

모두 숨을 죽였고 고대형의 말이 이어졌다.

"내가 마약 유통라인을 하나씩 없애 나가는 거다. 이것을 위해서 지금까지 너희들이 정보를 모은 것이었어."

"……."

"난 지시 받은 대로만 한다. 이것이 어떤 상황으로 번질 것인지 따위는 생각할 필요도 없는 것이지."

고대형이 번들거리는 눈으로 케인과 토리노, 그리고 한국인 현지 요원들을 훑어보았다.

"지금까지 너희들은 그 정보를 이용해서 더러운 짓을 해 처먹었지. 그걸 본부에서도 다 알고 있어."

"……."

"너희들을 다 죽여도 어젯밤처럼 본국으로 시체만 보내면 끝이야."

"……."

"너희들은 개 같은 놈들이지."

고대형의 얼굴에 일그러진 웃음이 떠올랐다.

"너희들, 셋."

고대형이 그 얼굴로 김인식, 장무혁, 오태준을 차례로 보았다.

"내 말이 실감 안 나나?"

셋은 잠자코 고대형의 시선만 받는다.

그때 고대형이 혁대에 끼워놓았던 베레타를 꺼내 앞에 놓았다.

그러고는 마리안을 보았다.

"마리안, 이놈들은 아직 얼떨떨한 모양인데 시범으로 한 놈 죽일까?"

"조금만 기다려 보시지요."

"이런 놈들을 뒤에 두고 일하기가 구역질이 나서 그래."

"본부에서 다시 지시가 있겠지요."

"이것들, 다 죽여 없애도 아무 말 안 할 거야. 어제 본부지시를 들었잖아?"

"압니다."

"이것들이 내 뒤를 노릴 수도 있다고."

"어떻게 될지 뻔히 아는데 그럴 수 있겠어요?"

둘이 이야기를 주고받는 동안 나머지는 숨도 쉬지 않았다. 모두 기를 죽이려고 하는 수작인 줄을 뻔히 알면서도 위축된 것이다.

그때 고대형의 시선이 정유미에게 옮겨졌다.

"정, 네가 선임 팀원을 맡아라."

"네?"

놀란 듯 되물었던 정유미가 어깨를 부풀렸다가 내리면서 대답했다.

"알겠습니다."

"그리고 현지 요원 하나를 네 조수로 임명해서 도움을 받도록 해. 누구를 지명하겠나?"

"예, 김인식 씨한테 맡기겠습니다."

고대형의 시선이 김인식에게로 옮겨졌다.

30세, 육군 상사 출신, 군 생활 10년. 제대하고 나서 바로 요원으로 선발되었으니 요원 근무는 5개월이다.

"너, 이곳 숙소에서 생활할 수 있어?"

"네, 팀장님."

김인식이 똑바로 고대형을 보았다.

"당장 옮겨오겠습니다."

"좋아."

고개를 끄덕인 고대형이 마리안을 돌아보았다.

"오늘부터 작전 계획을 수립해서 일을 시작하자고. 정보 분석, 작전 계획은 부팀장한테 맡기겠어."

이렇게 하나씩 질서를 잡아 나간다.

"그놈 지독하구나."

윌슨의 보고를 받은 후버가 입맛을 다시면서 말했다.

"이거 CIA가 완전 개판이 된 거 아냐?"

"자업자득입니다, 부장님."

"뭐가 말이냐?"

"우리가 그렇게 만들었습니다. 정보만 수집시키고 작전을 벌이지 않았기 때문입니다."

"갓댐. 시기가 될 때까지 작전을 보류시킨 것은 어쩔 수 없는 일이었어. 그런데 이렇게 썩을 줄은 예상 밖이었지."

"어쨌든 특수팀을 한바탕 숙청하고 시작하기로 한 것 아닙니까?"

"그래도 지부장까지 데려다놓고 총살을 하다니. 옛날 KGB도 그렇게는 하지 않았어."

"두 명만 죽이고 기강을 잡았다면 다행이지요. 보고서를 보면 나머지 놈들도 전원 교체해야 됩니다."

후버가 앞에 놓인 파이프를 들었다가 내동댕이치듯이 내려놓았다.

맨해튼의 안가 안, 커튼을 내려서 밤인지 낮인지 구분이 안 되는 응접실에 둘이 앉아 있다.

후버가 입을 열었다.

"암살자가 이 작전의 의미를 알까?"

"모를 겁니다."

윌슨이 가라앉은 표정으로 말을 이었다.

"안다고 해도 물러나거나 주춤거릴 인간이 아니죠."

"역시 암살자가 적격이야."

후버가 고개를 끄덕이자 윌슨이 쓴웃음을 지었다.

"보스, 고대형입니다. 이름을 불러주시지요."

"무슨 말이냐?"

"고대형은 이름으로 불릴 가치가 있는 놈입니다. 보통 암살자가 아닙니다."

"그래. 큰 공을 세우긴 했지. 공(功)으로 말한다면 부장보는 되었을 거다."

"고대형이 아시아에서 유입되는 마약 루트를 개편하면 우리가 마약 사업의 40퍼센트를 장악하게 됩니다."

"그 이상이야."

후버가 어깨를 치켜 올렸다가 내렸다.

"어디, 지금부터 고대형의 작전을 보도록 하지."

오후 4시 반, 마리안이 고대형에게 물었다. 이곳은 저택의 2층 응접실 안.

"누구하고 가실 건가요?"

"장무혁."

고대형이 탁자 위에 놓인 골프 가방을 손으로 가리켰다.

골프백에는 베레타 스나이퍼와 SA80 기관총, 그리고 베레타 권총까지 총이 3자루, 실탄이 300발이 들어 있다. 소음기에다 야간용 스코프, 망원경까지 들어 있는 것이다.

"캐디가 필요해."

마리안은 잠자코 고개를 끄덕였다.

장무혁은 지리도 잘 아는 것이다. 완벽한 캐디 역할이다.

마리안이 비닐로 싼 자료를 고대형에게 내밀었다.

"오늘 오후 7시 반에 인수자를 만납니다."

"네 곳이 동시에 움직이고 있겠군."

"5개월 동안 변하지 않았으니까요."

자료를 가슴 주머니에 넣은 고대형이 자리에서 일어섰다.

"2박 3일 예정이야. 관리 잘 해."

"별일 있겠어요?"

같이 계단을 내려오면서 마리안이 말을 이었다.

"팀원들이 슬슬 당신을 알아가고 있으니까요."

"그건 너도 마찬가지 아냐?"

고대형이 묻자 마리안은 대답하지 않았다.

장무혁이 운전하는 SUV 차량의 뒷좌석에 앉아서 고대형이 물었다.

"너, 해병대 출신이지?"

차가 톨게이트를 지났을 때다. 장무혁이 고개를 들고 백미러를 보았다.

"예, 그렇습니다."

신상자료에 장무혁은 해병대 중사로 제대했다고 입력되어 있다.

31세, 군 생활 5년, 제대 후 소방관으로 1년 반 근무하다가 CIA 현지 요원이 되었다. 현지 요원이 되려면 미국 대사관에서 모집하는 심사과정을 거쳐야만 한다. 물론 비공개 비밀 과정이다. 수십 대 일의 경쟁을 거치고 합격하면 미국에서 5개월 교육과정을 이수해야만 한다.

그때 고대형이 말했다.

"난 해병특수전대 출신이다."

"앗!"

놀란 외침을 뱉은 장무혁이 다시 백미러를 보았을 때 고대형이 시선을 받았다.

"네 선배야."

"앗, 알겠습니다."

장무혁이 외치듯이 말을 이었다.

해병 선배인 것이다. 더구나 고대형이 특전대라니. UDT는 미국 네이비실

보다 더 자긍심이 뛰어난 부대다. 장무혁은 UDT에 지원했다가 탈락했다.

고대형이 백미러를 향해 물었다.

"내가 널 첫 작전에 데리고 나온 이유를 이해하겠나?"

"옛, 팀장님."

"내가 UDT 출신이란 건 아무도 모른다. 너한테 처음 말하는 거다."

"영광입니다, 선배님."

"너만 알고 있도록."

"옛, 명심하겠습니다!"

이것으로 심복 하나를 만들었다. '한 번 해병은 영원한 해병.' 해병 전우애는 목숨으로 지킨다.

태안군의 만리포 해수욕장.

오후 5시 반, 11월 중순인 데다 평일.

바람결에 빗발까지 뿌리는 험한 날씨여서 바닷가는 텅 비었다. 해수욕장 아래쪽 모항리 어항도 어선들이 모두 들어와 불이 켜진 가게는 두 곳뿐이다.

이곳은 그 두 곳 중 하나인 '서해수산'의 식당 안.

식당 주인 황기준이 벽시계를 보고 나서 말했다.

"지금쯤 만났겠는데."

"비가 내린다고 했으니까 오늘 같은 날은 해군 함대도 작전하지 않아요."

황동준이 말했다. 황동준은 황기준의 동생이다.

식당 안에는 둘뿐이었는데 손님이 없어서 식당 일을 하는 황기준의 처와 종업원도 조금 전에 돌려보냈다.

"오늘은 얼마 가져온다고 했지?"

잔에 막걸리를 따르면서 황기준이 물었다.

"7킬로."

"그럼 곤도가 14억 가져오겠군."

"곤도는 틀림없으니까요."

"일본 놈이 약속은 잘 지키지."

막걸리를 벌컥벌컥 마신 황기준이 트림을 하면서 빈 잔을 내려놓았다.

"조선은 막걸리 맛 하나는 끝내줘."

"막걸리도 여러 가지요. 이거 빼놓고 다른 막걸리는 맛없어."

"약 탄 것도 많겠지?"

"우리 중국처럼 약물 타서 가짜 만들지는 않아요, 조선은."

"너, 자꾸 한국을 조선이라고 부르는 버릇을 고치라니까."

"아, 형하고 있을 때나 그렇지."

"그래도 고쳐."

그렇게 말하는 둘은 조선족이다. 중국 천진에서 넘어와서 한국 국적까지 받았지만 본색은 완전한 중국인. 그리고 삼합회원이다.

한국 국적을 얻고 이곳 충청도 서해 바닷가의 수산물상회 겸 식당을 운영하게 된 것도 마약 유통 때문이다.

친화력이 뛰어난 황기준 형제는 이곳 모항리에 자리 잡은 지 1년 만에 벌써 시장 내 유지가 되었다. 그것은 모임이나 시장 행사에 적극적으로 참석하고 기부금을 냈기 때문이다.

술잔을 내려놓은 황기준이 다시 벽시계를 보았다. 6시가 되어가고 있다.

어선 '진풍호'의 입항 예정 시간은 7시.

야쿠자 측 인수인 곤도는 7시 반에 도착할 예정이다.

SUV가 만리포 해수욕장의 맨 끝 쪽 '천사여관'에 도착했을 때는 6시 20분이다. 여관은 불을 켜지도 않았고 문도 닫혀 있었기 때문에 차를 빈 주차장에 주차시킨 고대형이 장무혁에게 말했다.

"날씨가 좋구나."

비가 한두 방울씩 떨어지고 있다.

여관 거리는 텅 비었고 가게의 불도 10집에 한 집 꼴로 켜 있을 뿐이다. 차에서 내린 둘은 아래쪽 모항리 어항을 향해 걸었다.

둘 다 비옷을 입고 장무혁은 골프가방을 어깨에 둘러메었는데 곧 어둠 속으로 묻혔다.

배에서 내린 김인철이 서상우에게 소리쳤다.

"조타실 문 잠갔냐?"

"예."

서상우가 손에 쥔 열쇠를 들어보였다.

"누가 들어올 사람도 없어요."

"에이. 오늘은 바람은 안 부는데 파도가 높아서 혼났다."

"곧 비바람이 불 겁니다."

빗발이 후드득거리면서 떨어졌기 때문에 둘은 시멘트 선착장을 서둘러 걷는다.

6시 40분, 주위는 이미 어둠에 덮여서 인적이 없다.

김인철의 손에는 검정색 비닐 가방이 쥐어져 있었는데 공해상에서 중국 어선에서 받은 헤로인 7킬로다.

진풍호 선장 김인철은 운반책. 삼합회의 현지 요원으로 황기준의 조원이다.

서상우는 진풍호 갑판장 겸 기관사로 평시에는 낚시 손님을 태우는 일을 한다.

이렇게 태안의 모항리를 기반으로 황기준 조(組) 4인이 헤로인을 운반, 유출시켜온 것이다.

어항에서 수산시장까지는 1백 미터 거리쯤 되었다. 50여 미터의 선착장을 지나 폐선이 쌓인 선박 수리장 옆 50여 미터를 거치면 시장이다.

좌우로 어물전이 늘어선 시장은 모두 문을 닫았기 때문에 시장통 50미터 거리가 동굴처럼 보인다. 그 끝 쪽에 서해수산이 있는 것이다.

"젠장. 춥군."

시장 입구가 10미터쯤 거리로 다가왔을 때 김인철이 투덜거렸다. 48세, 고향이 태안군 태안읍인 토박이. 고졸. 어선을 탄 지 25년.

진풍호는 2년 전에 빚을 내어 구입했다고 했지만 실은 삼합회 자금이다. 삼합회 가입 3년. 한 달에 3번 마약을 받아오는 수당으로 월 1천만 원 수당을 받는다.

서상우가 어깨를 움츠리며 말을 받는다.

"얼른 일 끝내고 술 한잔합시다."

42세, 조선족으로 한국 국적을 받음.

지린(吉林)성 옌지 출신. 삼합회원으로 김인철의 감시역. 3년 전 진풍호를 샀을 때부터 김인철의 옆에 배치되었다.

선박 수리소 끝 쪽, 수산시장 입구 옆의 슬레이트 벽에 붙어 선 장무혁이 다가오는 두 사내를 보았다. 선장 김인철과 서상우다.

거리는 10미터, 8미터.

장무혁이 고개를 돌려 옆쪽을 보았다. 입구 반대쪽에 팀장이 서 있다.

거리가 5미터로 가까워졌을 때다.

"퍽! 퍽!"

두 발의 발사음.

나란히 다가오던 김인철과 서상우가 곤두박질을 하면서 땅바닥에 뒹굴었다.

그때 어둠 속에서 고대형이 나타나 그들에게 다가갔다.

"치우자!"

낮게 울리는 고대형의 목소리. 장무혁이 튕기듯이 앞으로 뛰쳐나갔다.

고대형이 김인철의 가방을 한 손에 쥐고는 다른 손으로 목덜미를 잡아 선박 수리소로 끌고 갔다. 장무혁이 서상우의 다리를 잡고 따라서 끌고 간다.

옆으로 쓰러진 어선 뒤에다 둘을 나란히 눕힌 고대형이 다시 권총을 들더니 둘의 얼굴에 대고 한 발씩 더 쏘았다.

"퍽, 퍽."

둘의 얼굴은 두 발씩을 맞아서 아주 완전히 부서졌다. 수박이 박살난 꼴이다. 그때 고대형이 비닐 가방을 장무혁에게 넘겨주며 말했다.

"이걸 갖다 두고 SA80을 가져와."

장무혁은 잠자코 가방을 받고는 몸을 돌렸다.

빗발이 거칠어지기 시작했다.

"7시 10분입니다."

만리포 해수욕장 입구로 들어섰을 때 사사끼가 말했다.

"5분쯤 늦겠는데요."

"상관없어."

뒷자리에 앉은 곤도가 창밖을 내다보면서 투덜거렸다.

"비가 그칠 것 같지가 않다."

"남쪽 지방은 비가 오지 않는 것 같습니다."

그들은 오늘 밤에 부산까지 돌아갈 예정이다.

차가 해수욕장을 우측으로 보면서 어항 쪽으로 내려가기 시작했다.

이제는 앞쪽에 불빛이 보이지 않아서 전조등 빛으로만 앞길이 드러났다.

곧 선착장이 보였기 때문에 사사끼가 운전사에게 말했다.

"가쓰라, 속력을 줄여라."

여러 번 온 곳이어서 선착장에서 1백 미터만 가면 수산시장이 나온다는 것을 안다. 선착장을 지난 승용차가 속력을 줄이더니 수산시장 입구에서 멈춰 섰다.

고대형은 SA80을 쥔 채 수산시장 입구 안쪽의 기둥에 등을 붙이고 서 있다. 이번에도 반대쪽에 장무혁이 서 있었는데 승용차의 불빛이 시장 안까지 비치고 있다. 승용차가 멈추더니 차에서 내리는 기척이 들린다.

고대형이 슬레이트 틈 사이로 두 사내가 내리는 것을 보았다. 거리는 20미터 정도.

하나는 손에 꽤 큰 가방을 쥐고 있다. 돈 가방이다. 야쿠자가 헤로인을 구입하는 대금이다.

곧 승용차가 옆으로 꺾더니 선착장 쪽으로 머리를 두고 주차했기 때문에 이쪽은 어둠에 덮였다.

두 사내가 다가오고 있다. 거리가 15미터.

그때 고대형이 입구로 나왔다. 두 손으로 SA80을 움켜쥔 상태.

SA80은 영국제, 무겁긴 하지만 정밀도가 높고 명중률도 뛰어났다.

고대형이 이 총으로 최고 명중률을 낸다. 30발 탄창을 채운 이 총으로 50미터 거리 안에서 단발 사격은 백발백중.

"탓, 탓, 탓, 탓."

소음기를 끼웠지만 둔중한 발사음은 그렇게 들렸다. 단발로 네 발.

앞쪽 15미터 거리까지 다가왔던 두 사내가 각각 두 발씩 총탄을 맞더니 뒤로 날아가는 것처럼 넘어졌다.

고대형이 그대로 총을 겨누면서 다가가 앞쪽에 뒷모습을 보이고 멈춘 승용차를 쏘았다.

"탓, 탓, 탓, 탓."

다시 네 발. 승용차 뒤쪽 유리가 깨지면서 운전석의 사내가 엎어지는 것이 보였다.

고대형이 쓰러진 두 사내를 지나면서 다시 확인 사살을 했다.

"탓, 탓."

이번에도 머리를.

두 사내를 쏘고 난 고대형이 뒤로 고개를 돌리면서 소리쳤다.

"가방 챙겨!"

그러고는 곧장 승용차로 다가가 운전석을 향해 다시 한 발.

"탓!"

"올 때가 되었는데."

이맛살을 찌푸린 황기준이 벽시계를 보았다. 오후 7시 35분.

김인철도 아직 도착하지 않은 것이다.

"네가 선착장 쪽으로 나가 봐."

황기준이 말하자 황동준이 투덜거리면서 일어섰다.

"비 때문에 좀 늦는 거요. 김 선장하고 곤도가 같이 들어올 수도 있겠네."

"선착장이 5분 거리니까, 가 봐."

"우산이 어디 있지?"

황기준이 두리번거렸을 때 식당 문이 열렸기 때문에 둘이 반색을 했다.

"앗."

그러나 고개를 돌린 황기준이 먼저 외침을 뱉었다.

낯선 사내다.

그리고 손에 소음기가 끼워진 권총을 쥐고 있다.

"누구냐?"

그렇게 외친 것은 황동준이다.

그 순간 사내의 권총에서 발사음이 울렸다.

"퍽, 퍽."

둘을 사살한 고대형이 고개를 돌려 뒤에 선 장무혁을 보았다.

"여길 태워 버리도록 하자."

장무혁이 두말 않고 주방으로 달려 들어가더니 가스 밸브를 열었다. 그리고 주위를 두리번거리고는 가스통을 찾아내어 굴려왔다. 익숙한 솜씨다. 소방관으로 근무한 경력이 도움이 되는 것 같다.

10분쯤 후에 둘이 어둠에 덮인 여관 거리로 들어섰을 때다.

"꽝."

빗발이 세게 뿌리는 어둠 속에서 폭음이 울렸다. 그러나 식당과는 5백 미터쯤 떨어져 있는 데다 산이 막혀 있어서 폭음만 울렸다.

여관 주차장에 세워놓은 차에 골프가방과 두 개의 가방을 실은 둘은 곧 해수욕장을 떠났다.

빗발이 뿌리는 도로에는 차량 통행이 드물었기 때문에 장무혁은 속력을 내었다.

"어떻게 된 일이야?"

사마코가 묻자 우에노는 고개를 기울이고 말했다.

"이런 일은 처음인데, 수상합니다."

"수상해?"

"예, 어제 물건 받았다는 전화가 왔어야 되는데요."

"그래서?"

"어젯밤부터 지금까지 연락이 없습니다."

"……."

"그쪽 지방에 비가 많이 왔다고는 합니다만."

"비가 무슨 상관이야?"

"배로 들여오지 않습니까? 비가 오면 풍랑이 높아지거든요."

사마코가 눈을 치켜떴지만 입을 열지는 않았다.

오전 6시 반, 이곳은 부산 해운대의 2층 주택 안이다. 10평 정도의 정원까지 있는 벽돌 주택으로 둘은 2층 응접실에 앉아 있다.

사마코는 동그란 얼굴형에 피부가 흰 미인으로 28세.

지금 어제 오후에 태안으로 떠난 곤도 일행을 기다리는 중이다. 아무리 비가 와서 운행에 지장이 있다고 해도 오전 5시까지는 부산에 도착해야 정상이다. 곤도는 4시까지 도착한다고 했던 것이다.

사마코가 혼잣말을 했다.

"배가 오후 1시에 떠나기로 했는데 연락도 없고, 이게 다 무슨 일이야?"

사마코의 시선이 탁자 위에 놓인 전화기로 옮겨졌다.

그때 우에노가 TV 리모컨을 집더니 전원을 켰다.

창밖은 맑은 날씨다. 아침 햇살이 환한 하늘에는 구름 한 점 보이지 않는다.

리모컨으로 채널을 이쪽저쪽 돌렸기 때문에 방 안에 잡음이 어수선하게 덮였다.

사마코는 야쿠자 이나카와회의 운반책으로 지금까지 일본에 8번 다녀왔다. 사마코가 한국에 주재한 이나카와회의 마약사업 총책인 셈이다.

그때 속보가 TV 아래쪽에 자막으로 떴다.

태안군 만리포 해수욕장에서 피살당한 시신 발견.

사마코도 그것을 보았고 곧 기자의 목소리가 방 안에 울렸다.

"경찰은 '서해 수산'의 화재 현장에서도 시신 2구를 발견했습니다. 따라서 이번 사건에는 모두 7명이 사망한 것으로 확인되었습니다."

"이런."

우에노가 소리를 질렀지만 리모컨으로 볼륨을 높였다. 얼굴이 누렇게 굳어 있다.

그때 기자가 말을 이었다.

"시장 입구에서 발견된 시신은 어선 '진풍호'의 선장과 갑판장인 김인철, 서상우 씨로 밝혀졌습니다. 그리고 총탄에 맞은 승용차는 '부산 렌트카' 소유이고 피살자 셋의 신원은 아직 불명입니다."

우에노가 고개를 돌려 사마코를 보았다.

"곤도는 위조 신분증으로 렌터카를 빌렸습니다."

알고 있었기 때문에 사마코는 TV에 시선만 주었다.

이것으로 이나카와회의 마약 루트 2개 중 하나가 사라졌다.

이제 기자는 다른 사건을 보도하고 있다.

우에노가 사마코를 보았다.

"보고를 해야 되지 않을까요?"

사마코의 시선을 받은 우에노가 말을 이었다.

"목포의 박 사장한테도……."

박 사장은 이나카와회가 거래하는 또 한 곳의 공급처다.

사마코가 고개를 저었다.

"이곳저곳에다 대책도 없이 전화만 할 수는 없어."

"아무래도 정보가 샌 것 같은데. 그쪽을 피신시켜야 되지 않겠습니까?"

"지금 남 걱정 할 때야?"

사마코가 버럭 목소리를 높였다.

"이곳도 파악되었을지 모른다고!"

우에노는 입을 다물었다.

34세의 우에노는 사마코의 보좌역이다.

이나카와회는 재일교포 출신의 사마코를 이곳에 보내면서 우에노를 보좌역으로 붙인 것이다.

사마코의 정체는?

이나카와회 도쿄 지부장인 야마시다의 정부다. 부산에서 대학을 졸업한 사마코가 이 사업에 적격이었고 본인도 선뜻 일을 맡았기 때문이다.

같은 시간.

이태원의 저택 안.

1층 회의실에서 마리안 주재의 회의가 열리고 있다.

사무실에 출근한 케인과 오태준을 제외한 나머지 인원이 다 모였다.

"이나카와회의 공급처 2개 중 하나가 없어진 셈입니다."

먼저 정유미가 마리안에게 보고했다.

"이번 이나카와회의 인수자 셋이 죽었는데, 그동안 태안에 자주 다녔던 곤도, 사사끼가 포함되어 있을 겁니다."

모두 입을 다물고 있었는데 전과를 올렸다는 분위기가 아니다. 무자비한 '처형'이 시작되면서 긴장했기 때문이다.

이번 작전의 자료를 준비했던 정유미의 말이 이어진다.

"태안에서 받은 헤로인은 곧 선박 편을 이용해서 일본으로 반출되는데 대마도나 후쿠오카, 또는 이키 섬으로 갑니다. 그 이후 경로는 파악이 안 되었습니다."

그때 마리안이 탁자 위에 펼쳐놓은 서류 한 곳을 손으로 짚었다.

"이곳이 본부가 맞아?"

부산 해운대 바닷가 쪽 지도다.

지도에 붉은색 동그라미가 그려졌고 옆에 '이나카와'란 글자가 보였다.

"예, 3번째 인수했을 때 태안을 떠난 승용차가 그곳에 들어가는 것을 위성사진으로 겨우 찍었지요. 미군 사령부의 도움을 받았습니다."

이것이 CIA 급 추적이다.

고개를 든 마리안이 주위를 둘러보았다.

"팀장이 거기로 갔는지 모르겠군."

본래 이번 작전은 태안에서 3개 유통 과정을 절단하는 것이었다. 그런데 팀장의 일정은 2박 3일이다.

그때 잠자코 있던 토리노가 말했다.

"현재 7명이나 살해되는 바람에 언론이 계속해서 떠들고 있어요. 괜찮을까요?"

"그건 우리가 걱정할 부분이 아냐."

마리안이 둘러앉은 얼굴들을 보았다.

"우리는 지시받은 대로만 하면 돼."

"팀장한테서 연락은 왔습니까?"

정유미가 묻자 마리안이 고개를 저었다.

작전이 계속되고 있다는 증거다.

해장국집에서 위쪽으로 50여 미터만 올라가면 이 층 벽돌집이다.

이곳은 바닷가 근처여서 바다는 보이지 않았지만 냄새는 난다. 비린 물 냄새다. 처음에는 이 냄새가 물고기가 섞인 바닷물 냄새인 줄 알았더니, 이곳저곳에 널린 쓰레기 냄새였다.

해장국집은 좁고 낡았다. 그런데 손님이 많아서 고대형과 장무혁은 다른 손님과 식탁 하나를 같이 썼다.

오전 8시 반, 차를 근처의 유료 주차장에 두고 이곳까지 걸어온 것이다. 둘은 선짓국을 시켜 잠자코 먹었는데 맛이 있었다.

이윽고 동석한 손님이 먼저 일어나 둘이 되었을 때 고대형이 말했다.

"내가 6년 만에 선짓국을 먹는다. 맛있네."

"그동안 나가 계셨지요?"

이제는 장무혁이 자연스럽게 묻는다.

"그래. 이곳저곳."

"어디 계셨는데요?"

"CIA 일을 하면서 중동 쪽을 돌았지."

장무혁도 고대형의 전력을 대충은 알고 있는 것이다, '정보수집반' 근무를 한 데다 소문은 빠른 법이니까.

장무혁이 눈치를 챈 듯 더 이상 묻지 않았다.

수저를 내려놓은 고대형이 장무혁에게 말했다.

"네가 그놈들 본거지를 훑어보고 와. 안에 있는 놈들까지 없애는 것으로 이번 작전을 끝내자."

"그러지요."

"문과 담장만 살펴봐."

"밤에 들어가실 겁니까?"

"밤까지 기다릴 것 없지."

"죽이시게요?"

"왜? 이번에는 네가 해볼래?"

"전 살인한 적 없습니다."

"살인이 아냐. 제거라고 해라."

"예, 제거한 적이 없습니다."

"처음이 어렵지, 나중에는 고깃덩이처럼 느껴진다. 생명체로 느껴지지 않아."

"전 특등 사수였지만 실제 전투를 해보지 않아서요."

"막상 닥치면 하게 돼."

그러고는 턱으로 나가라는 시늉을 했다.

"난 여기서 기다릴 테니까 30분 안에 돌아와."

"시작했군."

오후 7시. 뉴욕 시간이다.

부산에서 고대형과 장무혁이 해장국 식당에서 이야기를 끝냈을 시간에 후버가 말했다. 후버는 방금 월슨한테서 보고를 받은 것이다.

"역시 고대형답게 처리를 하는구나."

"한국이 떠들썩해졌습니다, 부장님."

외면한 채 윌슨이 말하는 경우는 '마음에 안 든다'는 표시다. 윌슨이 외면한 채 말을 이었다.

"한국 정보 당국은 현재 이것이 삼합회와 야쿠자 간의 마약 문제로 인한 충돌로 보고 있습니다만, 고대형의 방법이 너무 잔인합니다."

"이거 왜 이러시나?"

후버가 쓴웃음을 띤 얼굴로 윌슨을 보았다.

"그럼 목을 조르거나 물에 빠뜨릴까? 아니면 주사를 놓아?"

윌슨은 대답하지 않았다.

고대형의 '처형'은 지금 뉴욕의 뉴스에도 보도되는 중이다. 얼굴 형체를 알아볼 수 없을 정도로 처형한 경우는 미국에서도 드물기 때문이다.

후버가 눈시울을 올려 윌슨을 보았다.

"난 예상하고 있었어. 암살자가 제 고국이라고 점잖게 처형할 리는 없지. 아니, 제 고국에서 마약 사업을 하는 외국인 놈들이니 더 혹독하게 처형할지도 모른다고 말야."

"지금쯤 삼합회와 야쿠자가 긴장하고 있을 겁니다."

"서로 싸웠다고 믿지는 않을 거야, 돈과 헤로인을 다 빼앗긴 상황이니까."

그때서야 후버가 앞에 놓인 파이프를 집어 들었다.

"당분간 놔 둬. 내가 보기엔 첫 시작이 아주 좋았어. 시작이 좋아야 사업이 잘되는 법이야."

"사진과는 달랐습니다. 담장 높이가 3미터도 넘는 데다 위에 유리 조각이 심어져 있어서 넘기가 힘듭니다."

"유리 조각?"

고대형의 얼굴에 웃음이 떠올랐다.

"옛날 집이구나."

"예, 대문이 나무로 되어 있는 것이 안에서 빗장을 거는 방식인 것 같습니다."

고대형은 위성사진으로 찍은 이층집을 본 것이다. 사진에는 담장 높이, 대문 형태가 잘 보이지 않는다.

고개를 끄덕인 고대형이 장무혁에게 물었다.

"옆집은 어때?"

"어디 말씀입니까?"

장무혁이 묻자 고대형이 다시 물었다.

"사람 왕래가 많은 집이 어디냐?"

"펑!"

폭음과 함께 주방이 폭발하면서 불길이 솟았다.

"으악! 불이야!"

이곳은 2층 연립주택으로 1층에 3가구가 산다.

불이 난 집의 식구들이 아우성을 치는 잠깐 동안에 불길이 주방을 뒤덮었다.

"불이야!"

사방에서 외침 소리가 일어났고 주방 유리창으로 검은 연기와 함께 불길이 솟아오른다.

"불이야!"

그러자 10분도 안 되어서 경찰차의 사이렌 소리에 이어서 소방차가 모습을 드러내었다. 불구경에 인파가 가장 많이 모인다던가? 금세 수백 명이 모였고 곧 소방차가 도착했다.

"나갈 필요 없어!"

사마코가 소리쳤다.

"벽이 있는 데다 이 층 쪽은 창문 하나뿐이야! 불이 옮겨 붙을 가능성이 없어!"

그렇게 소리쳤지만 사마코는 앉아 있지 못하고 안절부절못했다.

"아무래도 피했다가 다시 들어오는 것이 낫겠습니다."

우에노가 다시 권했다.

"아줌마는 집에 남겨두든지 하고요."

"글쎄. 놔두라니깐!"

그때 불길이 더 거칠어졌다.

이 층짜리 연립주택은 사마코의 저택 바로 오른쪽에 붙어 있었지만 담장이 높은 데다 그쪽도 2미터가 넘는 담장이 있다. 그사이에 3미터 정도의 골목까지 있어서 건물 간 거리는 7, 8미터 정도다.

그때 대문 두드리는 소리가 났다. 인터폰을 통해 사내의 목소리가 울렸다.

"여기 소방관인데요! 문 열어요!"

대문 카메라에 소방관의 모습도 보였다.

"왜 그러시는데요?"

사마코가 유창한 한국어로 묻자 소방관이 소리쳤다.

"차단막을 설치해야 됩니다! 어서 문 열어요!"

이런 경우에는 대통령이라도 문을 열어야 된다.

사마코가 우에노에게 지시했다.

"나가서 문 열어!"

우에노가 뛰어나갔다. 옆집의 연기가 마당을 덮고 있다.

가정부 아줌마가 뛰어 올라왔다.

"어서 짐 싸셔야 돼요!"

"아줌마, 먼저 나가요!"

아줌마가 대답도 않고 뛰어 나갔다. 그때 우에노와 소방관 하나가 가정부와 엇갈려서 뛰어 올라왔다.

"불똥이 이쪽 지붕 위로 떨어집니다!"

소방관이 사마코에게 소리쳤다.

창밖의 검은 연기가 더 짙어졌다. 마당이 보이지 않을 정도고 소방차의 경적이 여기저기에서 울렸다.

"빨리 귀중품만 꾸리고 나오세요!"

소방관이 소리치더니 몸을 돌렸다.

"5분 여유 주겠습니다."

마당으로 뛰어든 소방관 둘이 호스를 끌어당기고 있다. 그 둘의 모습도 검은 연기에 덮여 보였다 안 보였다 한다.

"금고를!"

이제는 다급해진 사마코가 안방으로 뛰어가며 말했다.

"가방 가져와!"

금고에는 비자금이 일본 엔화, 달러까지 합쳐서 10억 가깝게 들어 있는 것이다. 우에노가 여행용 트렁크를 2개나 가져왔고 둘은 가방에 비자금과 귀중품, 서류까지 쓸어 담았을 때 5분도 더 지났다.

그때 아래층에서 소방관이 소리쳤다.

"빨리 나와요! 이제 물 뿌립니다!"

"갑니다!"

우에노가 소리쳤고 둘은 계단을 구르듯이 내려왔다. 1층을 거쳐 마당으로 나왔을 때 산소마스크까지 쓴 소방관이 우에노의 팔을 끌었다.

"어서 이쪽으로!"

우에노와 사마코는 소방관의 뒤를 따라 정신없이 대문을 나왔다. 대문을 나오면서 뒤를 돌아보았더니 그때는 사마코 저택의 왼쪽 지붕에 불길이 번지고 있었다. 이미 집 전체가 검은 연기에 뒤덮였고 연립 주택은 전체 6가구가 불길이 옮겨가는 중이었다. 그래서 소방관들은 대부분 그쪽에 집중하고 있다. 구경꾼 사이를 헤치고 옆쪽 주차장으로 다가간 둘은 우선 차 트렁크에 가방을 넣었다. 저택 안에는 주차장이 없었기 때문에 집에서 30미터쯤 떨어진 공터에 시에서 주차장을 만들어 준 것이다.

그때 둘 앞으로 소방관이 다가왔다.

"잠깐만."

다가온 소방관이 가쁜 숨을 몰아쉬며 말했을 때 갑자기 뒤에서 나타난 사내가 우에노의 뒤통수를 내려쳤다.

"퍽석."

바가지 깨지는 소리가 들리면서 우에노가 엎어지자 사내는 재빠르게 겨드랑이에 팔을 껴서 세우더니 차 뒷문을 열고 밀어 넣었다.

그때 사마코가 몸을 돌리다가 소방관에게 잡혔다.

"놔!"

사마코가 소리쳤지만 이쪽은 사람이 없다. 구경꾼들이 모두 불난 곳으로 가 버렸기 때문이다.

그때 사내가 다시 주먹으로 사마코의 배를 쳤다.

"어억!"

사마코의 입에서 긴 외침이 들리더니 허리를 숙이면서 입으로 한 무더기나 되는 음식물을 토해내었다.

그때 사마코의 몸도 차 뒤쪽으로 쑤셔 박혔다.

그로부터 한 시간 후.

SUV가 경부고속도로 상행선을 질주하고 있다. 차 뒤 칸에는 온몸이 묶이고 수건으로 입까지 막힌 사마코와 우에노가 짐짝처럼 구겨져 박혔고 옆에는 크고 작은 짐 가방이 4개나 쌓였다.

"네가 수고했다."

고대형이 말하자 운전을 하던 장무혁이 앞쪽을 향한 채로 대답했다.

"이제야 일하는 것 같습니다. 지금까지는 무슨 흥신소 사원 같았습니다."

"그렇게 점점 발전하는 것이지."

"이번에는 제가 할 일이 많아서 다행입니다."

"네 전직을 잘 써먹은 셈이다."

"저 두 놈을 어떻게 하지요?"

오후 12시 15분, 평일이어서 차는 속력을 내어 한산한 고속도로를 달려가고 있다. 백미러로 뒤쪽을 보면서 장무혁이 묻자 고대형이 힐끗 뒤쪽을 돌아보고 나서 말했다.

"꿈틀거리기 시작하니까 다음 휴게소에서 차를 세워라."

오후 1시 15분, 마리안이 기다리던 고대형의 전화를 받았다.

저택 2층의 응접실 안, 혼자 있을 때다.

"난데."

"아, 팀장."

반색을 한 마리안이 전화기를 고쳐 쥐었다. 작전이 시작되고 나서 첫 통화다.

"별일 없으시죠?"

"왜? 반갑나?"

대뜸 고대형이 되물었기 때문에 마리안이 숨을 들이켰다.

우여곡절 끝에 서울로 함께 와서 팀이 되었지만 솔직히 이 남자를 같은 조직원 이상으로 생각해 본 적이 없다. 아니, 솔직히 말한다면 이 타입의 남자는 혐오스럽다. 서로 다른 세상에서 사는 인간인 것이다.

인도의 카스트 등급이 바로 이런 때 적용되지 않을까? 나는 브라만, 고대형은 암살자 등급.

그러나 대답은 했다.

"네, 반갑습니다."

조금 누그러졌지만 이 남자는 마리안의 생사여탈권도 쥐고 있는 것이다. 개새끼.

그때 고대형이 말했다.

"지금 부산에서 상경하는 중이야."

"네, 팀장."

"대구 근처의 고속도로 상행선 휴게소에서 만나기로 하지. SUV 차 한 대가 더 필요해서 그래."

"그러지요."

마리안이 바로 대답했다.

"잠깐만요. 지도 보겠습니다."

"포로 둘을 잡아서 그래."

"포로?"

놀란 마리안이 목소리를 낮췄다.

"누군데요?"

"야쿠자 거처에서 잡았다."

"그럼 해운대에서……."

그곳까지는 이번 작전에 없었던 것이다. 그렇다면 삼합회의 거점부터 야쿠자 거점까지 일망타진이 된 셈이다.

그때 마리안이 말했다.

"상행선 칠곡 휴게소에서 만나기로 하지요."

"누구를 보낼 거야?"

"정유미 조가 갑니다."

마리안이 바로 말했다.

야마시다 간베이가 해운대 지부의 변고를 안 것은 화재가 난 지 한 시간쯤이 지난 후다. 지부에서 연락이 없었기 때문에 정보원을 시켜 알아보았더니 옆집이 화재가 나서 지금 가정부만 남고 빈집이 되어 있다는 것이다.

금고가 활짝 열린 데다 귀중품까지 다 옮겨졌고 화재가 났을 때의 정황도 듣게 되었다.

"화재 피해는 없는데, 빈집이 되어 있다는데."

야마시다가 짙은 눈썹을 치켜 올리면서 말했다.

"옆쪽 연립주택은 전소했다는 거야."

그때 고문 오꾸마가 고개를 기울이며 말했다.

"곤도에 이어서 지부까지 당한 것 같습니다. 지금까지 연락이 없는 것을 보면 그렇습니다."

한 시간쯤 전에 야마시다는 사마코한테서 곤도가 당했다는 보고를 받은 참이다.

야마시다가 어깨를 부풀렸다가 내렸다.

"한국 마약국 놈들인가?"

"아닙니다."

오꾸마가 바로 대답했다.

"이렇게 총질을 해서 죽이는 건 한국 경찰의 행동이 아닙니다."

"그럼 삼합회란 말이냐?"

야마시다가 버럭 화를 내었다. 도쿄 지부장인 야마시다는 이나카와회의 서열 5위인 거물이다. 도쿄 지부의 회원은 540명. 이나카와회 19개 지부 중 오사카, 교토에 이어서 3번째로 큰 지부다.

그때 오꾸마가 야마시다를 보았다.

"지부장님, 목포 박 사장한테 피신하라고 연락을 하는 것이 낫겠습니다."

"……."

"우리가 다 파악된 것 같습니다."

"좋아."

야마시다가 이를 악물었다가 풀었다.

"피신시켜."

오꾸마가 서둘러 일어섰을 때 야마시다는 한숨을 뱉었다. 이것이 누구 소행인가는 아직 감도 잡지 못했다.

오후 4시 반, 칠곡 휴게소로 들어선 검정색 SUV 한 대가 주차장 끝 쪽에 주차된 은색 SUV 옆에 주차했다. 차에서 내린 남녀가 은색 SUV 옆으로 다가가자 차에서 사내 하나가 내렸다. 장무혁이다.

"우리가 포로를 싣고 갈 테니까 가방들만 옮깁시다."

장무혁이 고개를 들고 정유미를 보았다.

"정유미 씨는 차에서 팀장이 기다립니다."

정유미가 운전석으로 다가가 문을 열었다.

조수석에 앉아 있던 고대형이 시선이 마주치자 눈으로 운전석을 가리켰다.

그때 뒤쪽 문이 열리더니 장무혁과 김인식이 짐 가방을 내렸다. 옆쪽 차에 실으려는 것이다. 짐 가방에 반쯤 덮여 있던 사마코와 우에노의 몸이 꿈틀거렸다.

"넌 가방을 싣고 저택으로 돌아가."

"예."

긴장한 정유미가 동그래진 눈으로 고대형을 보았다.

"같이 안 가세요?"

"난 갈 곳이 있어."

정유미가 뒤쪽을 흘낏 보았다.

"이것들도 데려가시려고요?"

"그래."

"부팀장한테 연락하실 거죠?"

"네가 도착할 때쯤 연락을 할게."

"3시간쯤 걸릴 것 같아요."

"그래."

옆쪽을 보았더니 어느새 짐은 다 싣고 둘이 다가오고 있다.

고대형이 고개를 끄덕이자 정유미가 차에서 내렸다. 고대형이 창밖으로 다가온 김인식의 인사를 받으면서 말했다.

"조심히 들어가라."

"팀장께서도 조심하십시오."

김인식이 허리를 숙이면서 인사했다.

먼저 정유미를 출발시킨 고대형이 장무혁에게 말했다.

"목포로 가자."

고대형이 이제는 뒷좌석에 편하게 눕혀진 둘을 바라보며 말을 잇는다.

"저것들이 꿈틀거리는 것을 보니까 생리 현상이 급한 것 같다. 입막음을 풀어 봐라."

장무혁이 손을 뻗어 먼저 사마코의 입막음을 풀었다. 그 순간 사마코가 헐떡이며 말했다.

"화장실에 좀."

"여기선 안 돼."

고대형이 고개를 저었다.

"국도로 들어가서 인적이 없는 곳을 찾을 때까지 참아라."

"급해요."

"참지 못하겠다면 옷에다 싸."

장무혁의 어깨를 두드린 고대형이 말을 이었다.

"여기서 국도로 빠져나갔다가 목포로 간다."

고대형이 다시 손을 뻗어 사마코의 입에다 수건을 박아 넣었고 차는 출발했다.

삼합회 칭다오(青島) 지부장 천윤은 자수성가한 기업가 행세를 하지만 모두 삼합회의 소유 기업이다. 천윤은 46세, 23세에 삼합회 회장 강방원의 경호원이 되었다가 함께 출세 길을 탄 경우다. 당시의 강방원은 홍콩 근처의 광동성 광주 삼합회의 행동조장이었던 것이다.

천윤이 태안의 사고를 안 것은 어젯밤이다.

황기준한테서 연락이 안 왔지만 늦는 때도 있었기 때문에 신경을 안 썼다가 밤 12시가 다 되어서 보고를 받았다.

황기준의 '서해 수산'이 불타 없어지고 두 형제가 불에 타 죽었다는 것이다.

물론 마약도 분실 상태다.

다혈질인 천윤이 펄쩍펄쩍 뛰었지만 선장과 갑판장까지 피살된 터라 서해안의 루트는 차단되었다.

천윤은 새벽에 본부로 보고를 했는데 고문 태기용이 받았다.

오후 6시 반, 한국 시간보다 한 시간 늦은 중국은 5시 반일 것이다.

칭다오의 사업장 만세루에서 천윤이 회장 강방원의 전화를 받는다.

"예, 회장님."

주눅이 든 천윤이 부동자세로 서서 대답했다. 어쨌든 헤로인 7킬로, 14억 원의 손해가 발생했다.

그때 강방원이 말했다.

"한국 경찰 소행은 아닌 것 같은데, 야쿠자들 간의 전쟁이냐?"

"조사하고 있습니다, 회장님."

중국 내부의 통화여서 둘은 거침없이 주고받는다.

"서울에 있던 조경만을 태안으로 보내, 조사시키고 있습니다."

"네가 관리하는 루트가 몇 개야?"

"예. 6개였는데 이번에 하나가 끊긴 셈입니다."

"정신 똑바로 차려."

"예, 회장님."

"다른 루트도 점검하고."

"예, 회장님."

“조경만이한테 다른 곳 경계 태세로 확인시키도록.”

“알겠습니다.”

“감찰반을 나중에 보내겠다.”

그러고는 통화가 끊겼기 때문에 천윤은 어깨를 늘어뜨렸다. 감찰반을 보낸다면 온전하게 남을 가능성이 적다.

오후 6시 50분, 대구 서남쪽 고령 근처의 국도변.

이곳은 마을로 들어가는 샛길 귀퉁이어서 차량 통행도 없다. 이미 어둠에 덮이는 산기슭에 SUV가 세워져 있다.

차에서 내린 사마코와 우에노는 길 안쪽의 풀숲에 들어가 볼일을 보고 있다.

둘은 손을 묶은 테이프만 잘라주었기 때문에 일 볼 장소까지는 장무혁이 데려다 주었다.

장무혁이 투덜거리면서 풀숲을 보았다.

“이봐, 일 끝났어?”

어둠에 덮인 풀숲에서는 대답이 없다. 장무혁이 다시 소리쳤다.

“이봐! 대답해!”

그때 사마코가 대답했다.

“됐어요.”

“또 한 놈은?”

대답이 없었기 때문에 장무혁이 산비탈 위로 뛰어올라 갔다.

우에노를 데려다준 장소는 비었다. 장무혁이 손에는 리볼버를 쥐었다.

“이런.”

쓴웃음을 지은 장무혁이 주위를 둘러보았을 때 오른쪽 산비탈에 희끗거리는 물체가 보였다.

"한 놈이 튑니다!"

그쪽으로 달려가면서 장무혁이 소리쳤다.

그때 뒤쪽에서 고대형이 말을 뱉는다.

"쏴 죽여라."

고대형이 사마코가 있는 산비탈로 오르면서 다시 소리쳤다.

"그놈은 죽여서 묻고 가자."

그때다.

"탕!"

총성이 산비탈에서 울렸다.

메아리는 없다.

1시간쯤 후, SUV가 다시 국도를 달리고 있다.

차 안에는 셋이다.

장무혁이 운전을 하고 고대형과 사마코가 뒷자리에 앉아 있다. 이제 사마코는 묶이지 않아서 자유롭다.

우에노는 장무혁에게 사살되어 산기슭의 숲속에 묻혔다. 어설프게 땅을 파고 묻었기 때문에 언젠가는 발견되겠지만 신분 확인은 어려울 것이다.

그때 고대형이 사마코를 보았다.

"아마 지금쯤 목포 박 사장은 피신했겠지?"

고대형의 시선을 볼에 받은 채 사마코는 대답하지 않았다. 차 안이 조용해졌다. SUV는 어두운 밤길을 속력을 내어 달려가고 있다.

고대형이 말을 이었다.

"박 사장을 잡아 죽이고 그 옆에 네 시체를 놓는다면 태안의 모항리에서 죽은 사건과 비슷해져."

"……."

"삼합회 운반책과 판매책, 야쿠자 인수책, 전달책까지 말야. 내가 지금 목포에 가면 박 사장은 피신했을지는 몰라도 제3목포호는 그대로 있을 거다."

"……."

"선장 놈하고 말야. 거기도 배에 삼합회가 두 놈 붙었지? 박 사장, 그놈의 '건어물 상회'에도 두 놈."

고대형이 코웃음을 쳤다.

"그동안 잘들 해먹었는데, 이젠 싹 죽일 거다. 네년이 입을 열지 않아도 곧 찾아낼 테니까."

"누구죠?"

이윽고 사마코가 고개를 돌려 고대형을 보았다.

"한국 경찰의 마약국은 아니겠고, 그렇다고 한국군이 이럴 리도 없고……."

고대형이 빙그레 웃었다.

"맞춰봐, 사마코."

"이런 정도의 정보를 갖고 있다면 CIA뿐인데, 맞나요?"

"그래, 사마코."

"CIA가 왜 이러죠?"

"글쎄 말이다."

"야쿠자를 치려는 것인가요?"

그때 고대형이 사마코의 어깨를 끌어 당겼다.

"난 졸짜야, 사마코. 하지만 널 죽이고 살리는 건 내 맘이다. 그러니까 내가 묻는 말에나 잘 대답해, 이년아."

깜빡 잠이 들었던 고대형이 눈을 떴을 때 SUV는 그대로 달리는 중이었다.

깊은 밤.

도로는 차량 통행이 드물어서 SUV는 속력을 내고 있다.

손목시계를 보았더니 오후 9시 반이다. 1시간 반 정도를 잔 것이다.

"여기 어디냐?"

고대형이 묻자 장무혁이 백미러에 대고 대답했다.

"1시간 후면 목포에 도착합니다."

"차 세워라, 지금부터 내가 운전할 테니까."

"괜찮습니다."

"너도 좀 자."

사양하는 장무혁에게 차를 세우게 한 다음 고대형이 운전을 했다.

사마코도 잠깐 잠이 들었다가 고대형이 깨는 바람에 같이 깨어났다.

운전을 하던 고대형이 힐끗 백미러로 사마코를 보았지만 입을 열지는 않았다.

오전 9시 반, 랭글리의 CIA 본부 제3회의실에서 후버를 중심으로 부장보 윌슨, 안보담당 보좌관 조지 마크맨, 그리고 서부지역 마약국장 코왈스키까지 넷이 둘러앉아있다.

조지 마크맨은 부장보급으로 백악관의 안보 보좌관과 수시로 만나는 데다 세 번에 한 번 꼴로 오벌룸에서 클린턴의 '존안'을 보는 직책이다. 그래서 CIA 내부에서는 위세가 당당하다.

후버가 윌슨에게 물었다.

"부산의 이나카와 거점까지 뒤집어엎은 건 확실하지?"

"예, 부장님."

윌슨의 얼굴에 쓴웃음이 번졌다.

"이나카와회의 거점장이 현재 실종된 상황입니다. 집에 가정부만 남아 있습니다."

"갓댐."

따라 웃은 후버가 코왈스키를 보았다.

"이나카와가 중국에서 들여오는 헤로인은 얼마나 되지?"

"작년에 130킬로 들여왔습니다. 월 평균 10킬로 정도지요."

고개를 끄덕인 후버가 윌슨에게 고개를 돌렸다.

"모두 몇 개 라인이었지?"

"파악한 줄기는 11곳입니다, 부장님."

윌슨이 서류를 내려다보면서 말을 이었다.

"야쿠자 라인이 이번 이나카와회까지 5개, 마피아 라인이 3개, 그리고 삼합회 자체에서 한국을 거쳐 미국으로 직접 운반하는 거점이 3개입니다."

"그럼 이나카와 라인이 이번에 제거된 셈인가?"

"삼합회가 이나카와용으로 설치한 또 한 곳의 운반, 전달처가 남아 있습니다."

윌슨이 몸을 돌려 벽에 걸린 한국 지도의 아래쪽을 짚었다. 목포다.

그곳을 본 후버가 고개를 기울였다.

"이나카와 거점이 무너졌으니까 저쪽도 쓸모가 없는 건가?"

"아닙니다."

코왈스키가 대답했다.

"목포 거점도 삼합회용이기 때문에 이나카와가 없어지면 바로 다른 라인에 응용될 수가 있지요."

"그렇지, 참."

"목포도 타깃에 들어가 있습니다."

"갓댐."

고개를 든 후버가 정색했다.

"지금부터 표정 관리를 잘 해. 이건 FBI하고 공동작전이야. 대통령의 비공식 허가를 받은 특급 작전이라고."

모두 알고 있었지만 방 안이 조용해졌고 후버의 목소리가 울렸다.

"미국 서부에 유입되는 마약 중에서 중국을 통해 들어오는 양이 70퍼센트야. 그 70퍼센트 중에서 70퍼센트가 한국을 경유하고 있다고."

그러면 49퍼센트, 절반 가까운 양이 한국을 거쳐 가는 것이다.

후버가 말을 이었다.

"이것은 곧 중국과의 전쟁이라는 것을 명심하라고. 삼합회는 곧 중국이야. 중국 당국의 배경 없이 저놈들이 저렇게 공격해 올 수가 없다고."

후버는 공격이라는 표현을 썼다.

어깨를 부풀렸다가 내린 후버가 말을 이었다.

"50년 전에 한국에서 미군과 중국군이 맞붙었지."

"……."

"그놈들은 인해전술을 썼어. 인민군을 바닷물처럼 쏟아 부었다고 해서 그렇게 표현을 했지."

후버의 얼굴에 일그러진 웃음이 떠올랐다.

"우리는 인해전술에 밀려서 후퇴했어. 그렇지만 이번에는 안 돼."

"……."

"그놈들이 헤로인으로 미국을 덮어씌우려고 하는 거야. 한국 놈들을 이용해서 말야. 그래서 미국 시민이 마약 중독자가 되어서 전의를 상실하게 만들려는 거야."

이것이 대의다. 전쟁은 물론이고 작은 작전에도 대의와 명분이 있다.
도둑놈도 돈을 벌어야겠다는 명분이 있지 않은가?
이것이 이번 작전의 대의다.

오전 6시 반. 바닷가 횟집 주차장에서 고대형이 옆에 앉은 사마코를 보았다.

"넌 부산에서 대학을 나왔다니까 한국 물정을 다 알겠구나."

"그런 셈이죠."

사마코가 창밖을 응시한 채 말했다.

장무혁은 이곳에서 3백 미터쯤 떨어진 '목포 건어물 상회'를 둘러보러 떠났다.

고대형이 다시 물었다.

"우리가 목포에 왜 왔는지 알지?"

"압니다."

"이곳을 어떻게 알게 되었는지 궁금하지 않나?"

"그걸 생각할 여유가 없었습니다."

사마코는 여전히 창밖으로 고개를 돌린 채 대답하고 있다.

고대형이 사마코의 귀를 잡아 얼굴을 자기 쪽으로 돌렸다.

귀가 아픈 사마코의 이맛살이 찌푸려졌고 눈이 치켜떠졌다.

그것을 본 고대형이 빙그레 웃었다.

"곧 죽을 년치고는 정신이 제대로 박혀 있군."

"살 가능성은 없어요?"

사마코가 시선을 떼지 않은 채 물었다.

"내가 아는 정보는 다 줄 테니까."

“지금 생각하니까 너한테 얻을 정보가 별로 없는 것 같다.”

“정보가 있다면 살려줄 건가요?”

“글쎄. 널 목포까지 데려온 이유는 내가 말했지?”

고대형이 무표정한 얼굴로 사마코를 보았다.

“첫째로 주차장에서 너희들 둘을 죽이고 가방만 가져가면 문제가 커졌을 거야. 너희들을 죽이려고 불을 지른 것으로 금방 들통이 났을 테니까.”

“……”

“그놈이 산비탈에서 도망치다가 죽은 건 아주 잘된 일이었어. 짐을 덜어주려고 적당한 시기와 장소를 골라주었거든.”

“……”

“네 시체를 이곳 삼합회의 거점에다 놓을 계획이었어. 그럼 네가 헤로인을 인수하러 왔다가 죽은 것으로 될 테니까. 태안에서처럼 말야.”

“……”

“그래. 난 CIA 암살자다. 구체적으로 말하면 CIA 용병 암살자지.”

“……”

“난 시킨 일만 해. 너희들에 대한 정보는 쥐고 있으니까.”

“난 살고 싶어요. 아이가 있다고요.”

고대형의 얼굴에 변화가 일어났다.

두 눈이 번들거린 것이다.

“너희들을 다 죽이라는 지시를 받았지만, 내 판단에 의해서 조금 수정할 수는 있어. 물론 윗놈들이 그 사유를 이해할 수 있어야겠지.”

그때 사마코가 말했다.

“정보를 주면 어때요? 당신이 필요한 정보.”

시장을 둘러보고 돌아온 장무혁이 차에 오르면서 말했다.

오전 7시 반이다.

"아침이라 시장은 아직 영업을 하지 않습니다. 오전 10시쯤 연다는데요."

운전석에 앉은 장무혁이 고대형을 돌아보았다.

"목포 건어물 상회도 문이 닫혀 있는데요. 가게가 꽤 컸습니다."

"사마코가 박 사장의 애인 집을 안다는군."

고대형이 말하자 장무혁의 시선이 사마코에게 갔다가 돌아왔다. 장무혁도 포커페이스다. 그 얼굴로 장무혁이 고대형에게 물었다.

"애인 집으로 피신했을까요?"

"삼합회 놈들도 모르고 있을 거라고 하는구나."

"누가 말씀입니까?"

"사마코가 말이야."

그때 사마코가 장무혁에게 말했다.

"지난번 여기 왔을 때 박 사장 뒷조사를 했죠. 우리는 거래선 뒷조사를 하는 것이 원칙이니까요."

사마코의 말을 고대형이 받았다.

"살림 차려준 여자가 있다더군. 카페에 나갔던 여자인데 건어물 상회에서 5백 미터쯤 떨어진 단독 주택에 산다는 거다."

고대형의 얼굴에 웃음이 떠올랐다.

"역시 돈을 모으면 양아치들의 본색이 드러나는 거다."

"너 지금 어디냐?"

천윤이 묻자 박기대가 대답했다.

"예, 안가입니다."

"안가에서 전화를 하는 거야?"

"아닙니다. 밖에 나와서 합니다."

"장부하고 자금 처리는 했지?"

"예. 모두 갖고 나왔습니다."

"알았어. 서필중이한테도 연락을 해. 당분간 어디 박혀 있으라고."

"알겠습니다. 그런데……."

"뭐냐?"

"도쿄의 오꾸마 씨한테서 저한테 전화가 왔습니다."

"뭐? 오꾸마? 부산의 사마코가 한 게 아니고?"

"예, 오꾸마 씨가 저한테 피신을 하라고 했습니다. 그래서……."

"으음, 그렇군. 알았어. 일단 숨어 있어, 어느 놈 짓인지 곧 밝혀낼 테니까."

"예, 지부장님."

통화가 끊기자 박기대가 주위를 둘러보았다. 이곳은 버스 터미널이어서 오가는 사람이 많다.

가게는 오늘 문을 열겠지만, 종업원 둘이 알아서 장사를 할 것이다.

다시 전화기를 든 박기대가 동전을 넣고 다이얼을 돌렸다.

선장, 서필중이다. 서필중과 고광만, 그리고 건어물 상회의 박기대와 유홍규까지 넷이 삼합회의 목포 거점조와 운반조인 것이다.

"저기, 저놈."

사마코가 이 층 커피숍 복도에 서서 길 건너편 인도를 가리키며 말했다.

"감색 점퍼에 회색 바지를 입은 남자, 머리에 검정색 야구 모자를 썼네요."

"박기대야?"

옆에 선 고대형이 묻자 사마코가 고개를 끄덕였다.

오전 9시 반, 사마코가 말을 이었다.

"오른쪽 골목으로 들어가면 틀림없어요. 골목 안 오른쪽에서 두 번째 집이 박기대 애인의 집이니까요."

"골목 끝은 어디야?"

"뒤쪽이 수산물 창고라 막혔어요."

"잘되었군."

고대형이 사마코의 팔을 쥐었다.

그때 사내가 오른쪽 골목 안으로 들어서면서 뒤를 돌아보았다.

고대형이 사마코의 팔을 쥐고 몸을 돌렸다.

박기대가 이쪽을 보았다고 해도 등만 보았을 것이다.

"형수님, 미안합니다."

젓가락을 쥐면서 유홍규가 인사를 했다.

오전 11시 40분, 식탁에 앉은 박기대와 유홍규가 아침 겸 점심으로 칼국수를 먹는 중이다.

"아유, 이젠 그런 인사 한 번만 해요."

안미옥이 생글생글 웃으면서 말했다.

"지금 보니까 유 부장님은 인사성이 너무 좋으셔."

"제가 두 분 분위기 깨뜨리는 것 같아서 그럽니다."

"아녜요. 그런 거 없어요."

"자, 밥 먹자."

박기대가 둘의 헛인사를 잘랐다.

방 네 개짜리 단층집이지만 유홍규는 주방 옆쪽 방을 써서 신혼생활에 방해가 되지는 않는다.

박기대는 유홍규까지 이곳의 애인 안미옥의 집으로 데려온 것이다.

따로 떨어졌다가 당하면 당장 박기대가 위험해진다. 함께 있는 것이 '안전'과 '방어'에도 도움이 될 것이다.

안미옥에게는 경찰 단속 때문이라고 털어놓았다.

한 달에 3백씩 생활비를 주는 터라 안미옥도 박기대가 중국에서 밀수 사업을 한다는 정도까지만 안다. 둘이 칼국수를 먹고 있을 때 안미옥이 시장바구니를 들고 나왔다.

"나 시장 갔다 바로 올게요."

"응, 댕겨와."

칼국수를 먹으면서 박기대가 건성으로 대답했다. 박기대가 삼겹살을 먹고 싶다고 했기 때문이다.

"경찰은 강도의 소행으로만 알고 있습니다. 전혀 우리 일을 모르는 것 같습니다."

조경만이 말을 이었다.

"시장 입구에서 사살된 셋은 이나카와회의 인수자 곤도, 사사끼가 분명합니다. 그런데 신분증을 갖고 있지 않은 데다 렌터카도 위조 신분증으로 빌렸기 때문에 아직까지 신분 확인을 못 하고 있습니다."

"셋이라면서?"

"예, 운전사도 이나카와 회원인 것 같습니다."

"거기에다 부산 이나카와 지점이 당했단 말야."

전화기를 고쳐 쥔 천윤이 이맛살을 찌푸렸다.

천윤은 지금 모항리에 조사차 나간 조경만한테서 보고를 받고 있다.

천윤이 말을 이었다.

“도쿄의 오꾸마가 박기대한테 피하라는 전화를 했어.”

“도쿄 이나카와에서 말입니까?”

“그래. 이번 사건은 우리와 이나카와 양쪽을 노리는 놈들의 소행이야.”

“누굽니까?”

“야마구치나 스미요시는 아닌 것 같다.”

“그럼…….”

“이건 전화로 이야기할 건 아니고. 넌 바로 돌아가. 이젠 거기서 얼쩡거릴 필요가 없다.”

“예, 지부장님.”

“내가 다시 연락하지.”

이것으로 서울에서 파견된 삼합회 조사단 업무는 맥없이 끝났다.

4장 삼합회

그 시간에 베이징 서북쪽 외성의(外城)의 주택가 안.

대저택에서 삼합회장 강방원이 찻잔을 들고 말했다.

"지금 칭다오 지부장 천윤이 좌불안석인 상황이겠군."

"예, 그저 전화기만 들고 있겠지요."

고문 태기용이 맞장구를 쳤다.

저택의 응접실 마룻바닥은 검은 옻칠을 해서 번들거리고 있다. 어른 몸통만 한 붉은색 기둥 네 개가 받쳐진 응접실은 마치 황궁의 접견실 같다. 이곳이 삼합회장 강방원의 베이징 거처다.

고개를 든 강방원이 오른쪽에 앉은 사내를 보았다.

30대 후반쯤의 사내는 앉았지만 넓은 어깨에 건장한 체격이다. 각진 얼굴에 피부는 볕에 그을렸고 얇은 입술은 꾹 닫혀 있다.

"지금 한국에서 일어나는 사건을 다 머릿속에 넣었지?"

"예, 회장님."

앉은 채로 머리를 숙여 보인 사내가 말을 이었다.

"오늘 오후에 출발하겠습니다."

응접실에는 강방원과 태기용, 그리고 사내까지 셋뿐이다.

강방원이 고개를 돌려 태기용을 보았다.

"곽청의 보고를 직접 받고 지원을 해주도록."

"예, 회장님."

사내의 이름은 곽청, 삼합회의 특별기동반장이다.

간판을 그럴싸하게 지었지만 실제는 회장의 특명을 받고 행동하는 행동대, 또는 즉결처분반, 또는 암살대로 불리기도 한다.

38세의 곽청은 중국군 육전대 대위 출신으로 5년 전에 삼합회에 영입되어 지금까지 수십 번 작전에 참가했다.

주로 홍콩이나 중국 내부의 반대 세력 암살. 요즘에는 중국 정부의 비밀 명령을 받아 홍콩의 반국가 세력의 암살을 담당해 왔다.

곽청이 지휘하는 특기반의 대원은 30여 명. 이번에 곽청은 10명을 이끌고 한국에 간다.

강방원의 얼굴에 웃음이 떠올랐다.

"CIA가 슬슬 중국 견제를 시작하려는 것 같다. 우리도 고분고분 당하기만 하는 존재가 아니라는 것을 보여줄 필요가 있어. 무슨 말인지 알겠나?"

"예, 회장님."

상반신을 세운 곽청이 똑바로 강방원을 보았다.

"저도 저놈들처럼 가차 없이 제거하겠습니다."

"놈들은 우리 거점을 노릴 거야. 지금 상황을 보면 우리들의 각 라인별 거점과 운반책을 다 파악한 것 같다."

강방원은 52세. 수전(水戰) 산전(山戰)을 다 겪었고 이른바 공중전(空中戰)인 관료 사회에도 성공적으로 진입한 상태. 지금 정부의 지원을 받고 있는 것이 그 증거다.

강방원이 가장 먼저 이번 한국의 사건이 CIA 주도하에 일어났다는 것을 파악한 것도 정부 측의 정보를 받았기 때문이다.

강방원이 눈을 치켜뜨고 곽청을 보았다.

"너도 같이 때려라. 그러면 네 주위로 야쿠자는 물론 마피아, 나중에는 한국 정부까지 몰릴 테니까. 오만방자한 후버 놈도 우리가 역공을 하리라고는 예상하지 못했을 거다. 가서 처리해라."

"예, 회장님."

곽청이 일어섰는데 키는 중키였다. 그래서 넓은 어깨가 더 돋보인다.

대문 열리는 소리가 들렸기 때문에 방에 있던 박기대가 소리쳤다.

"미옥이냐?"

"네."

안미옥의 대답 소리가 들렸다.

대문은 전자장치가 되어서 비밀번호를 누르면 열린다. 대문에서 본채 현관까지는 5미터. 작은 마당을 건널 때 응접실 유리로 밖이 다 보인다.

방에서 나온 박기대가 응접실로 들어와 베란다 쪽 유리문을 보았다.

그 순간 박기대가 버럭 소리쳤다.

"누가 들어왔다!"

안미옥 뒤로 사내 하나가 따르고 있는 것이다. 그 뒤로 여자 하나가 있다.

"앗!"

그 와중에도 박기대가 여자를 알아보았다. 거리가 7, 8미터 정도였기 때문이다. 이나카와 부산 거점의 사마코다.

그때 아랫방에서 유홍규가 뛰어나왔는데 손에 권총을 쥐었다.

베란다 유리문으로 밖을 내다본 유홍규가 현관문으로 달려갔을 때 문이 열렸다.

"퍽!"

총소리.

안미옥과 사내 하나는 아직 현관문 앞에 닿지 않았다. 그 순간 박기대가 숨을 들이켜면서 뒤로 한 발짝 물러섰다.

현관에 널브러진 유홍규를 넘어서 사내 하나가 다가온 것이다. 손에 총을 쥐고 있다. 소음기를 낀 권총 총구가 박기대 가슴을 겨누고 있다.

그때 현관으로 사내와 안미옥, 그리고 사마코의 순서로 들어왔다.

소파에 박기대와 안미옥이 묶인 채 앉아 있다.

그 앞에 고대형이 앉았고 뒤쪽 주방 식탁 의자에 사마코가 앉아서 박기대의 뒷모습을 본다.

그때 방 안에서 장무혁이 나왔다. 손에 가방을 쥐고 있다.

"금고에 현금이 약 6억가량, 전화번호가 적힌 거래처 장부와 서류가 들어 있습니다."

고개를 끄덕인 고대형이 장무혁에게 물었다.

"여기 불을 지르면 옆집으로 번지겠지?"

"예. 여긴 주택이 붙어 있어서 대형 화재로 번질 겁니다."

"갓댐. 그럼 싣고 가야 하나?"

"골목 안까지 차를 후진시켜 들어올 수 있을 것 같던데요."

지금 시체가 되어 있는 유홍규까지 싣고 나가려는 것이다.

오후 2시 반이 되어가고 있다.

고개를 든 고대형이 사마코를 보았다.

"사마코, 식사 준비를 해. 마침 저 여자가 삼겹살도 사온 것 같군."

"지금 어디세요?"

마리안이 묻자 고대형이 대답했다.

"여기 박기대의 애인 집인데."

"누구라고요?"

"자료에는 없지만 사마코가 알려줬어."

"아, 사마코."

"여기서 박기대하고 유홍규를 잡았어, 그 애인하고 같이."

"아."

"오늘 밤에 이것들을 처리하고 선장을 찾으러 가야겠는데 이미 피신했겠지?"

"이젠 찾기 힘들 건데요."

"사마코도 선장 집 외엔 모른다는군. 장무혁이 선장이 사는 집에 갔지만 비었어. 항해사라는 놈이 사는 아파트도 비었고. 박기대가 피신하라고 했다는데 장소는 모른다는군."

"그럼 돌아올 건가요?"

"배가 남았거든, 제3목포호."

고대형이 말을 이었다.

"그 배까지 처리하고 올라가지."

"알겠습니다."

통화를 끝낸 고대형이 벽시계를 보았다. 오후 9시 반.

옆쪽에 앉아 있던 사마코가 고개를 돌려 고대형을 쳐다보았다.

둘은 지금 응접실에 앉아 있다.

박기대와 안미옥도 묶인 채 침실에 처박아 두었다.

지금 장무혁은 차를 가지러 간 것이다.

"배를 어쩌시려고 그래요?"

옆에서 다 들은 터라 사마코가 물었다.

사마코의 시선을 받은 고대형이 쓴웃음을 지었다.

"배에 셋을 싣고 불을 지르려고."

"……."

"대형 화제가 일어난다니까 그 방법을 쓰는 수밖에."

"……."

"이젠 슬슬 삼합회와 너희들 야쿠자 조직들, 그리고 한국 경찰까지 내막을 알게 되었을 거야."

고대형이 소파에 등을 붙이고는 다리를 길게 뻗었다.

"나는 한국을 거쳐 미국 서부지역으로 유입되는 마약 유통 라인을 부수는 역할을 맡았을 뿐이야."

"……."

"내 팀의 역할이지. 사마코, 너도 알다시피 CIA의 팀이다."

"……."

"미국의 기관인 CIA 말야, 사마코."

사마코의 시선을 받은 고대형이 빙그레 웃었다.

"내가 미국인이냐고 묻는 거냐? 아니, 난 한국인이다. 한국의 리스타 사원이었다가 CIA에 차출된 몸이지."

"……."

"내가 암살자였다는 거 모르지? CIA의 용역을 받은 전문 암살자 말야. 난 아프간에서 일했어, 꽤 큰일을. 너희 이나카와회 같은 벌레들은 감히 엄두도 못 낼 일."

"한국이 전쟁터가 되나요?"

마침내 사마코가 고대형의 말을 잘랐다.

"지금쯤 삼합회나 야쿠자까지 이게 CIA 짓이라는 걸 알게 되었을 텐데요. 삼합회는 말할 것도 없고 야쿠자도 바보가 아녜요."

"당연하지."

"둘 다 가만히 당하고 있을 것만 같아요?"

"그건 내가 알 바 아냐."

고대형이 고개를 돌려 사마코를 보았다.

"난 지시받은 일만 해, 사마코."

사마코의 시선을 받은 고대형이 빙그레 웃었다.

"한국인이 CIA의 지시에 왜 맹종하냐고? 그건 이 일이 한국의 국익에 해가 되지 않기 때문이지. CIA가 그쯤은 고려해서 나한테 일을 맡긴다고."

그러고는 고대형이 고개를 끄덕였다.

"사마코, 넌 내 자문관을 해라. 내 팀에는 부팀장, 조장이 모두 여자야. 너까지 끼면 완벽한 팀워크가 되겠다."

그러고는 덧붙였다.

"너를 살려둘 이유가 네 이야기를 들으면서 만들어졌어. 당분간 내 옆에서 살아 있어라."

밤 11시 40분.

어항 끝 쪽에 정박한 제3목포호에서 갑자기 불길이 일어났다.

늦은 시간이어서 어항의 어선은 모두 비어 있었고 안쪽 횟집 서너 개만 늦은 손님을 맞느라 불이 켜진 상태였다.

며칠 전부터 빗발이 뿌리다가 말다가 했는데 오늘은 오후부터 바람이 세었고 파도가 높았다. 불길을 맨 먼저 발견한 술꾼이 소리치자 금세 구경꾼이 모였다. 두어 명은 그쪽으로 달려갔지만 대부분은 불구경을 한다.

선창의 폭이 소방차가 들어올 수 없을 뿐만 아니라 불길이 순식간에 높아졌기 때문이다.

"누구 배여?"

사내 하나가 소리치자 선창 앞까지 달려갔던 어부가 되돌아오면서 대답했다.

"제3목포호여!"

"아이구, 서필중이 야단났다."

누군가 탄식했지만 심각한 표정은 아니다.

"아, 바람 맞아 잘 타네!"

"119 신고했어?"

모두 소리쳤고 구경꾼이 더 모였다.

바람을 탄 불길이 이제는 배 전체를 덮었다. 불덩이가 된 제3목포호 옆쪽 배를 치우려고 사람들이 서둘고 있다.

그때 누군가가 소리쳤다.

"어쩌다 불이 난 거여?"

그러나 대답하는 사람은 없다.

선박 화재?

수백 가지의 이유가 있는 것이다.

"참, 너 아이가 있다고 했지?"

불쑥 고대형이 묻자 사마코가 고개를 들었다.

운전을 하던 장무혁도 엉겁결에 백미러를 본다.

밤, 오전 1시쯤 되었다. SUV는 어둠에 덮인 4차선 도로를 질주하고 있다.

그때 사마코가 대답했다.

"네, 도쿄에서 어머니가 키우고 있어요."

서울청 마약부장 강기준은 48세. 경찰의 별이라는 경무관이 된 지 1년 반이다. 지방대를 졸업하고 순경 시험에 합격한 후에 착실하게 진급해서 20년 만에 경무관이 된 것이다. 물론 항상 잘나가지는 않았지만 그때마다 관운이 따랐다. 대통령이건 경무관이건 관운이 따라야 되는 것이라고 강기준은 믿어 의심치 않는다.

그런데 두 달 전에 잘나가던 전북 경찰청 차장에서 서울청 마약부장으로 전보되면서 강기준은 그 관운이 끝난 것 같다는 느낌이 들었다. 이제 약발이 다 떨어진 것이 아닌가?

서울청 마약부장은 그야말로 공동묘지로 직행하는 코스였기 때문이다. 지금까지 마약부장에서 진급은커녕 제대로 살아서 나간 전임이 없다.

서울청 마약부가 전국 경찰청의 마약부를 총괄한 지 8년. 9개 부장을 겪었지만 다 옷을 벗거나 좌천되어서 1년 안에 경찰을 떠난 것이다. 그만큼 공(功)은 적고 과가 많은 자리다.

오늘, 강기준은 서울청의 제4 회의실에서 간부 회의를 주재하면서 그것을 실감하고 있다.

근래에 터진 대형사건이 마약 관련 사건이었기 때문이다.

바로 어젯밤, 목포 어항에서 전소된 제3목포호가 전남 경찰청 마약팀에서 추적해 온 마약 수송선이었기 때문이다.

그것이 홀랑 전소되면서 배 안에서 시체 3구가 발견되었다. 놀랍게도 '목포 건어물 상회' 주인인 박기대와 영업부장 유홍규, 그리고 박기대의 정부인 안미옥이었던 것이다.

전남 경찰청 마약팀은 마약 수송의 거점장을 발견한 셈이었다.

그것이 태안 모항리의 피살사건과 연계되었고 어젯밤 경찰청장의 지시로 이 사건을 맡게 된 것이다.

"중국에서 들어온 마약은 삼합회를 통한 것이라고 보면 됩니다."

제1팀장 한욱 경정이 말했다.

마약부의 4개 팀 중 선임 팀장이다.

"모항리에서 피살된 넷과 삼합회가 연계된 것 같습니다. 목포에서처럼 운반책과 거점책이 당한 것이지요."

"그건 알겠는데."

강기준이 고개를 끄덕였다.

어젯밤 제3목포호 화재 사건을 추적, 금세 마약 사건임을 밝혀낸 전남 경찰청 마약팀의 발 빠른 추적은 포상감이다. 그런데 태안 사건까지 서울청으로 모아놓고 보니 황당한 것이다.

강기준이 마침내 어깨를 부풀렸다.

"도대체 누가 이 지랄을 한 것이냔 말이야?"

우선 모항리에서 피살된 셋의 신원도 아직 밝혀지지 않은 것이다.

그때 제2팀장 홍근태 경정이 입을 열었다.

"부산 해운대에서 화재 후 실종된 남녀 2명이 일본인입니다. 가정부가 둘이 일본인인데 화재가 나자 금고에서 귀중품을 다 꺼내갖고 나갔다고 하는데요."

홍근태가 강기준의 눈치를 살폈다.

"근처 주차장에서 둘의 차가 발견되었는데 문이 열린 채 주차되어 있었습니다."

"그걸 왜 여기서 말하나?"

강기준이 묻자 홍근태가 고개를 기울였다가 세웠다.

"만 3일 동안에 일어난 사건인데 불이 난 것이 3곳 사건 모두 동일합니다. 태안 모항리의 수산시장 안 가게, 그다음이 부산의 주택, 이어서 목포의 제3목포호가 전소되었고 각각 안에서 시체가 발견되었거나 실종되지 않았습니까?"

강기준이 지그시 홍근태를 보았다.

회의실에 모인 4명의 팀장 중에서 홍근태가 가장 젊다. 경찰대 출신, 진급이 빨라서 그런지 가장 의욕적이기도 하다.

"좋아. 그렇다면 그 세 사건이 마약과 연루되었다고 보는 건가?"

"모항리에서 사살된 신원 미상 남자 세 명도 일본인으로 보는 것입니다."

"추측이 심하면 수사가 엉뚱한 방향으로 나갈 수가 있어."

"지금은 그렇게라도 해야 수사를 진행할 수 있습니다."

"일본 놈들하고 중국 놈들을 연결시키자는 말이냐?"

"예. 야쿠자하고 삼합회를 연결시키는 것이지요."

놀랄 일도 아니다.

한국 경찰 마약부도 삼합회나 야쿠자가 한국에서 마약 거래를 하고 있다는 것을 알고 있는 것이다.

"젠장."

강기준이 한숨을 쉬었다.

고개를 든 강기준이 팀장 넷을 둘러보았다.

"청장님 직접 지시야. 우리가 사건을 정식으로 인계받은 거다. 그러니까 결말을 내야 돼."

한숨을 쉬고 난 강기준이 말을 이었다.

"마약부장으로 내 운이 다 된 것 같군. 그럴 각오로 일할 테니까 너희들도 그런 줄 알고 있어."

"그럴 리가 있습니까?"

선임 팀장 한욱이 위로하듯 말했지만 시선을 부딪치지는 않았다.

그때 강기준의 시선이 홍근태에게로 옮겨졌다.

"2팀장, 네가 이 사건을 맡아라. 네가 주력군이란 말야."

"예, 부장님."

"난 사령관이고."

"알겠습니다."

강기준이 고개를 들어 나머지 팀장을 훑어보았다.

"너희들은 지원군이야."

"예."

셋이 제각기 대답했을 때 강기준이 어깨를 부풀렸다가 내렸다.

"주력군이 망하면 지원군도 망하는 법이다. 그것을 대갈박에 넣어두도록."

책임을 회피했다가는 다 죽는다는 협박이다. 강기준이 그럴 능력은 있다.

오전 11시가 되었을 때 이태원의 저택이 수선스러워졌다.저택 안으로 SUV가 들어왔고 셋이 내렸기 때문이다. 고대형과 장무혁, 그리고 사마코다.

팀원 모두 모여 있었기 때문에 차에서 짐을 내리고는 한 무리가 되어서 저택 안으로 이동했다.

사마코는 팀원들에게 둘러싸여 있었는데 반쯤 정신이 나간 것 같다. 잠자코 저택 앞으로 따라 들어섰는데 눈동자가 흐리다.

모두 사마코에 대해서 아는 터라 누가 묻지도 않는다.

응접실로 들어섰을 때 고대형이 토리노에게 말했다.

"토리노, 네가 사마코 담당이다."

"네?"

놀란 토리노가 눈을 크게 떴을 때 고대형이 말을 이었다.

"욕실 있는 방을 주고 일단 24시간 감시해라. 네 옆방을 주는 것이 낫겠지."

"예, 팀장."

모두의 시선을 받은 토리노가 당황한 표정으로 물었다.

"행동반경은 어떻게 합니까?"

"저택 안."

고대형이 힐끗 사마코를 보았다.

"당분간은 사마코가 죽은 것으로 하자."

을지로의 카페 안.

구석 쪽 자리에 세 사내가 둘러앉았는데 곽청과 장만호, 그리고 조경만이다.

장만호는 조선족으로 곽청이 보좌역으로 데리고 왔다.

곽청이 조경만에게 물었다.

"수산시장 앞에서 죽은 놈들이 두 종류야. 우리 측 운반조하고 일본 측 인수조다, 맞지?"

"그건 맞습니다."

조경만이 고분고분 대답했다.

지금까지 조경만은 한국 주재 삼합회 조정관 역할로 칭다오 지부장 직속이었다. 그래서 한국에 분산된 삼합회 관리하의 운반조, 거점조의 관리를 맡았는데 이제 회장 직속의 특기반이 파견된 것이다. 특기반장 곽청은 칭다오 지부장 천윤보다 상급자다.

곽청이 지그시 조경만을 보았다.

"한국에도 CIA의 특수반이 있어. 이건 우리 중국 정부에서 나온 정보야."

"……."

"미국에 CIA만 있는 게 아냐. 우리도 정보국이 있다고."

곽청이 번들거리는 눈으로 조경만을 보았다.

"너 같은 돌대가리가 아무리 냄새를 맡아 봐야 정보국의 정보력은 못 당하지. 그렇지 않으냐?"

"당연합니다."

"너 조선족이지?"

"그렇습니다. 한국 국적 받은 지 7년 되었지요."

조경만은 41세. 실제로 한국 생활을 한 지는 17년이다. 그러니 한국 사람이나 같다.

조경만이 말을 이었다.

"조선족으로 와서 한국 놈들이 더럽고 힘들다는 업종의 일을 하면서 한국 놈들한테 괄시, 서러움 안 받은 조선족이 드뭅니다. 그래서 한국 국적을 받게 된 것이지, 한국이 좋아서 국적 받은 게 아닙니다."

"나도 알고 있어."

곽청의 시선이 옆에 앉은 장만호에게 옮겨졌다.

"자, 그럼 네가 본론을 말해줘."

"예, 반장님."

장만호가 의자를 당겨 앉더니 조경만을 보았다.

"이봐, 조 형."

"예, 보좌관님."

"거기 관리팀 행동대는 몇 명이야?"

"예, 14명입니다."

"당장 출동시킬 수 있지?"

"예, 그렇습니다."

"무기는?"

"아직까지 큰 사건이 없는 데다 한국에서는 무기 사용이 드물어서……."

"닥쳐."

곽청이 말을 끊었을 때 장만호가 말을 이었다.

"무기 내역을 말해."

"권총이 2자루, 실탄이 100발이 조금 못 됩니다. 그리고 칼이……."

"젠장."

다시 말을 끊은 곽청이 이번에는 직접 물었다.

"거기, 총을 쏠 줄 아는 놈이 몇 명이야? 적어도 20미터 거리에서 10발 9중은 하는 놈 말이다."

"그것이……."

조경만이 손등으로 이마의 땀을 닦았다.

"한국에 파견될 때 총기 사용 능력 같은 건 전혀 고려하지 않았습니다. 하지만 대부분이 쿵푸와 십팔계, 권법에 능합니다."

"닥치고."

어깨를 치켰다가 내린 곽청이 장만호에게 말했다.

"어쨌든 능력 있는 놈들에게 무기 지급을 해. 오발사고 주의시키고."

이제 전쟁 준비를 하는 것이다.

이곳은 도쿄. 이나카와회 지부장 야마시다가 오꾸마에게 말했다.

"사마코도 죽었어. 아직 시체를 발견하지 못했을 뿐이야."

"어제도 비서실에서 사마코의 어머니 전화를 받았다고 합니다."

"그 여편네는 왜 자꾸 전화질이야?"

이맛살을 찌푸린 야마시다가 회를 집어 입에 넣었다. 도쿄 신주쿠의 횟집 안이다. 방에는 둘뿐이었는데 오늘은 야마시다가 시중드는 여자를 부르지 않았다.

오후 12시 반, 점심시간이어서 바깥 쪽 홀은 손님들로 가득 차 있다.

그때 오꾸마가 물었다.

"회장께서 이번 사고에 대한 대책을 물으실 것 같은데요. 어떻게 하실 겁니까?"

"놔둬."

"묻기 전에 대답하시는 것이 낫지 않을까요?"

"왜? 오사카나 쿄토 지부장 놈들이 회장을 충동질할 것 같으냐?"

야마시다가 웃음 띤 얼굴로 오꾸마를 보았다.

야마시다는 54세, 이나카와회 서열 순위는 회장과, 고문 그다음인 오사카, 교토 지부장에 이어서 5위다. 그러나 회장 혼다 마사무네가 가장 어려워하는 상대가 야마시다라고 할 정도로 개성이 강하고 인맥이 넓다.

오꾸마가 이맛살을 모으고 대답했다.

"사건이 더 확대되면 오사카나 교토에서 하다못해 일을 나누자고 할 가능성이 있습니다."

마약 사업을 말한다.

지금까지 야마시다의 도쿄 사업부가 삼합회를 직접 개발, 라인을 만들었기 때문에 독점하고 있었던 것이다.

마약 사업은 엄청난 이윤을 내는 황금알 사업이다. 오사카, 교토 지부에서 눈독을 들이고 있는 지 오래되었다.

그때 야마시다가 오꾸마에게 말했다.

"오꾸마, 네가 한국에 가라."

"예, 가지요."

대답은 바로 했지만 오꾸마의 얼굴에 쓴웃음이 떠올랐다.

"보스가 언젠가는 그 이야기를 하실 줄 알았습니다."

"네가 내 분신 같은 놈이기 때문이야."

"그보다도 보스의 숨은 사연을 가장 많이 알고 있기 때문이겠지요."

"곤도, 사사끼는 지금도 신원 미상자가 되어서 시체가 냉동실에 방치되어 있다."

"사마코의 시신이라도 찾겠습니다."

"그리고."

술잔을 내려놓은 야마시다가 붉어진 얼굴로 오꾸마를 보았다.

야마시다는 회를 거의 먹지 않고 술만 마시고 있다.

"시신, 잘 처리해줘."

"알겠습니다."

"행동대를 데려가라. 가서 CIA 놈들을 다 죽여."

야마시다가 외면한 채 말을 이었다.

이미 야마시다와 오꾸마는 이 사건이 CIA에 의해 저질러지고 있다는 것을 알고 있는 것이다.

"CIA 특수팀이야. 지부하고는 별도로 움직이니까 일본대사관의 이에모리를 만나."

"알겠습니다."

"모두 총기로 무장해야 될 거다."

"한국에서 총격전이 벌어지겠군요."

"CIA가 시작한 거야. 놈들은 그 대가를 받아야 해."

"우리의 대응을 예상하고 있을 겁니다."

"미국 서부로 들어가는 마약을 단속한다는 명분인데, 우리는 그 5퍼센트도 안 돼."

야마시다의 두 눈이 번들거리고 있다.

야쿠자의 정보는 삼합회와 비교하면 더 세밀하고 정부 기관과 더 밀접하다.

이태원의 저택, 1층 회의실에서 팀원이 모두 모였다.

이제는 사무실에 비(非)요원인 전화 당번만 두고 주로 저택에서 근무를 한다. 그것이 효율적이기 때문이다.

고대형이 먼저 입을 열었다.

"우리가 삼합회와 야쿠자 이나카와회를 휘저어 놓았더니 양쪽이 움직였다는 정보가 있어."

이것은 본부에서 받은 정보다.

고대형이 말을 이었다.

"이제는 그쪽 원정팀과의 전쟁이 되겠어."

팀원의 시선을 받은 고대형이 쓴웃음을 지었다.

"본부에서는 당분간 작전을 중지하고 대기하라는 지시야. 오물에 벌레들이 꼬이기를 기다리라는 것 같다."

"정보 수집은 해야겠죠? 그게 지금까지 우리들의 업무였는데요."

케인이 묻자 고대형이 고개를 끄덕였다.

"그래야 다음 작전이 시작될 테니까."

그때 토리노가 말했다.

"이번 작전에 너무 많이 죽였어요. 사흘 동안 8명을 죽이고 2명이 실종된 상황입니다. 언론에서는 지금도 야단법석입니다."

"마약부가 사건을 맡았습니다."

이번에는 정유미가 말했다.

"태안과 목포, 부산의 퍼즐을 맞춘 것 같습니다."

"그것이 우리가 원하는 바야."

마리안이 말하자 모두의 시선이 모였다.

"한국 경찰 마약부가 우리 우군이야. 언젠가는 그들과 공동작전을 펴야 돼."

고대형이 고개만 끄덕였고 마리안의 말이 이어졌다.

"목적은 미국에 유입되는 마약 유통망의 재조정이지만 이것이 한국 측에도 이로운 일이거든. 한국을 위한 일이기도 하니까."

마리안은 이른바 내무장관 역할이고 이제 자리를 잡은 것 같다. 물론 고대형은 팀장 겸 국방장관이고.

회의를 마치고 이 층 응접실로 올라왔을 때 고대형이 제 코너로 가려는 마리안을 불렀다.

둘은 중립 지역인 응접실에 마주 보고 앉았다.

"이번에 삼합회의 이나카와회 라인과 이나카와회가 당했지만 삼합회 라인 대부분이 살아 있어."

고대형이 말을 이었다.

"두 번째로 삼합회에서 직접 처리하는 라인을 없애려고 했더니 이렇게 되는군."

"본부 지시니까요."

"삼합회 직접 라인을 미루는 이유가 뭐라고 생각해?"

"그걸 내가 어떻게 압니까?"

"이나카와는 일부분이라고, 전체 물량의 5퍼센트 정도야."

본부에서는 팀의 작전에 개입하지는 않았지만 타깃을 정해주었던 것이다.

1차 목표가 이나카와회 라인이다.

그때 마리안이 말했다.

"정보 통계를 보았더니 삼합회가 직접 관리하는 라인하고 마피아가 가져가는 라인이 75퍼센트더군요."

"나도 봤어."

"그런데 삼합회가 직접 관리하는 물량은 한국에서 소진되고 있어요."

고대형이 잠자코 시선을 주었고 마리안의 말이 이어졌다.

"본부가 어제 다음 순서를 보내왔는데 1순위가 삼합회가 야쿠자에게 공급하는 라인, 2순위가 마피아, 마지막이 직접 관리하는 라인이더군요."

"갓댐."

고대형이 투덜거렸지만 얼굴은 웃는다.

"한국에서 파는 건 후순위라는 이야기지, 일단 미국에 공급되는 양을 차단시키려는 의도니까."

그리고 자금줄을 끊으려는 의도다.

그때 마리안이 고대형을 보았다.

"특수팀의 한국 내 활동은 목표만 받으면 자율적으로 행동하도록 되어 있지요?"

"그렇지."

"그럼 우리가 지금 가만있을 이유도 없지 않습니까?"

"왜 그러는데?"

"한국 마약부에 정보를 줘서 삼합회 직접 관리 라인을 치도록 하는 거죠."

"……."

"그건 우리 재량인 것 같은데요."

"그건 네 생각이지."

"무슨 말이에요?"

고개를 든 고대형이 반짝이는 마리안의 두 눈을 보았다.

"본부의 깊고 원대한 계획과는 다를지도 모른다는 이야기야."

"어떻게 그걸 알아요?"

"내가 본부 개새끼들을 겪었기 때문이야."

"얼마나 겪었다고?"

지지 않으려는 듯이 마리안이 시선을 내리지 않았기 때문에 고대형은 성질이 났다.

"이봐, 마리안."

고대형이 눈을 치켜떴지만 마리안은 이미 외면한 상태다. 그러나 고대형이 말을 이었다.

"카불 방송국 폭파 사건 알지?"

"……."

"그때 미국인 인질들이 거기 다 들어가 있었어."

"……."

"거기서 미국이 아프간 권력층을 매수해서 통치해 온 것을 다 폭로할 작정이었지. 물론 탈레반 놈들의 협박이 있었지만 말야."

"……."

"하지만 그건 사실이었고 그 내막이 폭로되면 미국 정부는 치명상을 입게 되었어."

"……."

"그래서 방송국과 함께 미국 인질들을 폭사시킨 거야."

"……."

"그것을 내가 했어."

"……."

"서울 지부장 지미는 그 지시만 전달해준 역할이었고. 그 떠벌이 놈."

그때 마리안이 고개를 들고 고대형을 보았다.

"그래서 CIA가 증거를 없애려고 당신들을 쫓았던 건가요?"

"그래. 우리를 암살하려고 말야."

고대형의 얼굴에 웃음이 떠올랐다.

"암살자를 암살하려고 말야. 그래서 화가 난 지미가 내막을 폭로하려고 파리 르몽드 기자하고 접촉했던 것이고……."

"……."

"르몽드 기자도 암살당했어."

"……."

"그러다가 내가 지미를 말려서 베이징까지 왔던 거야. 그러고는 지미가 본부와 협상을 해서 1천1백만 불을 받았고."

"그건 알아요."

마침내 마리안이 어깨를 늘어뜨렸다. 그 시점에서 마리안이 끼어들었다가 이 꼴이 된 것이다.

그때 고대형이 물었다.

"어때? 본부의 거룩한 뜻과 어긋나면 안 된다는 걸 깨달았지?"

"……."

"너보다 머리 좋은 연놈들이 수백 명이나 있는 거야."

"갓댐."

"어때? 오늘 밤 내 방으로 오지 않을래? 한국 속담에 화난 김에 서방질 한다는 말도 있어. 아주 지금의 너한테 어울리는 말이지."

"갓댐."

마리안이 눈을 치켜떴다.

"지금까지 제법 잘 해오는 것 같더니 더티한 본성이 나오는군. 닥쳐요."

"그래. 내 본성이 이렇다."

정색한 고대형이 고개를 끄덕였다.

"난 최소한 거짓말은 안 해, 이년아."

다음 날 오전 10시.

서울청 마약부 제2팀장 홍근태에게 팀원 윤기상 경위가 다가와 말했다.

"팀장님, 팀장께 직보할 정보가 있다는데요. 저한테 말하라니까 팀장님이어야 한답니다."

"네가 팀장이라고 하지 그랬어?"

"제가 이름을 밝혔더니 당신은 팀원 아냐? 하는데 어떡합니까?"

"어떤 놈이야?"

"이번 태안, 목포 사건을 잘 알고 있다는 겁니다. 그래서 이름도 물어보지 않았습니다."

그렇다. 절차 따지다가 신고인이 화를 내고 불안감을 느껴 통화를 끊어버리는 경우가 있다. 그때는 도끼로 발등을 찍고 싶다.

마침내 홍근태가 말했다.

"연결해."

윤기상이 바로 전화기를 들더니 연결 버튼을 누르고는 건네주었다.

커피숍의 카운터 전화다.

전화기를 귀에 붙이고 있던 고대형이 힐끗 옆에 선 마리안을 보았다.

수화구에 다른 사내의 목소리가 울린 것이다.

"여보세요. 나, 제2팀장 홍근태 경정입니다. 누구시죠?"

"나도 팀장인데요. 구체적인 인적사항은 다음에 만나서 밝히지요."

마리안이 옆에 서 있었지만 고대형은 한국어로 말을 이었다.

"일단 삼합회에서 한국 판매용으로 넘기는 라인에 대한 정보를 드리지요."

"무슨 말씀입니까?"

"삼합회의 직통 라인 말입니다. 며칠 전의 태안, 목포 사건은 삼합회가 야쿠자 이나카와회에 넘기는 2개 라인이었습니다. 부산 해운대에서 실종된 두 명은 이나카와회 거점장과 그 부하였고요."

"잠깐."

"녹음기가 고장이 났습니까?"

"아닙니다. 그게 아니라……."

"천천히 말할 테니까 녹음기도 점검 해보세요."

"감사합니다."

"위치 추적은 아직 힘드시겠지요?"

"아니. 그게……."

"자, 계속합니다."

고대형이 말을 이었다.

"중국에서 들어오는 헤로인 대부분이 삼합회 통제를 받고 삼합회가 관리합니다. 지금 내가 말씀드리는 라인은 삼합회 직할 라인 중 하나로 한국에만 소진시키는 라인이지요."

"예, 말씀하세요."

"칭다오 제3부두에서 출발해서 군산 위쪽 장항의 해남수산식당으로 갑니다. 그곳이 헤로인을 받는 거점이죠."

"……."

"운반선은 장항리 김판남이 소유한 제3우진호, 김판남은 조선족으로 귀화한 한국인입니다. 삼합회원이고요."

"아, 예."

"이놈들을 잡으면 주변 인물들, 헤로인 도매상들, 삼합회원까지 드러나게 될 겁니다. 그렇지만 작전을 신중하게 진행해야겠지요."

"사실이라면 고맙습니다."

"맡기겠습니다, 그럼."

"잠깐만."

홍근태가 다급하게 말했다.

"언제 다시 연락을 주시겠습니까?"

"연락처를 주시지요."

"내 직통 전화로 해주시면 어떻겠습니까? 안전은 절대 보장하겠습니다."

그때 고대형의 얼굴에 웃음이 떠올랐다.

저택으로 돌아오는 차 안에서 마리안이 운전하는 고대형에게 물었다.

"본부의 원대한 계획이 있다더니 왜 마음을 바꾼 거죠?"

"가만 생각해 보니까 네 말도 일리가 있어서."

"온갖 장광설을 늘어놓더니……."

"이봐, 닥쳐."

마리안이 입을 닫았고 고대형이 한동안 앞만 보더니 혼잣소리처럼 말했다.

"난 암살자야. 죽이기 위한 트릭은 잘 만들지만 팀의 작전은 네가 어울릴 것 같다."

"……."

"본부에서도 그걸 잘 알면서도 날 팀장으로 보낸 거야."

"지금까지는 잘 해왔죠."

마리안이 고개를 비틀었다.

"마피아로 넘어가는 헤로인이 마지막 단계로 정해져 있는 것이 미심쩍어요."

고대형이 백미러를 보고 나서 말했다.

"이봐, 지금 삼합회, 야쿠자가 특별반을 보낸 상황이야. 우리가 말을 안 들으면 본부가 우리 정보를 그놈들한테 줄 수도 있다고."

쓴웃음을 지은 고대형이 말을 이었다.

"내가 그렇게 당했어. 잘못하면 우리는 개죽음을 당한다고."

"그럼 당신이 책임을 져야죠."

마리안이 고개를 돌려 고대형을 보았다.

"이제 팀원들은 당신을 믿고 따르기 시작한다고요. 책임을 져요, 형."

"형이라니?"

고개를 돌린 고대형이 마리안을 보았다.

고대형의 시선을 받은 마리안이 쓴웃음을 지었다.

"지미 우들턴이 당신을 그렇게 부르더군요."

"그래서 형이라고 부른다고?"

"안 돼요?"

"팀장으로 부르기는 싫단 말이지?"

"아직 내키지 않아요."

"그럼 '자기야'라고 불러."

"무슨 말인데요?"

"한국말인데 같은 동료끼리 부르는 말이야."

"자기야라고요?"

"해봐."

"자기야."

고대형이 정색하고 고개를 끄덕였다.

"그것이 발음하기 힘들면 '여보'라고 불러, 그건 '헬로'라는 말하고 비슷하니까."

"여보."

"좋아."

고대형이 길게 숨을 뱉었다.

문득 한국이 당구대 위의 볼처럼 느껴졌기 때문이다.

"좋아. 치자, 쳐야지."

바로 그 시간에 서울청 마약부장 강기준이 그렇게 말했다.

회의실에서는 강기준과 홍근태, 그리고 제2팀의 팀원 7명이 둘러앉아 있다.

고개를 든 강기준이 홍근태를 보았다.

"정보원은 누구 같나?"

"저 정도 정보를 모았다면 기관뿐입니다. 미국 기관요. 그리고 팀이라고도 하지 않습니까?"

"CIA겠군."

"거기서 비공식으로 흘린 겁니다. 공식이라면 이럴 리가 없죠."

홍근태의 두 눈이 번들거리고 있다.

"CIA 지부에서는 이번 사건을 모르고 있습니다."

장만호가 곽청에게 보고했다.

"본부의 특별팀이 움직이고 있는 것 같다는데요."

"내 생각도 그렇다."

곽청이 미간을 좁히고 말했다.

"거점은 모두 경계를 강화시켰지?"

"예, 반장님."

"그놈들이 어디까지 정보를 쥐었는지 모르겠어."

"누구 말씀입니까?"

"특별팀 말이야."

오전 10시, 중국인과 조선족의 밀집지역인 구로구 가리봉동의 연립주택 안이다. 30평형의 연립주택 입주자는 모두 조선족이나 귀화한 조선족이다.

그때 거실로 조경만이 들어섰다.

"반장님, 야마구치조가 한국 거점을 철수했습니다."

상기된 얼굴로 조경만이 말을 이었다.

"연락이 안 되기에 찾아가 보았더니 사무실이 비어있었다고 합니다."

"쥐새끼 같은 놈들."

곽청이 입술을 비틀고 웃었다.

어제는 스미요시회의 거점이 문을 닫은 것이다. 이로써 한국을 경유한 야쿠자 3대 조직의 거점이 모두 없어졌다. 이나카와회는 거점장과 보좌관, 그리고 인수자들까지 피살, 실종되었고. 야마구치, 스미요시회는 철수해버린 것이다.

곽청의 시선을 받은 조경만이 말을 이었다.

"마피아 쪽 거점만 남아 있는 상황입니다."

삼합회는 한국 시판 라인까지 거점을 옮기고 운반선도 정지시켰지만 마피아 쪽 거점은 남았다.

곽청이 고개를 끄덕였다.

"이제는 윤곽이 잡혀간다. 결국 우리하고 CIA의 대결이야. 중국 정부와 미국 정부의 대리전을 하는 거야."

숨을 죽인 조경만과 장만호를 번갈아 보면서 곽청이 쓴웃음을 지었다.

"일이 단순해졌다. 목표가 분명해진 것이지. 앞으로 우리도 당하고만 있지는 않을 테니까."

대구 서남쪽 고령 근처의 국도변 산기슭에서 우에노 시체가 발견되었다. 약초를 캐던 사람이 발견했는데 곧 경찰에 의해 신원이 확인되었다. 부산에서 실종된 두 남녀 중 하나다.

일본인이어서 일본대사관 측은 즉시 시체가 도쿄 출신의 우에노 다치오라는 것을 확인했다.

우에노는 총에 맞아 피살된 채 산에 묻혔기 때문에 일본 언론에도 대서특필 되었다.

'일본인 사업가'로 소개된 우에노는 한국에서 강도를 만나 납치되었다가 살해된 것이다. 따라서 아직도 실종 상태인 사마코의 사진도 일본 언론은 물론 한국에까지 보도되었다.

"갓댐."

TV를 보면서 고대형이 투덜거렸다.

오후 8시 반, 저택 아래층 식당에서 팀원들과 저녁을 먹으면서 TV를 보는 중이다.

고대형의 시선이 끝 쪽에 앉아 있는 사마코에게 옮겨졌다.

고대형은 지금 영어로 말하고 있다.

"우에노 다치오가 착실한 사업가로 소개되고 있구나."

"저기, 사마코가 나오는데요."

토리노가 TV를 보고 소리쳤다.

모두 TV에 비친 사마코의 사진을 보았다.

오래전에 찍은 사진인지 앳된 표정의 사마코가 웃는 모습이다.

"와!"

케인이 감탄했다.

"미인이다. 실물보다 낫네."

사마코는 잠자코 스파게티를 포크로 말아서 입에 넣는다.

사마코 옆에 앉은 정유미가 케인을 나무랐다.

"그만해, 케인. 네가 여자 볼 줄이나 알아?"

"갓댐. 너보다 사마코가 낫다는 건 알지."

"네가 뭔데 날 평가하는 거냐? 이 개아들 놈아."

그러자 마리안이 거들었다.

"케인, 네가 맡은 일이나 잘해. 마피아 라인은 아직도 움직이지 않은 거냐?"

"열흘 동안 움직이지 않아."

케인이 고대형의 눈치를 보았다.

"프랭클린 옆에 정보원을 셋이나 심어두었어. 그놈이 지금 어디에 있는지도 금방 알 수 있어."

그때 고대형이 마리안을 보았다.

"마리안, 이번에 내가 빼앗아 온 자금이 모두 얼마냐?"

"엄청나죠."

포크를 내려놓은 마리안에게 모두의 시선이 모였다.

"원화와 달러, 엔화까지 합쳐서 모두 27억 정도. 원화로 계산한 거요."

"그거 모두 나눠줘라."

식당 안이 조용해졌고 마리안이 물었다.

"무슨 말이에요?"

"여기 식탁에 앉은 머릿수대로 나눠주란 말야, 팀원 모두에게."

그러더니 고대형의 시선이 사마코에게로 옮겨졌다.

"그렇지. 사마코에게도 나눠줘. N분의 1이다."

"사마코도?"

"사마코도 팀으로 쳐준다."

"팀장은?"

"나도 N분의 1만 받는다."

그때 토리노가 말했다.

"갓댐. 그럼 내가 3억 가깝게 받겠는데. 감사합니다, 팀장."

고대형이 고개를 돌려 마리안을 보았다.

"전(前) 팀장이 돈 욕심이 많아서 팀원들의 불만을 샀다는 거야. 난 돈을 가져와서 나눠주는 입장이니 존경을 받겠지?"

"그렇겠죠?"

마리안이 정색하고 고대형을 보았다.

"엄청 존경을 받게 될 것 같습니다."

"이제부터는 가로챈 헤로인을 팔아먹는 놈도 없겠지?"

"이렇게 팀장이 나눠주는데 그런 놈이 있을라고요."

"그땐 내가 쏴 죽여야지."

고대형도 정색하고 말했다.

"그 돈을 나눠받은 연놈들도."

가족까지 처단한다는 말이었다.

우유 잔을 든 고대형이 다시 가라앉은 분위기가 된 식탁을 둘러보았다.

"썩어서 냄새가 진동했던 특수팀이야. 그땐 어쩔 수 없었더라도 이젠 새 분위기로 일해야 돼."

고대형이 사마코까지 훑어보고 나서 말을 이었다.

"내가 이나카와회의 라인을 정리하면서 한국의 마약 라인에 변화를 일으킨 셈이 되었다. 단순해진 셈이지. 야쿠자 거점들이 철수하고 한국 시장을 겨냥한 삼합회 직통 라인과 마피아 라인이 남았어."

마피아 라인은 아직 운반선이 움직이지 않는 상황이다.

고대형이 말을 이었다.

"한국 경찰청 마약부에다 직통 라인의 정보를 주었으니까 일단 그쪽에다 맡기고, 우리는 마피아 라인을 상대한다."

이것이 특수팀의 목표다.

이 층으로 올라왔을 때 이번에는 마리안이 중립 위치 응접실로 고대형을 이끌었다. 할 이야기가 있다고 한 것이다.

소파에 앉았을 때 마리안이 말했다.

"사마코한테까지 압류 대금을 나눠주다니, 그것도 N분의 1로."

마리안이 고대형을 쏘아보았다.

"어떻게 된 일이죠? 사마코를 팀원 취급을 하는 건가요?"

"작전에도 협조를 했어. 팀의 누구보다도 공을 세운 입장이야."

"사마코를 앞으로 어떻게 할 작정이죠?"

"작전 끝나면 도쿄로 돌려보내야지."

"괜찮겠어요?"

"그쯤은 내 권한이야."

"앞으로 그런 결정을 할 때 나하고 상의를 했으면 해요."

"글쎄. 그런 분위기가 안 되어서……."

"어쨌든 이번 대금 분배는 팀원들에게 활력을 준 것 같아요. 그놈들은 일도 안 하고 보너스를 듬뿍 받은 셈이니까요."

"난 지미하고 돈을 나눠서 550만 불이 고스란히 남아 있어."

"팀원들은 당신이 그만큼 부자라는 거 모르겠지요?"

"내가 돈이 많아서 그러는 것 같으냐?"

"알아요, 자기야."

갑자기 마리안이 '자기야'라고 했기 때문에 고대형이 헛기침을 했다. 살벌한 전쟁 영화를 보다가 개그맨이 나타난 상황하고 비슷했다. 그래서 자리에서 일어섰더니 마리안이 한마디 더 했다.

"어쨌든 상황이 단순해져서 일하기가 유리해졌어요, 여보."

"저 자식이 어디 가는 거야?"

왕순이 묻자 조선족 장명주가 눈썹을 찌푸렸다.

"차 안에 더 있는 것 같아."

둘은 지금 중국어로 말하고 있다.

밤 10시 반, 해남수산식당 건너편의 수산물 집하장 안이다.

불을 끈 집하장의 유리창 밖으로 해남수산식당 안쪽 주방까지 다 보인다.

왕순과 장명주의 시선이 모인 곳은 식당에서 30미터쯤 떨어진 가게 앞에 주차된 봉고차다.

이곳은 어항 옆쪽 수산물 집하장과 식당이 늘어선 곳이어서 길가에는 수십 대의 차가 주차되어 있다. 10여 개의 수산물 식당도 환하게 불을 켠 채 영업 중이다.

그때 봉고차에서 내린 사내 하나가 해남수산식당 앞을 지나 10미터쯤 가더니 돌아왔다. 오가면서 식당 안을 유심히 본다.

"저거, 경찰 아냐?"

왕순이 다시 물었을 때 장명주가 무전기를 들었다.

이곳 집하장의 창고가 해남수산식당의 경비초소인 셈이다.

불을 끈 데다 이 층의 구석 쪽이어서 이쪽에서 식당 주위를 감시하리라고는 예상하지 못할 것이었다.

발신 전원을 켜자 곧 수신 전원이 켜졌다.

"여보세요."

최갑수의 목소리가 울렸다.

"식당 왼쪽에 봉고차 한 대가 주차되어 있는데, 거기 좀 이상해."

장명주가 말을 이었다.

"지금 당장 뒤로 빠져나가."

"알았어. 사장 데리고 나가지."

사장이란 거점장 양문길이다.

무전기 전원을 끄고 3분쯤 지났을 때 봉고차에서 넷이 내렸다.

그리고 식당 오른쪽에 주차한 검정색 승용차에서 두 명, 그리고 오른쪽의 영동식당에서 둘이 나와 '해삼수산식당'으로 다가갔다. 모두 9명.

장명주와 왕순이 숨을 죽였을 때 5명은 식당 안으로, 나머지 넷은 각각

둘씩 식당 앞을 막았고 왼쪽 골목으로 빨려 들어갔다.

물 샐 틈 없는 포위다.

그러나 양문길과 최갑수는 비상구를 통해 오른쪽 식당으로 들어가 뒤쪽 민가로 빠져나갔을 것이다.

"놈들이 여기까지 파악한 거야."

장명주가 이 사이로 말했을 때 식당 안으로 들어갔던 사내들이 뛰어나왔다. 밤이었지만 당황한 기색이 뚜렷했다.

"경찰이야. 마약부 놈들이라고."

장명주가 다시 무전기를 집어 들었다.

무전기가 울렸기 때문에 김판남이 손을 뻗쳐 무전기를 쥐었다.

제3우진호의 조타실에서 갑판장 손학동과 술을 마시는 중이다.

"어, 누구야?"

무전기로 통신을 할 사람은 양문길이나 최갑수, 그리고 경비원뿐이다.

그때 수신기에 잡음과 함께 목소리가 울렸다.

"1번 초소의 장명주요! 여기 식당을 경찰이 습격했는데 다행히 빠져 나갔으니까 거기도 얼른 피신해요!"

속사포처럼 쏟아내는 말을 듣고 나서 김판남이 정신이 번쩍 들었다.

"알았어. 점장은 피신한 거야?"

"그러니까, 얼른!"

"알았어."

무전기를 내동댕이치듯 내려놓은 김판남이 손학동에게 소리쳤다.

"가자!"

무전기의 수신구에서 울리는 목소리를 손학동도 다 듣고 이미 일어난 참이다.

그때 배가 흔들리더니 조타실 문이 왈칵 열렸다.

"꼼짝 마!"

버럭 외치는 소리와 함께 사내 둘이 뛰어 들어왔다. 손에 권총을 쥐고 있다.

"어라!"

손학동이 몸으로 부딪쳤기 때문에 사내 하나가 고함을 치더니 몸을 비틀면서 팔꿈치로 후려쳤다.

"퍽석!"

턱을 정통으로 맞은 손학동이 엎어졌고 김판남은 손을 번쩍 들었다. 배에 사내들이 서너 명 뛰어 탄 것을 본 것이다.

"우에노는 대사관에 맡기고 돌아와."

야마시다의 목소리가 울렸다.

"야마구치, 스미요시 거점장들이 모두 철수했다는 거다. 우리가 혼자서 남을 필요가 없어!"

야마시다는 술을 마신 것 같다. 목소리가 꼬였고 흐리다.

"사마코가 어떻게 되었는지 불쌍하지만 돌아와라!"

"예, 알겠습니다."

오꾸마가 한숨을 쉬었다.

사마코의 시체가 어디에서 발견되기까지 기다릴 수밖에 없는 것이다.

오전 11시 반.

고대형의 전화를 받은 강기준이 반색을 했다.

"예, 기다리고 있었습니다."

"어떻게 되었습니까?"

고대형이 바로 물었더니 강기준은 입맛부터 다셨다.

"둘만 잡았어요, 선장과 갑판장. 식당의 거점장은 재빠르게 도망쳤습니다."

"……."

"지금 심문 중인데 입을 열지 않습니다. 증거물을 찾지 못해서 힘드네요."

"거기가 직통 라인의 본부인데, 해남수산식당 말입니다."

"옆쪽 식당으로 비상구가 뚫려 있었는데 거기로 샌 것 같습니다."

"내가 조금 전에 얻은 정보인데 삼합회에서 특공대가 왔어요."

"……."

"지금 구로구 가리봉동에 있다는데 그놈들이 핵입니다."

"핵이라니요?"

"한국 조직을 총괄하는 역할이란 말이죠. 그놈들이 다 파악하고 있을 겁니다."

"……."

"한국의 거점장, 거점, 또 다른 운반선, 그리고 헤로인 창고까지 다 장악하고 있는 놈들이죠."

"……."

"지금 와 있는 놈은 삼합회 '특별반장'으로 회장의 측근입니다."

이것은 모두 CIA의 최고급 정보다.

"이번 주에 공급될 물량이 없습니다."

조경만이 곽청에게 서류를 내밀면서 말했다.

가리봉동의 연립주택 안, 오후 2시 반.

창문을 열어 놓아서 주위의 소음이 여과 없이 울리고 있다.

"도매상들이 야단인데요. 소매상들한테 시달리고 있다고 합니다."

응접실에는 곽청의 보좌관 장만호까지 셋이 둘러앉아 있다.

조경만이 말을 이었다.

"어젯밤 장항리 사건으로 거점장, 운반책들이 위축된 상황이라 나가라고 해도 안 나갈 겁니다."

어젯밤 장항리의 거점장 양문길과 최갑수는 겨우 빠져나왔지만 운반책 김판남과 손학동은 체포되었다. 경찰 마약부는 삼합회의 직할 라인을 파악하고 있는 것이다.

곽청이 고개를 들었다.

"평택에서 내보내."

"예?"

놀란 조경만이 곽청을 보았다.

평택은 4개 직항 라인에서 가장 큰 거점이다. 이미 군산 위쪽 장항리의 라인이 기습을 받아 폐쇄된 것이나 마찬가지인 상황인데 평택 라인을 열라니.

그때 곽청이 말했다.

"공해로 내보내라고."

"예, 반장님. 하지만……."

"두 척을 보내."

"두 척을 말씀입니까?"

그때 곽청이 눈을 부릅떴다.

"내가 한 번씩만 말할 테니까 잘 들어라."

"예, 반장님."

"두 척이 나가면 이미 정보를 갖고 있는 마약부나 CIA 특수반 놈들이 쫓을 거다. 아마 레이더로 감시하다가 어항으로 돌아오면 배를 나포하겠지."

곽청의 얼굴에 웃음이 떠올랐다.

"그렇지만 배에서는 아무것도 찾지 못할 거다, 왜냐하면 헤로인을 받지 않았으니까. 받는 시늉만 한 것이지."

"……."

"그렇게 진을 빼놓고 우리는 다른 라인으로 헤로인을 들여오는 거야"

"알겠습니다."

"준비시켜."

"예. 언제 떠나게 할까요?"

"내가 중국에 연락을 할 테니까 오늘 오후 6시쯤 출발시켜."

"예, 반장님."

조경만이 서둘러 방을 나갔을 때 곽청이 장만호에게 말했다.

"마약부 감시를 배로 늘려라. 마약부 주변의 모든 정보를 모으란 말이야. 마약부원 한 놈, 한 놈한테도 미행, 도청, 연고자 확인, 돈을 얼마든지 써도 돼."

"예, 반장님."

돈을 얼마든지 써도 된다는 말에 놀란 장만호가 자리에서 일어서며 말했다.

"금방 성과가 나올 겁니다."

"아이구, 반갑습니다."

강기준이 손을 내밀며 말했다.

이곳은 서울경찰청 근처의 카페 안, 오후 4시.

앞쪽 칸막이가 있는 방 안에서 기다리고 있던 강기준이 고대형을 만난 것이다.

악수를 나눈 고대형이 동행한 정유미를 소개했다.

"내 팀원입니다."

"아이구, 미인이시네. 물론 한국분이시죠?"

강기준이 웃음 띤 얼굴로 정유미에게도 손을 내밀었다.

강기준과 고대형의 첫 상면이다.

셋이 자리 잡고 앉았을 때 고대형이 입을 열었다.

"우리는 그동안 위성으로 서해를 통해 들여오는 마약 라인을 탐지해놓았던 겁니다."

고대형의 눈짓을 받은 정유미가 강기준에게 서류를 내밀었다.

"지금 드린 서류가 중국 삼합회가 한국으로 들여오는 헤로인 직통 라인입니다. 어제 기습했던 장항리 거점이 4개 중 하나였지요."

"아이구, 고맙습니다."

강기준이 서류를 두 손으로 쥐고 웃었다.

"이렇게 받아도 되겠습니까?"

"6개월간 작업한 겁니다."

"물론 다른 라인도 있겠지요?"

"야쿠자로 넘어가는 라인, 마피아로 가는 라인이 있지요."

"아아, 공급자는 모두 삼합회입니까?"

"예, 삽합회 라인만 가려낸 겁니다. 실제로 한국으로 오는 헤로인의 90퍼센트가 삽합회를 통하고 있으니까요."

"개새끼들."

"이런 삼합회와 우리들이 대리전을 하는 것이나 같습니다."

강기준의 얼굴에서 웃음기가 지워졌다.

심호흡을 한 고대형이 말을 이었다.

"지금 생각하면 내가 한국인으로 특수 팀장을 맡아서 삼합회와의 전쟁 전면에 나간 것도 지휘부의 의도가 있었던 것 같습니다."

강기준이 숨을 죽였고 옆에 앉은 정유미는 입 안에 고인 침을 삼켰다.

고대형이 말을 이었다.

"내 팀은 CIA 지부와 별개로 움직입니다. 특수팀으로 한국인 팀원이 절반이죠."

"……."

"작전의 전권이 나한테 맡겨져 있는 것이 만일의 경우에 빠져나가려는 것 같습니다."

"이해가 갑니다."

"태안과 부산, 목포 사건은 내가 직접 처리한 겁니다. 그놈들은 삼합회에서 야쿠자 이나카와회로 공급되는 라인이었지요."

"그럼 부산 우에노가……."

"예, 이나카와회 거점 요원으로 운반책이었습니다."

강기준이 굳은 얼굴로 물었다.

"여자 하나가 더 있었다는데……."

"예, 사마코란 여자 말이지요? 제가 데리고 있습니다."

"으음."

신음을 하고난 강기준이 고대형을 보았다.

"다 안 들은 걸로 하겠습니다."

고개를 끄덕인 고대형이 말을 이었다.

"이나카와회 사건으로 야쿠자의 나머지 조직인 야마구치, 스미요시회는 거점을 일본으로 철수했습니다."

"……."

"오늘 드린 자료 외에 야쿠자의 운반 라인과 마피아 라인까지 드릴 수도 있습니다. 지금은 마약부와 우리가 상대를 나눠서 하는 셈이지요."

"알겠습니다."

강기준이 커다랗게 고개를 끄덕였다. 눈빛이 강해져 있다. 마약부장으로 성공하는 첫 케이스가 될 가능성이 보이는 모양이다.

돌아오는 차 안에서 정유미가 백미러로 고대형을 보았다.

"앞으로는 마약부와 합동 작전 인가요?"

"천만에."

뒷좌석에 앉은 고대형이 백미러에서 정유미의 시선을 받았다.

"각자 움직이되 서로 은밀하게 돕는 거다. 무슨 말인지 알아?"

"잘 모르겠어요."

"네 뇌는 몸의 중심 잡는 기능이냐?"

정유미가 시선을 내렸고 고대형이 등에 대고 말을 이었다.

"아까 특수팀장으로 날 데려다놓은 이유가 있다고 했지?"

"……."

"난 그때 지미 우들턴하고 급박하게 돌아가는 상황이었는데 본부에서는 그 와중에도 나와 지미의 이용 가치를 계산했어. 과연 CIA다."

"……."

"삼합회를 처단해서 중국의 자금줄을 끊는 데 한국인 용병, 암살자를 내세운 거야. CIA 별도 조직이어서 CIA가 빠져나가기 쉽지."

"……."

"그래서 내가 마약부에 정보를 준 거다, 함께 싸우자고."

"……."

"물론 한국을 제 영토처럼 휘젓고 다니는 삼합회 놈들을 다 없앨 거야. 그놈들과 붙어 있는 놈들까지 다."

"……."

"날 이용하려는 CIA 놈들도 가만 안 둘 거야. 그래서 마약부하고 손을 잡은 거다."

"마피아하고 CIA가 담합한 것 같아요."

불쑥 정유미가 말했기 때문에 고대형이 빙그레 웃었다.

정유미가 말을 이었다.

"그래서 작전 후순위로 돌려놓은 거죠."

"너만 알고 있는 거냐?"

"말은 안 했지만 다 눈치는 채고 있을걸요?"

"마리안도?"

"당연하죠."

"마리안한테 내가 한 이야기는 하지 말도록 해."

"왜요?"

"그 여자도 아직 못 믿는다. 그리고 그 여자는 메이드 인 U·S·A거든."

"그럼 절 믿으신단 말인가요?"

"넌 날 배신할 이유가 별로 없으니까."

"배신하면 가차 없이 죽이겠죠?"

"당연하지."

"사람이 눈앞에서 죽는 거 처음 보았어요."

정유미가 다시 백미러로 고대형을 보았다.

"어떻게 인간이 인간을 그렇게 죽일 수가 있죠, 마치 짐승처럼."

"……."

"저는 아직도 팀장이 인간 같지가 않아요."

"갓댐."

고대형의 얼굴에 쓴웃음이 번졌다.

"정유미, 넌 나하고 다음 작전에 나가도록 해."

"이건 금광을 보는 것 같군."

자료를 들여다보면서 강기준이 다시 감탄했다.

둘러선 팀원들도 모두 정신없이 탁자 위에 펼쳐진 서류를 본다. 서류는 위성사진으로 찍은 거점과 배, 그리고 배에서 헤로인으로 보이는 물건을 하역하는 장면까지 찍혔고 상세한 설명까지 붙여졌다. 인물 사진도 수십 명이 되었는데 이름과 여권 사진, 한국인이면 주민번호까지 적혀 있다. 삼합회 직할 라인의 정보다.

그때 고개를 든 홍근태가 강기준을 보았다.

"부장님, 이건 우리 팀만 알고 있는 것으로 해야 됩니다."

지금 둘러선 사내들은 모두 홍근태의 제2팀원들이다.

모두의 시선을 받은 강기준이 고개를 끄덕였다.

"당분간은 그래야겠다, 정보가 새나갈 수도 있으니까."

"새나가면 끝장입니다."

"CIA 특수팀 이야기는 너희들만 알고 있어. 이 정보는 우리가 만든 것이란 말이다. 알았나?"

둘러선 팀원들의 대답을 듣고서도 강기준이 미덥지 않은지 말을 이었다.

"만일 그것이 새나가면 CIA가 완전히 우리까지 타깃으로 삼을 거다."

"알고 있습니다."

홍근태가 고개를 끄덕이며 물었다.

"다음 작전은 바로 시작하는 것이 낫지 않겠습니까?"

정항리에서 체포한 제3우진호의 김판남과 손학동은 증거 불충분으로 곧 석방될 것이었다. 면목이 없어진 것은 강기준도 마찬가지다.

강기준이 팀원들을 둘러보았다.

"이번에는 신속하고 철저하게."

그때 상황실로 팀원 하나가 서둘러 들어오더니 말했다.

"팀장님, 전화 왔습니다."

"누구야?"

"처제라고 하는데요. 급하답니다."

강기준이 두말 않고 몸을 돌려 방을 나갔다.

문이 닫혔을 때 홍근태가 옆에 선 팀원들에게 말했다.

"처제한테 상황실 전화번호를 알려준 모양이지?"

보스의 사생활이었기 때문에 대답하는 팀원은 없다.

"여보세요."

강기준이 바로 응답했을 때 수화구에서 정유미의 목소리가 울렸다.

정유미의 암호가 처제인 것이다.

"네, 갑자기 상황이 발생해서요."

"뭡니까?"

"평택에서 운반선 2척이 떠났어요. 7함대 위성에서 방금 정보가 왔습니다."

"평택에서 2척이나요?"

"네, 삼합회 직할 라인입니다."

"이런."

고대형이 준 자료에 적혀 있는 라인이다.

정유미가 말을 이었다.

"지금 공해상으로 나가고 있는데 중국 측에서 대형 어선이 그쪽으로 가는 중입니다. 오전 12시 반쯤에는 만날 것 같다고 해요."

"아이구, 우린 눈뜬 소경이라……."

지금 위성으로 내려다보고 있는 것이다. 비행기를 띄우거나 경비정을 보내면 금세 눈치를 챌 테니 그때는 허탕이다. 위성으로만 이런 감시가 가능하다.

그때 정유미가 말을 이었다.

"제가 계속 연락을 드릴 테니까요. 우리 보스는 정보만 드리라고 했어요."

"알겠습니다. 고맙습니다."

강기준은 딸 같은 정유미에게 절이라도 해주고 싶은 심정이다.

"여기서 평택까지 세 시간쯤 걸립니다."

지리에 밝은 김인식이 말했을 때 고대형이 고개를 끄덕였다.

"좋아. 너하고 정유미가 따라와."

둘은 같은 조였기 때문에 당연하다. 그리고 정유미는 마약부에 계속 정보를 줘야만 한다.

오후 10시 15분, 7함대에서 보낸 정보에는 지금 서해의 공해상에서 중국 측 어선과 이쪽의 소형 어선 2척이 만날 예상 시간은 12시 반. 중국 어선으로부터 헤로인을 받은 이쪽 어선이 평택 위쪽의 어항으로 돌아올 예상 시간은 오전 4시 반이다.

정유미와 김인식이 서둘러 밖으로 나갔을 때 마리안이 고대형에게 물었다.

"이상하잖아요? 삼합회가 이런 상황에서 배를 2척이나 띄우는 것이 말이에요."

"여기 와 있는 놈의 작전이야."

응접실에는 둘뿐이다.

마리안의 시선을 받은 고대형이 빙그레 웃었다.

"아마 배가 도착했을 때 사건이 일어나겠지."

"우리가 감시하고 있다는 것을 알고 있으면서도 벌린 작전이니까요."

"태안에서 삼합회원 넷이 죽고 돈과 헤로인까지 다 빼앗겼어."

"그 복수를 하는 걸까요?"

마리안의 이맛살이 찌푸려졌다.

"그럼 마약부가 당하는 거 아녜요?"

곽청이 창가에 서서 말했다.

"4시 반쯤이면 이곳에 그놈들이 올 거다."

옆에 선 조경만이 주위를 둘러보았다. 이곳은 평택 위쪽 어항 진입로가 보이는 길가 편의점 2층이다. 살림집으로 사용되는 공간은 조금 전에 곽청의 '특기반'이 접수했다. 곽청은 삼합회의 모든 거점과 운반선이 노출되었다고 믿는 것이다. 지금 살림집에 세 들어 살던 20대 부부는 묶여서 구석방에 처박혀 있다.

곽청이 창가에 저격 총을 거치해 놓고 앉아 있는 특수반원 둘에게 말했다.

"상진, 놈들은 분명히 온다. 아마 어항의 앞뒤를 막아 운반선을 잡으려고 하겠지. 너는 놈들을 하나씩 박살내는 거야."

"알겠습니다."

상진이라고 불리는 사내는 중국산 드라구노프를 거치해놓고 있다. 짝퉁 드라구노프 저격 총이지만 러시안 산과 똑같다. 짝퉁으로 특허권도 내지 않고 모방해서 쓰고 있는 것이다.

곽청이 손목시계를 보면서 말했다.

"좋아. 연락할 때까지 대기해라."

오전 1시가 되어가고 있다.

곽청은 배를 띄워 놓고 3군데에 저격 팀을 배치했다.

지금 2번째 저격조를 확인한 것이다.

현장으로 출동하던 마약부 2팀장 홍근태가 강기준의 연락을 받았을 때는 오전 1시 15분이다. 강기준의 무전이 온 것이다.

"방금 고 팀장한테서 연락을 받았다."

정유미가 연락을 했지만 강기준은 고 팀장이라고 했다. 맞기는 맞다, 고대형이 시켰으니까.

강기준이 말을 이었다.

"삼합회가 CIA 측에 다 파악된 것을 알고 있는 상황에서 운반선을 내보낸 건 함정을 팠을 가능성이 많다는 거다. 그건 내 생각도 같다."

"하지만 그냥 내버려 둘 수는 없지 않습니까?"

홍근태도 예상하고 있다. 지금 같이 내려가는 팀원 7명도 한 목소리로 그것을 우려하고 있었던 것이다.

그때 강기준이 말했다.

"고 팀장도 지금 내려간다는군."

"그곳으로 말입니까?"

'평택'이라고 말하지 않고 '그곳'이라고 한 건 조심성이 몸에 배었기 때문이다.

"그래. 거기에서 2시 반에 만나자는군. 너한테 연락을 한단다."

"합동 작전입니까?"

"아니. 거긴 셋이 간다니까 합동 작전이랄 건 없지. 너한테 조언을 할 거다."

"팀장이 직접 온답니까?"

"그래."

"알겠습니다."

기분이 좋아진 홍근태가 바로 대답했다.

"만나지요."

차 안, 이 SUV도 평택으로 내려가는 중인데 운전은 김인식이 했고 옆자리에 정유미가, 뒷좌석에는 고대형이 탔다.

같은 도로인데 이 차가 홍근태 일행이 탄 2대의 차보다 30킬로쯤 뒤쪽에서 달리고 있다.

고대형이 앞에 앉은 김인식에게 물었다.

"2시 반까지는 도착하겠지?"

"예, 팀장."

"우리보다 마약부 팀이 먼저 도착할 거야."

"예, 기다리고 있겠지요."

김인식도 정유미가 강기준에게 전화한 내용을 안다.

그때 고대형이 정유미의 뒷머리에 대고 물었다.

"삼합회가 어떤 함정을 파고 있을 것 같으냐?"

정유미가 몸을 돌려 고대형을 보았다.

"정면대결은 피할 것 같습니다."

"왜?"

"정부를 상대로 전쟁을 벌일 수는 없지 않습니까?"

"그럴까?"

"배후에 중국 정부가 있다고 해도 정당한 싸움은 못 합니다. 마약 밀수를 하다가 적발되자 전쟁을 일으키는 것 아닙니까? 국제 여론을 무시하지 못할 겁니다."

"그럴까?"

"제 생각입니다만, 평택에서 운반선을 두 척이나 띄우고 주위를 그쪽으로 끈 다음에 다른 곳에서 헤로인을 들여올 것 같습니다."

"지금 7함대 소속 정찰기가 계속해서 서해상에 떠 있어. 그런데 운반선 2척 외에 수상한 배는 보이지 않아."

"우리가 다 삼합회 운반선을 포착한 것이 아닙니다. 다른 라인에 있을 수가 있습니다."

"그럴까?"

"성동격서지요."

"흥."

마침내 고대형의 얼굴에 웃음이 떠올랐다.

역시 한국인끼리는 한국어로 대화해야 깊이 있게 들어가고 감칠맛이 있다. 마리안하고는 성동격서란 표현은 못 쓴다.

고대형이 입을 열었다.

"네 말도 맞다."

의자에 등을 붙인 고대형이 말을 이었다.

"그래서 마약부를 말릴 작정이야."

"……."

"어항으로 진입해서 어선을 잡지 말고 멀찍이 떨어져서 그냥 놔두라고 조언할 작정이다."

그때 고개를 돌린 정유미가 물었다.

"어선 2척이 중국 선박과 접촉한 것은 사실인데요. 그걸 놔둬도 될까요?"

"실제로 접촉했는지는 아직 연락을 받지 못했어."

"……."

"내가 삼합회 특기반이라면 평택 어항으로 내려온 마약부한테 뜨거운 맛을 보여줄 거다."

"……."

"예를 들면 어항에 도착한 운반선에 폭탄을 장치해서 폭발시켜버리든지."

"……"

"물론 배에 탄 놈들은 물에 뛰어든 후에 말이지."

"……."

"그럼 증거도 안 남고 마약부한테 뒤집어씌울 수도 있을 테니까."

2시 30분, 평택으로 진입하는 교차로 근처의 공터에 차 3대가 주차되어 있다. 주위는 짙은 어둠에 덮였고 오가는 차량도 드물다.

차에서 내린 고대형 일행 셋이 다가가자 차 근처에 서 있던 사내들이 우 다가왔다.

앞장선 사내는 당연히 홍근태다. 다가온 홍근태가 셋을 둘러보다가 고대형하고 시선이 마주쳤다.

"팀장이시죠?"

"예."

고대형이 웃음 띤 얼굴로 손을 내밀었다.

"어이구, 반갑습니다. 마약부 2팀장 홍근태올시다. 경정이지요."

"압니다."

고대형도 탁 까놓았다.

"CIA 용병으로 암살하고 돌아다니다가 이번에 특수팀을 맡았더니 영 내 취향이 아니군요."

"아이구, 그렇습니까?"

둘러선 팀원들은 숨소리도 내지 않고 고대형을 본다.

부팀장은 경감, 나머지는 경위 급으로 모두 10여 년 경찰 생활을 해온 전문가들이지만 CIA 암살자라고 대놓고 말하는 인간은 처음 보았기 때문이다.

그때 분위기를 타듯이 홍근태가 물었다.

"암살은 몇 번이나 하셨습니까?"

건성으로 물은 것은 대답을 기대하지 않았기 때문이다.

그때 고대형이 고개를 비틀고 말했다.

"한 2백 명은 죽였을 겁니다."

"어이구."

저절로 신음소리를 낸 홍근태가 다시 물었다.

"그건 닭 잡는 것도 아니고 믿기지가 않는데요."

"지난번 아프간 카불 방송국도 내가 폭파시킨 거요. 그때 70명쯤 죽었지요. 그 숫자까지 포함시킨 겁니다."

이제는 말문이 막힌 홍근태가 입을 딱 다물었고 팀원들도 숨을 죽였다. 그들과는 급수가 다른 것이다. 다른 세상에서 놀던 사람이 '떡' 나타난 셈이 되었다.

그때 나잇값을 하느라고 먼저 홍근태가 헛기침을 했다.

"이거, 어떻게 하죠?"

작전을 묻는 것이다.

카블 방송국 이야기를 안 했다면 '무슨 일입니까?' 하는 정도로 물었겠지.

4시 20분, 제1조의 방개추가 무전 연락을 받는다.

"아직 보이지 않냐?"

곽청이다.

"예, 안 보입니다."

초조해진 방개추가 덧붙였다.

"지금쯤 이 근처에 드러났어야 되는데요."

방개추는 지금 어항의 선착장이 옆으로 보이는 폐선의 조타실에 엎드려 있다. 2백 톤급 여객선이 반쯤 기울어져 있었는데 조타실에서 선착장이 한눈에 보인다. 거리는 350미터. 방개추는 드라구노프의 스코프에 눈을 붙이고 있다. 한손에 무전기를 쥔 방개추가 말을 이었다.

"곧 배가 들어올 시간이 되었는데요."

"4시 35분이야. 배하고 통화했어."

"언제까지 여기 있어야 됩니까?"

"내가 지시할 때까지."

곽청이 말했다.

"기다려."

"이놈들이 이것이 함정인 줄 눈치챈 모양이군."
곽청이 차 안에서 말했다. 10인승 봉고차는 평택 서북쪽의 샛길을 타고 북상하는 중이다. 어항에서 15킬로 정도나 떨어진 곳이다.
무전기를 다시 귀에 붙인 곽청의 얼굴에 쓴웃음이 번졌다.
"하지만 나타나지 않고는 배기지 못하겠지."
차 안에는 곽청과 장만호, 조경만까지 타고 있었는데 지금 서울로 돌아가는 중이다.
그때 장만호가 말했다.
"여수에 곧 태창호가 도착할 겁니다."
손목시계를 본 장만호가 말을 이었다.
"제주도 쪽에서 올라오는 배에 헤로인 15킬로가 실려 있을 거라고는 하느님도 예상하지 못했겠지요."
그러나 곽청은 반가운 기색이 아니다.
그렇다. 성동격서다. 서해상으로 주위를 끌고 남해로 마약을 들여온 것이다.
기존의 운반 라인이 아닌 새로운 배와 노선을 이용했기 때문에 완벽한 작전이다.
그때 곽청이 말했다.
"오늘 몇 놈 죽여야 돼."
차 안이 조용해졌고 곽청의 말이 이어졌다.
"CIA건, 뭐건, 이 새끼들한테 우리가 호락호락한 존재가 아니라는 걸 알려줘야 돼."

5장 야합

아산호와 제2평택호가 30미터쯤의 간격을 두고 평택 서북쪽 아정리 어항으로 다가오고 있다.

오전 4시 35분.

어항은 1백 미터 길이의 시멘트 방파제로 보호되어 있었는데 방파제가 1킬로 정도의 거리로 다가왔을 때 뒤에서 마이크 소리가 울렸다.

"아산호, 제2평택호, 정선하세요!"

깜짝 놀란 두 배의 선장이 뒤를 돌아보고는 숨을 들이켰다.

어느새 2백 미터 거리에 해군 초계정이 다가와 있었던 것이다, 그것도 2정이나. 조금 앞장선 초계정에서 다시 마이크 소리가 울렸다.

"엔진을 지금 당장 끄세요!"

무전기의 신호음이 울리자 곽청이 서둘러 수신기에 귀를 붙였다.

오전 4시 40분, 차는 서울을 향해 속력을 내어 달리는 중이다.

"여보세요."

"접니다."

걸쭉한 목소리는 아산호 선장 백정길이다.

백정길이 서둘러 말했다.

"뒤에서 해군 초계정이 정선 명령을 했습니다. 방파제에서 1킬로 거립니다."

"해군 초계정이?"

"예, 어항을 들어가지도 못하고……."

"거리가 얼마야?"

"200미터가 150미터로……."

"……."

"여기서 폭파시킬까요?"

"놔 둬!"

곽청이 쥐어짜듯이 소리쳤다.

"폭발물 버리고! 무전기도!"

"예."

"제2평택호에도 연락해!"

"알았습니다!"

곽청이 무전기의 통신을 끄고 어금니를 물었다.

해군 초계정이라니. 해군 함정 앞에서 배를 폭파시키는 것은 엄청난 후폭풍이 올 것이었다. 당장에 해군 비상이 걸리고 사건이 국방 차원으로 옮겨진다. 잘못되면 아산호와 제2평택호가 중국의 간첩선으로 둔갑될 수도 있다.

어깨를 부풀렸다가 내린 곽청이 이 사이로 말했다.

"이 새끼들이 우리를 조롱하고 있군."

차 안이 조용해졌다.

그때 곽청이 코웃음을 쳤다.

"어쨌든 여수에서 15킬로 반입시켰다."

"배는 방파제 앞에서 나포했습니다."

홍근태가 말을 이었다.

"이 새끼들이 뭘 바다에 버렸다는데 수심이 깊어서 찾기 힘드나 봅니다."

"헤로인은 아닐 겁니다."

고대형이 쓴웃음을 짓고 말했다.

"중국 대형 어선하고 1킬로쯤 가까워졌다가 그냥 돌아갔거든요. 만나는 시늉이나 한 겁니다."

"그럼 우리를 유인한 것이 맞네요."

"그렇죠. 그쪽은 풍랑이 세어서 여기서 간 어선들이 먼저 돌아간 겁니다."

"뭘 버렸을까요?"

홍근태가 물었지만 고대형은 대답하지 않았다.

오전 5시 10분, 그들은 평택 어항에서 10킬로쯤 떨어진 거리 옆 주차장에 차를 세워두고 밖에 나와 서 있다.

그때 홍근태가 말했다.

"지금부터 작전 시작인데 함정을 판 놈들이 움직이기 시작했겠지요."

"지금 철수를 시작했을 겁니다."

고개를 끄덕인 고대형이 승용차 보닛에 펼쳐진 지도를 보았다. 날이 밝아서 이제는 플래시를 켜지 않아도 보인다.

"이쪽은 주민도 몇 가구 되지 않아요. 그러니까 목만 딱 지키고 밖에서 안으로 수색해 나가면 덫을 놓고 기다리던 놈들이 보일 겁니다."

홍근태가 손으로 짚은 지역은 안산호와 제2평택호가 들어오려고 했던 어항이다. 그 어항을 중심으로 붉은색 원이 그려져 있었는데 가장 보기가 좋은 지점에 다시 붉은 점이 찍혀 있다. 홍근태는 이곳을 평택 경찰서의 지원을 받아 수색을 시작한 것이다.

그리고 이쪽은 그 뒤에서 2중으로 그물을 치고 좁혀간다.

주 포인트가 어느 곳인지 미리 점을 찍었기 때문에 목표는 분명하다.

덫은 덫으로 때려잡으려는 것이다.

계단을 내려온 상진이 편의점을 둘러보았다. 이 층 살림집 출입구는 밖의 계단을 이용한다. 그렇지만 상진은 편의점으로 통하는 비상구 계단으로 내려온 것이다.

카운터에 서 있던 여자 직원이 고개를 돌려 상진을 보았다.

'누구세요' 하는 표정이어서 상진이 얼굴을 펴고 웃었다.

"이 층 친척요."

"아!"

고개를 끄덕인 여자의 시선이 상진이 들고 있는 낚시 가방으로 옮겨졌다. 그래서 상진이 또 대답했다.

"낚시 가려고."

가방에는 분해한 드라구노프가 담겨 있다.

그때 계단을 같은 조(組)인 서기용이 내려왔다, 관측병 겸 조수.

직원의 시선이 서기용에게로 옮겨졌다. 서기용도 낚시 가방을 들었다.

"아, 내 친구."

상진이 말하고는 발을 떼었다. 서둘러 저격 거점을 떠나야 한다. 철수 지시를 받은 것이다.

평택 경찰서 강력계 2반장 오필규는 형사 둘을 이끌고 오다가 50미터쯤 앞쪽 편의점에서 나오는 두 사내를 보았다.

오전 5시 35분, 아직 이른 시간이어서 거리는 인적이 뜸하다.

"어라?"

오필규가 앞쪽을 응시하고 말했다.

"저놈들, 둘."

그때다.

이쪽을 본 둘이 재빠르게 옆쪽 골목으로 뛰어들었다.

"어, 저놈들!"

바로 찾으려는 놈들이다.

오늘 새벽 긴급 소집된 강력반원 전체를 모아놓고 계장이 말했다.

"아정리 어항을 중심으로 반경 3백 미터 지점을 샅샅이 수색하라는 지시다."

얼떨떨한 표정의 반원들을 향해 계장이 말을 이었다.

"마약 조직 소탕이야. 무기를 보유했을 가능성이 있고 반경 밖으로 나가려는 놈들이 용의자다. 이 반경 내에는 주민 가구 수가 30호도 안 되니까 다 뒤져라."

그때 1반장이 물었다.

"그럼 우리도 총기 휴대합니까?"

"그래, 권총으로. 공포탄은 빼."

그러자 반원들 중에서 탄성이 일어났다. 비상상황인 것이다.

경찰서 분위기를 보니 다른 부서도 마찬가지다. 전경까지 포함해서 150명 가깝게 동원된 것 같다.

"서부서도 동원됐다는데."

그렇다면 3백 가까운 병력이다.

오필규는 권총을 빼들고 앞장서 달렸다. 38세. 평소 체력 단련을 꾸준히 했기 때문에 금세 골목 앞으로 다가간 오필규가 권총을 고쳐 쥐었다. 뒤를 반원 둘이 따른다.

이 골목은 뒤쪽 제방 길로 뚫려 있다.

숨을 고른 오필규가 권총부터 내밀고 골목 안으로 몸을 밀어 넣은 순간이다.

"탕탕탕탕."

총성과 함께 오필규는 어깨에 충격을 받고 벽에 등을 부딪치면서 넘어졌다. 오필규 뒤를 따르던 형사 둘은 골목 안으로 들어서지 못했기 때문에 무사했다. 기겁을 한 형사들이 골목 안에다 손만 들이밀고 권총을 발사했다.

"탕탕탕탕."

총성이 어항에 울렸고 주변의 경찰은 다 들었다.

총성은 홍근태도 들었다.

홍근태의 위치는 오필규로부터 1백 미터쯤 뒤쪽이었기 때문이다.

"이 새끼들이 있었구나!"

총성이 울리자마자 홍근태가 소리쳤다. 이 새끼들이란 함정을 쳐놓은 삼합회원을 말한다. 실체를 확인한 홍근태의 분노가 폭발했다.

"어디야? 이 개새끼들이?"

그것을 들은 것처럼 무전기가 울렸다.

홍근태가 이끈 본부조는 4명. 나머지 4명은 둘씩 떨어져서 경찰들의 뒤를 따르던 중이다.

조원이 건네준 무전기를 받았을 때 소리치듯 '보고'가 울렸다.

"아정리 어항에서 1백 미터 거리의 관통로에서 총격 발생! 평택 경찰서 강력계 제2반장 오필규가 총탄에 맞아 중상! 범인은 제방 쪽으로 도주!"

전 경찰의 공용 통신이어서 다 들었을 것이다.

그때다. 이번에는 홍근태 오른쪽에서 총성이 울렸다.

"타타타타타타."

그 순간 홍근태의 머리칼이 솟았다.

"기관총이다!"

저도 모르게 소리친 홍근태가 눈을 부릅떴다. 경찰은 기관총을 소지하지 않았다.

"갓댐."

기관총 발사음은 고대형도 들었다.

고대형의 위치는 홍근태 뒤쪽으로 50여 미터. 길가에 멈춰 선 고대형이 뒤를 따르는 정유미와 김인식을 보았다.

"이쪽이다."

고대형이 손으로 오른쪽을 가리켰다. 어항을 포위한 반경 안에는 통로가 5개뿐이다. 고대형은 지금 4번째 골목을 가리키고 있다.

정유미는 고대형의 두 눈이 번들거리고 있는 것을 보았다.

"놈들이 이쪽으로 온다."

골목은 차 한 대가 빠져나갈 수 있을 정도다. 안에는 구부러지고 끊긴 길이 수십 개 있었지만 빠져나갈 길은 5개뿐인 것이다. 그러니 출구만 봉쇄하면 된다, 지붕과 담장을 날아서 나갈 수는 없으니까.

고대형은 골목 옆 벽에 등을 붙이고 섰고 정유미와 김인식은 뒤에 붙었다. 모두 손에 총을 쥐었는데 고대형이 쥔 것은 베레타92F다.

오전 5시 42분, 고대형이 웃음 띤 얼굴로 옆에 선 정유미를 보았다.

"재수가 있다면 놈들이 이쪽으로 올 수도 있겠다."

정유미가 눈만 깜빡였을 때다.

"타타타타타타."

총성이 울리면서 외침과 고함 소리가 한꺼번에 일어났다.

"쏴라!"

"놈들이다!"

"탕탕탕탕탕."

이어서 단발의 요란한 총성. 권총이 여러 정 발사되고 있다.

와락 긴장한 정유미가 벽에 빈틈없이 붙어 섰고 김인식이 이쪽으로 다가올 것처럼 몸을 기울였다.

그때 손을 들어 막은 고대형이 고개를 기울였다가 불쑥 골목으로 몸을 들이밀었다.

그 순간 총성이 울렸다.

"탕탕탕탕."

4발.

벽에 붙어선 정유미는 옆쪽 골목 안이 보이지 않는다. 고대형의 몸만 보일 뿐 앞으로 내뻗은 팔도 안 보였다.

그때 고대형이 말했다.

"잡았다."

마치 낚시꾼이 고기를 잡았다는 분위기다.

"내가 재수가 좋구나."

그때 조금 먼 곳에서 다시 요란한 총성이 울렸다.

총성이 울린 것은 상대가 있다는 표시다.

6시 반, 서울로 돌아가는 차 안.

뒷좌석에 앉은 고대형이 앞쪽의 둘에게 말했다.

"이제는 마약부도 현실을 실감했을 거야. 앞으로 더 긴장할 거다."

그때 정유미가 몸을 돌리고 물었다.

"넷뿐이었을까요?"

"아마 더 있었겠지. 소란 통에 빠져나갔을지도 모른다."

고대형이 말을 이었다.

"저격 총을 갖고 있는 걸 보면 놈들도 준비를 단단히 한 거야."

경찰도 2명을 사살한 것이다.

고대형이 사살한 2명까지 합해 4명이 사살되었지만 경찰도 둘이 죽었고 넷이 부상을 당했다. 엄청난 사건이다.

사살당한 넷은 중국 국적이 둘, 조선족이 둘이다.

아정리 어항에서 경비정의 불심검문을 받은 어선 2척의 선장, 선원은 지금 경찰로 이송되었지만 마약 밀수선이라는 증거는 아직 확보하지 못한 상태다.

그때 고대형이 말했다.

"어쨌든 이번 작전은 한국 마약부의 공(功)이야. 마약은 발견되지 않았지만 덫을 치고 있었던 놈들을 잡은 셈이니까."

더구나 중국인이다.

지난번에 당한 복수를 하려다가 되치기를 당한 셈이다.

오전 11시, 서울로 돌아온 고대형이 전화를 받는다. CIA의 서부 마약국장 헨리 코왈스키다.

고대형은 서울 특수반장에 임명된 후에 코왈스키와 첫 번째 통화를 하는 셈이다. 지금까지 고대형에게 업무 연락을 해준 CIA 관계자는 서울지부장 지미 우들턴이었고 딱 한 번 CIA 부장보 윌슨으로부터 확인 전화가 왔을 뿐이다. 고대형이 CIA 정식 요원이 아니었기 때문에 기존 절차는 생략된 셈이었다. 그래서 코왈스키의 전화를 받은 고대형의 분위기가 서먹했다.

"아, 미스터 고?"

코왈스키가 대뜸 물었기 때문에 고대형이 반사적으로 되물었다

"당신은 미스터 코인가?"

"코라니? 무슨 말야?"

"그게 당신 이름 아냐?"

"코가 아니라 코왈스키야."

"그런가?"

시작부터 어긋나고 있다.

저택 1층 응접실 안, 고대형은 주로 저택에서 업무를 본다.

주위에 마리안과 정유미, 김인식이 앉거나 서 있다. 모두 고대형을 주목하고 있는 것이다.

코왈스키가 누구인가? 특수팀의 직속상관이다. 직급으로 봐도 고대형보다 한참 위다. 아마 3계단은 될 걸?

그때 코왈스키가 지근지근 씹듯이 말했다.

"이봐, 미스터 고, 잘 들어."

"뭔데? 코왈스키?"

"지금 한국 경찰 마약부를 끌어들여서 뭘 하는 거야?"

"나는 윌슨 씨한테서 업무 지시를 받은 대로 삼합회를 소탕하는 중이야."

"한국 경찰을 끌어들인 건 누구 승인을 받은 거야?"

"내가 한 거다."

"뭐?"

"도대체 넌, 뭔데? 내가 네 지시를 받고 움직이란 말은 못 들었어."

"갓댐."

"이 선오버비치, 뭐라고 한 거야?""너 작전 순서는 읽었지?"

"읽었다."

"그럼 왜 그대로 안 해?"

"내 재량으로 하라는 말을 들었어. 넌 왜 지금 나서서 지랄이야?"

"참, 이런 인간한테 팀을 맡기다니."

"이런 인간이 널 죽이러 가볼까? 내가 신께 맹세하는데 널 닷새 안에 찾아서 머리통을 박살낼 수가 있어."

"갓댐."

"퍽큐."

그때 마리안이 전화기의 전원을 꺼버렸기 때문에 고대형이 입맛을 다셨다.

"도대체 왜 이래요?"

눈을 치켜뜬 마리안이 고대형을 노려보았다. 둘러선 팀원들도 제각기 외면한 채 숨을 죽이고 있다. 고대형은 대답하지 않고 소파에 앉았다.

그때 다시 마리안이 물었다.

"자기야, 코왈스키가 어쨌다고 그래요?"

영어로 물었지만 '자기야'는 한국말이다.

그 순간 정유미가 고개를 돌려 마리안을, 다음에는 고대형을 보았다.

다시 정색한 마리안의 목소리가 방을 울렸다.

"코왈스키의 이야기를 끝까지 들었어야 돼요, 여보."

여보만 한국말이다.

"팀장과 부팀장 사이가 보통이 아닌 것 같은데요."

응접실을 나온 김인식이 정유미에게 말했다.

"이 층에 같이 살면서 가까워진 모양이오, 응접실만 건너면 바로 침실이니까."

"김 형은 짐승 관점에서 사람을 보는군."

정유미가 정원으로 나서면서 말했다. 얼굴에 쓴웃음이 떠올라 있다.

"옆에 있으면 교접을 하게 되는 짐승처럼 말요."

"그래요."

정색한 김인식이 말을 이었다.

"십중팔구, 백발백중 그렇게 돼요."

"코왈스키가 가만있지 않겠는데."

그러자 김인식이 이맛살을 찌푸렸다.

"그 자식은 지금까지 가만있다가 철야 작전을 끝내고 돌아온 팀장한테 시비를 걸듯이 말하니까 열이 난 거지."

김인식도 밤샘을 하고 온 것이다.

응접실을 돌아본 김인식이 다시 투덜거렸다.

"그건 그렇고 마리안이 팀장한테 자기야, 여보 하는 걸 들으니까 잠이 확 깨버렸군."

그 시간에 코왈스키는 전화기를 귀에 붙이고 있다. 방금 윌슨의 직통 전화번호를 누른 것이다.

곧 윌슨이 응답했다.

"여보세요."

"부장보님, 저 코왈스키입니다."

"무슨 일이야?"

"서울의 고대형이 말을 안 듣습니다."

"안 듣는다니?"

"이번 한국 경찰을 끌어들인 사건을 나무랐더니 욕설을 하고 전화를 끊는데요. 도무지 위계질서를 지키지 않습니다."

"……."

"지난번 현장에서 요원 둘을 사살해버린 것도 유례가 없는 일이었지만 특수 상황을 감안해서 덮었는데. 이번에는……."

"이봐, 코왈스키."

"예, 부장보님."

"그럼 지금 즉시 서울로 가봐."

"예?"

"서울로 가서 고대형을 만나."

윌슨의 목소리에 한마디씩 힘이 실리고 있다.

"가서 상황을 정리하라고. 지금까지 벌려 놓은 것은 잘한 거야. 삼합회가 긴장한 것만 해도 성과를 올린 거야."

"……."

"한국 경찰이 오버하지 말도록 고대형에게 전해. 알겠나?"

"예, 부장보님."

"그리고."

숨을 고른 윌슨이 말을 이었다.

"고대형이 우리 요원이 아니니까 더 조심스럽게 다뤄야 돼. 그놈은 특수한 신분이라고."

"무슨 말씀입니까?"

"그놈한테는 위계가 통하지 않는단 말이지. 잘못하다간 당신도 총에 맞을 수가 있어."

코왈스키가 숨을 들이켰다.

CIA 생활 21년 만에 이런 말은 처음 듣는다. 부장보 입에서 이런 말이 나오네.

오후 4시, 시내에서 돌아온 고대형이 저택 2층 중립 응접실로 마리안과 정유미를 불렀다. 고대형은 시내에서 지미 우들턴을 만나고 온 것이다. 고대형이 앞에 앉은 둘을 번갈아 보았다.

"본부의 목적이 뭐라고 생각하나? 털어놓고 말해봐라."

고대형이 말을 이었다.

"한국을 통과하거나 들여오는 삼합회발 마약 라인을 군(軍)의 정찰위성까지 동원해서 조사해놓고 처리 순서까지 정해놓은 상태였어."

고대형이 배운 것을 복습하는 것처럼 꺼내놓는다.

"정보만 수집하고 작전을 대기하는 상태에서 나태해진 팀원들이 라인에서 가로챈 헤로인을 팔아먹다가 불상사가 일어났고."

"……."

"이건 팀도 아니었지. 부패한 놈들의 모임이었지."

고대형의 얼굴에 쓴웃음이 번졌다.

"그곳에 내가 팀장으로 오고 작전 순위가 정해지면서 내 재량에 의해 독자적으로 집행하라는 오더가 떨어졌는데……."

고개를 돌린 고대형이 둘을 번갈아 보았다.

"1차로 삼합회와 야쿠자 라인이 먼저였지. 그러다 이나카와회를 치면서 야쿠자들이 철수하는 바람에 끝냈는데. 삼합회 직할로 한국에 들여오는 라인을 치다가 이 소동이 일어난 거야."

"잠깐만."

마리안이 고대형의 말을 막았다.

"코왈스키가 작전 순서대로 안 했다고 욕을 했다는데. 맞아요?"

"욕은 안 했지만 그런 분위기였어."

"우리가 받은 작전 순서는 마피아 라인, 직할 한국 판매 라인, 그다음이 마피아 라인 아닙니까?"

"그렇지."

"한국 경찰을 끌어들이지 말라는 단서도 없었지 않습니까?"

"독자적으로 우리 재량에 맡긴다는 말뿐이었어, 너도 보았지만."

"그럼 자기야가 화를 낼 만도 하네."

그땐 정유미가 한숨을 쉬었고 마리안이 말을 이었다.

"그런데 좀 이상하네. 이건 한국 경찰 마약부가 당연히 알아야 하고 협조를 받을 작전인데 코왈스키가 과잉 반응을 일으키는 거 말야."

마리안이 눈썹을 모으고 고대형을 보았다.

"여보는 어떻게 생각해?"

다시 정유미가 한숨을 쉬었을 때 고대형이 입을 열었다.

"나가서 지미를 만나고 왔어."

둘의 시선을 받은 고대형이 외면한 채 말했다.

"지미는 나보다 본부 정보가 많지, 이곳은 부장보와 코왈스키에게 연결될 뿐이지만 지미는 본래 CIA 요원인 데다 연줄이 많으니까."

"……"

"곧 코왈스키가 여기 온다는군. 그 개아들 놈이 한국 지부장 모르게 다녀갈 수는 없으니까 극비로 하는 모양이야."

"……"

"그런데 그놈이 오는 건 상관없고 정보 하나를 얻었어."

고대형이 외면한 채 말을 이었다.

"본부에서는 한국 경찰을 개입시키지 않으려고 한 것 같다더군. 한국 경찰이 개입하면 주도권을 빼앗기고 마피아로 공급되는 라인도 건드릴까 봐 신경이 예민해진 것 같다는 거야."

"갓댐."

마리안의 입에서 욕설이 터졌다.

"내가 그럴 줄 알았어, 여보."

그때 고대형이 숨을 들이켰다.

"지부에는 비밀로 했지만 지부는 우리보다 인력이 10배는 많고 정보력도 엄청나서 우리들의 업무를 대충 파악하고 있었다는군. 더구나 지미 우들턴은 그 방면의 전문가야."

"……"

"한국 경찰 마약부가 삼합회를 치면 다음 단계는 마피아 라인이야."

그때 정유미가 말했다.

"마피아 라인으로 공급되는 양이 가장 많아요. 정확한 양은 파악 안 되지만 횟수 기준으로 보면 4대 6입니다. 전체 운반량의 60퍼센트가 마피아로 공급되었습니다."

고개를 끄덕인 고대형이 마리안과 정유미를 번갈아 보았다.

"내가 벌통을 뒤집어 놓은 건가?"

그때 마리안과 정유미가 서로의 얼굴을 보았다. 그러더니 고대형에게로 고개를 돌렸다.

"아니. 잘한 거야, 여보."

먼저 마리안이 그렇게 말했다.

"당연히 할 일을 했습니다, 팀장."

정유미가 단호한 표정으로 말했다.

"더 이상 더러운 놈들한테는 흔들리지 않겠습니다."

"부장보 윌슨은 개입되지 않은 것 같다고 지미가 말했어."

고대형이 흐려진 눈으로 둘을 보았다.

"하지만 높은 놈들은 현장에서 속이려고 마음만 먹으면 얼마든지 가능하거든. 그건 나도 겪었으니까."

"어쨌든 난 네 편이야, 자기야."

마리안이 분명하게 말했을 때 고대형이 정유미에게 말했다.

"강 부장한테 연락을 해, 오늘 밤 만나자고."

오후 6시 20분, 시내를 달리는 차 안에서 정유미가 옆에 앉은 고대형을 보면서 말했다. 영어다. 무의식중에 나온 것이겠지.

"저기, 말씀드릴 것이 있는데요."

"앞을 보고 말해."

고대형이 한국말로 대답했다.

"그리고 너도 한국 여자니까 한국말로 해."

"예, 팀장."

바로 정유미의 입에서 한국말이 나왔다.

"팀장하고 둘이 있을 때는 한국말로 하죠."

"좋아. 무슨 말을 하겠다는 거야?"

"업무에 관한 건 아니고요."

"사생활이냐?"

"예. 그렇다고 볼 수 있겠네요."

"네 사생활이야?"

"아녜요. 팀장에 관한 말씀을……."

그때 고대형이 고개를 돌려 정유미의 옆얼굴을 보았다. 정유미는 아까 주의를 받은 대로 앞만 보고 있다. 둘은 지금 강기준을 만나러 가는 중이다.

정유미가 입을 열었다.

"저기, 마리안과의 문제인데요."

"문제?"

"아니. 문제라기보다도……."

정유미의 오른쪽 볼이 붉어졌다. 왼쪽도 붉어져 있을 것이다. 어깨를 들었다가 내린 정유미가 말을 이었다.

"마리안이 그렇게 노골적으로 애정표현을 하는 것이 좀 지나치다는 생각이 들어서요."

"……."

"노상 '자기야', '여보'를 입에 달고 있는데 한국인 팀원들은 좀 어색하게 느끼고 있습니다."

"……."

"물론 케인이나 토리노는 무슨 말인지 모르지만요."

"……."

"조금 전에도 마리안이 팀장한테 '자기야' 하고 부르는 바람에 김인식이 깜짝 놀라더군요."

그랬다. 저택에서 떠나기 전에 마리안이 할 말이 있다고 불렀을 때다. 입맛을 다신 고대형이 의자에 등을 붙였다.

"모두 나하고 마리안 사이를 알고 있겠군, 둘이 깊은 관계라고 말야."

정유미가 가만있는 것은 당연한 일이 아니냐는 표시다.

고대형이 말을 이었다.

"당분간 그대로 놔둬."

"……."

"그 여자는 지금도 날 경멸하고 있어."

"그런 것 같지 않던데요."

"눈빛을 보면 알아."

"제가 보기에는 그렇지 않아요."

"그래서 내가 그렇게 알려준 거야."

"뭘요?"

"한국에서는 동료를 부를 때 '자기야', '여보'라고 부른다고 말야."

"……."

"영어로 '헬로'라는 뜻하고 같다고 했어. '자기야' '여보'가."

"……."

"내가 그 여자를 놀린 거야. 웃기는 거지."

그때 정유미가 힐끗 고대형을 보았다.

"하나도 웃기지 않아요."

다시 앞쪽을 향한 채 정유미가 말을 이었다.

"오히려 팀 내 질서만 흐트러졌다고요."

"무슨 말야?"

"토리노는 계속 사마코를 집적거리고 김인식은 자꾸 팀장과 마리안 이야기를 해요. 우리도 한번 사귀자는 뉘앙스를 풍기면서요."

"……."

"팀장의 팀원 관리 방법에 문제가 있습니다."

그때 고대형이 한숨을 쉬었다.

"네 말이 맞다."

고개를 끄덕인 고대형이 정유미를 보았다.

"너 어때? 강 부장 만나고 나서 나하고 연애할래?"

정유미는 눈썹 하나 까딱하지 않았고 고대형이 말을 이었다.

"마리안한테는 이런 말도 하지 않았어. 난 너한테 끌리는 거야."

"……."

"팀 안에 내 정부를 심어놓는 효과도 있고 말야."

고대형의 얼굴에 웃음이 떠올랐다.

"어때? 내 팀원 관리 방식이?"

소공동의 카페 안, 손님이 하나도 없었기 때문에 넷은 카페 안쪽의 테이블에 자리 잡았다.

경찰 측은 강기준과 홍근태, 이쪽은 고대형과 정유미다. 고대형과 홍근태는 하루에 두 번 만나는 셈이 되었다.

커피가 앞에 놓였을 때 고대형이 먼저 입을 열었다.

"내가 한국 경찰과 합동 작전을 하는 것에 본부가 예민하게 반응하고 있어요."

순간 모두 긴장했고 정유미도 놀란 듯 몸이 굳어졌다.

고대형이 말을 이었다.

"우리 작전 순서가 삼합회의 마약 공급 라인을 중심으로 첫 번째는 야쿠자 라인, 두 번째가 한국 내 유통, 세 번째가 마피아 라인이었습니다."

경찰 측은 숨도 죽였고 정유미는 외면했다.

지금 고대형은 다 털어놓은 것이다.

"그런데 야쿠자 라인 다음에 한국 유통 라인에 경찰 측과 협조를 했더니 본부에서 난리가 난 거죠. 왜 경찰에 정보를 주고 같이 작전을 벌이느냐는 것인데."

"……."

"한국 경찰이 알아서는 안 될 것을 건드리게 될까 봐 불안한 것 같습니다."

그때 강기준이 작게 헛기침을 했다.

"괜찮겠습니까?"

"뭐가요?"

"그렇게 하셔도 말입니다."

"이미 시작된 겁니다. 그리고 내 일에는 대의(大義)가 있어요. CIA는 물론이고 미국 정부에 밝혀져도 떳떳한 대의 말씀입니다."

"그렇죠."

강기준이 고개를 끄덕였다.

"존경합니다."

"아니. 그렇게까지는……."

입맛을 다신 고대형이 말을 이었다.

"이왕 이렇게 되었으니까 이 자료를 보시죠."

고대형이 가슴 주머니에서 서류를 꺼내 강기준에게 내밀었다.

"삼합회가 마피아에 공급하는 라인입니다. 지금까지 건드리지 않은 금광이지요."

그 순간 정유미가 숨을 들이켰다. 자신은 물론 마리안도 모르게 고대형이 자료를 가져왔기 때문이다.

"어이구!"

놀란 강기준이 감탄사부터 뱉었을 때 홍근태가 재빠르게 서류를 받았다.

고대형이 한숨을 쉬었다.

"본부에서 예민해진 건 아마 이것 때문인 것 같습니다. 한국 경찰하고 협업하다가 보면 이 라인을 건드릴 가능성이 많으니까요."

"아아."

"마피아가 엄청난 양을 가져가지만 그게 다 마피아 손에서 처리되는지 알 수가 없지요."

"당연합니다."

강기준과 홍근태가 동시에 고개를 끄덕였다.

그때 고대형이 말을 이었다.

"이 마피아 라인은 우리가 히든카드로 갖고 있을 겁니다. 한국에서 일어나는 일이니까 주도권은 한국 경찰이 쥐고 있어야 되죠."

"지당하신 말씀입니다."

홍근태의 목소리가 컸기 때문에 강기준이 뒤를 돌아보았다.

고대형이 마무리를 했다.

"내가 이 일 때문에 또 암살 목표가 될지도 모르겠어요."

의자에 등을 붙인 고대형이 둘을 번갈아 보았다.

"하지만 이 작전은 확실하게 마무리를 할 겁니다."

고대형의 시선이 옆에 있는 정유미한테로 옮겨졌다.

"먼저 팀원 단속도 해야겠죠. 바쁩니다."

돌아가는 차 안, 핸들을 쥔 정유미가 앞쪽만 보았고 옆에 앉은 고대형도 말이 없다.

밤 9시쯤 되었다. 빗방울이 한두 방울씩 유리창에 부딪쳤기 때문에 정유미가 와이퍼를 작동시켰다.

그때 정유미가 입을 열었다.

"오늘 경찰과의 협의는 물론 비밀로 해야겠지요?"

고대형이 앞쪽만 보았고 정유미가 말을 이었다.

"팀장하고 저하고 둘만 알도록 해요?"

고대형이 고개를 끄덕였는데 그것을 정유미가 못 보았지만 가만있는 것도 대답으로 들은 것 같다.

다시 정유미가 말을 이었다.

"코왈스키가 온다는데 어떻게 하죠?"

그때 고대형이 눈을 크게 떴다. 차가 호텔 주차장으로 들어서고 있었기 때문이다.

고대형이 고개를 돌려 정유미를 보았다.

"뭐야?"

"쉬었다 가요."

정유미가 주차장에 차를 세우면서 말했다.

"이왕 비밀을 나누는 사이가 되었으니까 연애도 비밀로 해요."

"야, 내키지 않는 일 하지 마. 농담이야."

그때 정유미가 눈을 치켜뜨고 고대형을 보았다.

그러고는 버럭 소리쳤다.

"할 거예요, 말 거예요?"

차 안에서는 소리쳐도 잘 안 들린다.

밤, 12시가 지나자 창밖의 도로에서 올라오는 소음이 줄어들었다. 방의 불은 껐지만 밖의 불빛에 비친 방 안 윤곽이 선명하게 드러났다. 고대형의 팔을 베고 누운 정유미의 이마에 밴 땀도 보인다.

정유미는 조금 입을 벌린 채 눈을 감고 있었는데 아직도 숨이 가쁘다. 모로 누운 정유미의 한손이 고대형의 가슴에 걸쳐져 있다.

고대형이 한동안 그렇게 정유미를 바라보면서 누워 있다.

정유미는 고대형이 쳐다보고 있다는 것을 안다. 그러니 언젠가는 눈을 뜰 것이다.

그때 정유미의 얼굴 위로 소냐의 얼굴이 떠올랐다. 타슈켄트 근처의 여관도 눈앞에 펼쳐졌다.

넉 달밖에 안 되었지만 먼 옛날처럼 느껴졌다. 타슈켄트를 떠나는 순간 끝난 인연이다.

잘살겠지. 한 달쯤 같이 살았나? 그곳에서 김치 공장과 옥수수 농장을 운영하면서 아이를 7명쯤 낳고 살다가 늙어 죽는 것도 행복한 삶일 텐데.

그때 예상했던 대로 정유미가 눈을 떴다.

시선이 마주친 순간 정유미가 눈을 흘긴다. 교태다. 두 눈이 반짝이는 것은 물기 때문이지.

고대형이 정유미의 허리를 끌어안았다. 땀이 밴 몸이 밀착되면서 살 냄새가 맡아졌다.

"너, 좋았어."

"아유, 징그러."

정유미가 몸을 비볐다.

"역시 전문가셔."

"새침한 얼굴의 네가 이런 음탕한 모습이 되리라고는 누가 알겠냐?"

고대형이 정유미의 이마에 입술을 붙였다가 떼었다.

정유미는 뜨거운 뱀이었다. 독아를 세우고 덤벼들었다가 갑자기 양순한 고양이로 변하기를 수십 번. 고대형도 빨려들 뻔했다.

그때 정유미가 고대형의 턱밑에 더운 숨을 뱉으면서 말했다.

"우리 팀에서 믿을 만한 사람은 장무혁, 김인식이에요."

호텔방에 같이 들어오지 않았다면 이런 정보는 못 얻었을걸?

코왈스키한테서 연락이 왔을 때는 오전 10시가 되어갈 무렵이다.

전화는 케인이 받았는데 곧 이 층의 고대형에게 연결되었다.

"나, 코왈스키요."

코왈스키가 대뜸 말했다.

"만납시다. 12시에 내 숙소로 오시오."

고대형은 심호흡을 했다.

어쨌거나 코왈스키가 직속상관인 것이다.

12시 정각, 소공동의 반도호텔.

특실에는 여섯 명이 둘러앉았다.

고대형과 마리안이 위쪽에 앉고 넷이 마주 보고 앉았는데 무슨 청문회장 같다.

특실 회의실 안.

장방형 테이블 상석에 앉은 코왈스키는 48세, 국장급으로 CIA의 서열 20위 안에는 든다. 대머리에 붉은 얼굴, 건장한 체격으로 12년 동안 마약 업무를 담당했다. 마피아와 정치인들과 깊은 인맥을 갖고 있는 실세.

CIA의 동부지역 마약부장은 부국장급인데 그것은 FBI가 지휘권을 갖고 있기 때문이다. 태평양 연안의 서부지역은 CIA가 총괄하고 있는 것이다.

코왈스키는 고대형과 악수도 하지 않았다. 시선이 마주쳤을 때 고개만 끄덕였을 뿐이다. 먼저 입을 연 것도 코왈스키다.

"한국 경찰이 이번 작전에 대해서 어디까지 알지?"

영어에는 존댓말 반말이 모호하지만 고대형에게는 그렇게 들렸다.

고대형이 똑바로 코왈스키를 보았다.

"한국에 유통시키는 라인은 다 안다고 봐야겠지요, 코왈스키 씨."

"그렇다면 5개 라인 다 아는 셈이군."

"며칠 전에 평택의 1개 라인을 건드렸는데 놈들이 함정을 파놓고 있다가……."

"알아, 미스터 고."

코왈스키가 고대형의 말을 잘랐다.

"네가 경찰과 합동으로 그놈들 등을 쳤다는 거."

"직할 라인이 4개 남았는데 거점과 운반선을 태우거나 부술 수도 없을 테니까 남아 있을 거요."

"그 정보도 경찰한테 다 줬겠군."

"그것이 효율적이어서 말요, 코왈스키 씨."

"난 국장이야. 국장이라고 불러."

"난 CIA 정식 요원이 아냐, 코왈스키 씨."

코왈스키의 시선을 받은 고대형이 빙그레 웃었다.

"괜히 힘 빼지 말고 본론에 들어갑시다."

그때 코왈스키의 왼쪽에 앉아 있던 사내가 고대형에게 말했다.

"미스터 고, 일을 망치게 되면 책임을 져야 될 거요."

"일은 당신들이 망치고 있는 거요."

고대형이 웃음 띤 얼굴로 사내에게 물었다.

"그런데 당신은 누구십니까?"

"말할 수 없어요."

"지저스 크라이스트."

투덜거린 고대형이 마리안을 보았다.

"마리안, 어떻게 생각해?"

"본론은 듣고 가지요."

그때 듣고만 있던 코왈스키가 입을 열었다.

"이봐, 고, 한국 경찰한테 한국에 유통시키는 직할 라인 외에는 손을 대지 말라고 해. 그건 네가 책임져야 돼."

"그 이유가 뭐요?"

정색한 고대형이 코왈스키를 보았다.

"그 이유를 말해줘야 될 것 아니오? 마피아 라인도 내 작전 계획에 들어 있는 상황이야."

"맨 마지막 순서였지."

그때 오른쪽에 앉은 비대한 체격의 사내가 싱글싱글 웃었다.

"당분간 내가 여기 있을 거요, 미스터."

사내가 웃음 띤 얼굴로 고대형을 보았다.

"난 빅죠라고 합니다. 마피아 라인에 대한 일은 내가 앞으로 당신하고 상의하게 될 겁니다."

그때 코왈스키가 말했다.

"빅죠가 내 대리인이야. 그의 지시를 받도록 해."

그때 마리안이 빅죠에게 물었다.

"어느 부서에 계시죠?"

"국장 보좌관이오."

빅죠가 웃음 띤 얼굴로 마리안을 보았다. 그러고는 옆에 앉은 사내의 어깨를 손으로 두드렸다.

"이 친구하고 둘이 남을 겁니다."

30대쯤으로 잘생긴 사내다.

그때 고대형의 시선이 코왈스키의 왼쪽에 앉은 사내에게로 옮겨졌다.

"당신, 신분을 밝힐 수 없다고 했는데, 내가 알아 맞혀 볼까?"

사내는 긴 얼굴에 피부가 거칠다. 그러나 고급 맞춤 양복을 입었고 2미터쯤 떨어져 있는데도 향수 냄새가 맡아졌다.

사내의 시선이 강해졌지만 고대형이 느글느글한 목소리로 말했다.

"마피아지?"

사내는 대답하지 않았고 고대형의 시선이 빅죠에게로 옮겨졌다.

"빅죠, 당신도."

"이런……."

빅죠가 어깨를 부풀렸다가 내렸다.

"역시 내 위장은 먹히지 않는다니까."

그때 코왈스키가 말했다.

"자, 어쨌든 고, 빅죠와 합의해서 일을 진행하도록. 마피아 관련 업무는 말야."

코왈스키가 '마피아' 업무를 강조하고 나더니 자리에서 일어섰다. 누가 마피아건 전혀 상관하지 않는다는 자세다.

"맞아?"

돌아가는 차 안에서 마리안이 불쑥 물었다. 이번에는 고대형이 운전을 하고 마리안이 조수석에 앉아 있다.

지금 마리안은 빅죠와 코왈스키 왼쪽에 앉은 사내도 마피아가 맞냐고 물은 것이다.

"맞는 것 같다."

앞쪽을 향한 채 고대형이 말했다.

"특히 빅죠란 놈."

"확인할 수 있지?"

"지미 우들턴한테 물어봐야지."

"갓댐."

마리안이 고대형의 옆얼굴을 쏘아보았다.

"이게 뭐야? CIA가 마피아하고 마약 합작 사업을 하는 거야?"

"지미를 만나야겠어."

고개를 돌린 고대형이 마리안을 보았다. 정색한 얼굴이다.

"마리안, 상황이 심각하게 변할 수 있어."

"……."

"난 특수반장으로 오면서 받았던 처음 지시대로 움직일 거다. 저놈들은 한국에 유통되는 라인도 한국 경찰에다 정보를 주는 것까지 반대하는 것 같은데 저 분위기를 보면 마피아 라인은 물 건너갔어."

"……."

"빅죠 저 개아들 놈의 이름도 가명이겠지만 저놈이 마피아의 거래상이라면 내가 마피아의 지시를 받을 수는 없지."

"어떻게 할 건데?"

"코왈스키 윗선이 윌슨이야. 윌슨한테 확인을 하겠어."

"자기야."

그때 마리안이 불렀기 때문에 고대형이 숨을 들이켰다. 그러나 고개를 돌리지는 않았다.

마리안이 말을 이었다.

"나도 지겨워."

"……."

"이 더러운 집단에 끌려가지만은 않을 거야."

그때 고대형이 차의 속력을 줄이고는 마리안을 보았다.

"무슨 말을 하려는 거야?"

"자기야를 따르겠다는 거야."

"나를?"

"그래, 여보를."

고대형의 눈썹이 치켜 올라갔다.

"그 증거를 보여줄래?"

잠깐 시선이 마주쳤을 때 마리안의 눈동자가 흔들렸다.

고대형이 어깨를 부풀렸다가 내리면서 물었다.

"어때? 가까운 호텔에 가서 결속을 확인하는 것이?"

"갓댐."

눈을 치켜떴던 마리안이 이 사이로 말을 뱉었다.

"그래. 가자, 가."

그 시간에 코왈스키는 윌슨과 통화 중이다.

"빅죠하고 타라스를 데리고 갔습니다."

코왈스키가 말을 잇는다.

"고대형이 못마땅한 기색을 보였지만 빅죠하고 앞으로 상의해서 진행하라고 했습니다."

"알았어."

"이번 작전으로 삼합회는 상당한 타격을 받을 것 같습니다."

"야쿠자 라인과 한국 유통 라인이지?"

"그렇습니다. 한국 유통 라인은 지금도 작전 진행 중이라고 봐도 될 것입니다."

"……."

"한국 경찰한테 자료가 넘어갔을 테니까요."

"고대형은 단시간에 성과를 올린 셈이야. 그렇지 않나?"

"그렇긴 합니다만 위험합니다."

코왈스키가 말을 이었다.

"시킨 대로 하지 않고 독단이 많습니다. 더구나 위계질서를 지키지 않아요."

"그건 우리가 이미 알고 있었어."

윌슨의 목소리에 웃음이 섞였다.

"곧 나한테 연락이 오겠군."

전화기를 내려놓은 윌슨이 앞에 앉은 후버를 보았다.

얼굴에 쓴웃음이 번져 있다.

이곳은 뉴욕 브루클린, 후버의 안가 안이다.

윌슨이 이곳에서 전화를 받은 것이다. 스피커 버튼을 누르고 통화를 했기 때문에 후버도 다 들었다.

그때 후버가 먼저 입을 열었다.

"이이제이(以夷制夷)란 말이 있어. 아나?"

"예. 오랑캐로 오랑캐를 제어한다는 뜻이지요. 중국 놈들의 수법이죠."
윌슨이 바로 대답했다.
"이 경우에 맞는 것 같습니다."
"고대형을 적소에 넣은 셈이지."
"부장님의 용인술이 놀랍습니다."
"이봐, 아부하지 마라."
"진심입니다. 인물 배치가 참으로 교묘합니다. 더구나 이이제이 방법으로 말씀입니다."
"코왈스키 재산이 얼마나 된다고?"
"4개 지역에 분산시킨 자금이 약 3천5백만 불 정도 됩니다."
"역시 고인 물이 썩는 거야. 코왈스키를 너무 오래 마약부에 두었어."
"그 주변도 많이 오염되었을 겁니다."
"빅죠하고 타라스가 가장 먼저 타깃이 되겠군."
후버가 파이프를 집었을 때 눈동자의 초점을 잡은 윌슨이 말했다.
"고대형이 먼저 지미 우들턴과 현 상황을 상의할 것 같습니다."
"당연히 그러겠지. 두 놈은 결속이 강해."
"그럼 지미가 고대형한테 네가 직접 윌슨한테 연락을 해보라고 하겠지요?"
"코왈스키의 정보원이 전화를 도청할 가능성이 있어. 마약부의 도청 능력은 발군이야."
"제가 조심을 하지요."
후버가 천천히 머리를 끄덕였다.
지금까지 CIA는 후버의 묵인하에 삼합회를 통해 공급되는 마약의 60퍼센트를 '마피아'라는 '여과장치'를 거쳐 받았다. 물론 마피아에게도 일정량을 떼어준 것이다.

CIA는 나머지 '마약'을 정책적으로 운용했는데 남미 지역에서 반입되는 마약량을 적절하게 조절하는 작전에도 사용했고 CIA의 비밀 작전 자금에도 사용했다.

모두 대통령의 승인하에 사용되었으니 위법이 아니다. 다만 국가 기밀일 뿐이다.

그 상황에서 '코왈스키'와 마피아 간의 비리, 삼합회의 세력에 대한 우려 등이 커지면서 후버와 윌슨이 이번 작전을 기획한 것이다.

그때 후버가 파이프에 불을 붙이면서 말했다.

"고대형한테서 전화가 오기까지 기다려라, 그놈이 주인공이니까."

"좋았어."

고개를 흔들면서 마리안이 말했다. 땀에 젖은 머리칼이 이마에 붙었고 얼굴은 상기되었다. 고대형을 밀치고 일어난 마리안이 냉장고로 다가갔다.

침대에 누운 고대형의 시선이 마리안의 벗은 몸에 붙어 있다.

냉장고에서 생수병을 든 마리안이 몸을 돌려 고대형을 보았다.

"내가 상상했던 대로야."

"뭐가?"

"침대에서도 전문가일 거라고 상상했거든."

"시치미 뚝 뗀 얼굴로 그 상상을 한 거냐?"

"그래. 역시 침대에서도 죽여줬어. 암살자다워, 자기야는."

다가온 마리안이 침대 앞에 서서 웃었다.

"어때? 내 몸이?"

"좋아. 아름다워."

"또 쏴 죽이고 싶지 않아?"

"몇 번이라도 죽여주지."

그때 마리안이 침대 위로 뛰어 올라오더니 생수를 병째로 삼켰다.

고대형이 병에서 흘러내려 가슴으로 떨어지는 생수를 핥는다.

그렇다. 필요해서 엮어지는 것이다. 이것은 결사(決死)의 악수나 비슷하다.

마리안, 정유미, 서로 약속하고 이용하면서 동생동사(同生同死)하려는 것이다. 몸으로의 약속.

"빅죠, 네가 특수반의 사무실로 출근하도록 해."

코왈스키가 옆에 앉은 빅죠에게 말했다.

"내 보좌관으로 대리인 역할이니까 사무실에 가 있으란 말야."

"놈들이 싫어하겠는데."

빅죠가 쓴웃음을 지었다.

"고대형은 대놓고 날 마피아라고 지목하더군."

"눈치가 빠른 놈이야."

"그런데 그놈들은 저택에서 일하는 경우가 많아. 사무실에는 전화 당번만 남겨놓고 자주 비우더군."

"그럼 저택에 찾아가든지."

"갓댐. 골치 아프겠는데."

투덜거린 빅죠가 코왈스키를 보았다.

"프랭클린이 다음 주에 12킬로를 받아야 돼. 도매상들한테 다음 주에 넘겨주지 않으면 거래가 끊길지도 몰라."

빅죠가 고개를 흔들었다.

"그놈들이 시카고하고 거래를 트면 우리 공급 라인은 무너지는 거야."

"당신들 능력도 한계가 있어. 다 알면서 그래?"

빅죠가 쏘아붙이자 코왈스키는 입을 다물었다.

마피아는 한국 거점장 프랭클린을 통해 미국으로 넘어가는 마약의 40퍼센트를 받아 시장에 유통시켰다. 이번에 30킬로를 받아야만 12킬로가 마피아의 몫이 된다. 그러나 항상 공급량이 모자라 4개 마피아 조직의 불평불만이 쌓이고 있다.

빅죠는 물론 코왈스키의 보좌관이 아니다. 4개 마피아 조직의 대표로 베로니크 가문에서 선발된 대리인이다.

빅죠가 혼잣말을 했다.

"그놈 눈을 보니까 꼭 총구 같은 느낌이 들어. 갓댐. 어쩐지 예감이 좋지 않아."

코왈스키는 대답하지 않았다. 자신도 기분이 찝찝했기 때문이다.

오후 6시, 소공동의 커피숍에서 고대형과 지미가 만났다.

지하상가에 위치한 커피숍에는 손님이 그들까지 다섯뿐이다.

지미가 먼저 입을 열었다.

"나도 감시 받고 있어."

혀를 찬 지미가 고개를 들어 밖을 보았다.

"마약부 놈들이야. 기가 막히는군, CIA 지부장이 마약부의 감시를 받다니."

"건너편 귀금속 상점에 들어간 놈이지?"

"그래. 그리고 커피숍 옆쪽에도 야구 모자를 쓴 놈이 있어."

고대형이 고개를 끄덕였다.

둘 다 한국인이다. 미국에서 데려온 중국계나 한국계일 것이다.

지미가 고대형을 보았다.

"형, 무슨 일이냐?"

"오늘 코왈스키를 만났는데 빅죠라는 놈을 내 감시역으로 보냈어. 사무실에서 같이 생활하게 되었다고."

"갓댐."

지미가 이를 드러내고 웃었다.

"너 이제 꼼짝 못하겠구나."

"근데 난 주로 저택에서 일을 하거든. 사무실에는 두 명이 나가 정보를 받거나 전화 연락을 할 뿐이야."

"저택에도 가겠군그래."

"거긴 내 사생활 공간이야. 못 들어온다."

"거기에 몇 명이 합숙하지?"

"여덟 명."

"갓댐. 밖에서 생활하는 인원은?"

"없어. 보안상 내가 다 끌어들였어."

"그럼 빅죠가 들어오려고 하겠는데."

"그건 내가 알아서 할 것이고. 빅죠의 신분이 뭐야? 코왈스키는 그놈이 제 보좌관이라고 하던데."

"선오버비치. 그놈은 마피아 베로니크 가문의 대리인이야. 베로니크의 심복이지."

"그래도 되는 거야?"

"뭐가?"

"마피아 놈에게 CIA 특수팀의 업무를 보고하다니 말이 돼? 코왈스키가 제 대리인이라면서 지시를 받으라는 거야."

“그건 윌슨한테 항의해도 소용없을 거다, 윌슨의 승인을 받았을 테니까.”

정색한 지미가 말을 이었다.

“우리가 비공식으로 일정량의 마약을 마피아의 손을 거쳐 반입해 오는 것도 사실이야. 넌 그건 인정해야 돼.”

“……”

“그것이 국익을 위한 일이라고 백악관에서도 승인한 일이야. 그건 분명해.”

“……”

“그래서 빅죠를 네 옆에 두는 것도 당연하지. 네가 거부하면 당장에 잘리게 돼, 형.”

“갓댐.”

“네가 아직 묻지 않았지만 이번에 코왈스키하고 같이 온 놈이 있어. 타라스라고. 그놈이 마약부의 행동대장이다.”

“타라스?”

고대형의 눈앞에 코왈스키의 왼쪽에 앉아 있던 사내가 떠올랐다.

이번 일을 망치면 책임을 져야한다고 ‘겁’을 준 사내다.

그때 지미가 말을 이었다.

“그놈이 마약부 집행자다. 암살자지. 그놈도 여기 남아 있을 거야.”

“갓댐.”

“조심해.”

이맛살을 찌푸린 지미가 말을 이었다.

“네가 어떻게 되면 나도 위험해져.”

지미의 얼굴에 쓴웃음이 떠올랐다.

“이건 굉장히 복잡하게 얽힌 싸움이야. 후버와 윌슨은 너하고 나를 시켜 코왈스키를 견제하려는 의도가 있는 것 같다. 대의(大義)는 한국을 통해 마약을 쏟아붓는 삼합회와 중국 당국의 세력을 관리하는 것이고, 두 번째는 미국 내부와 코왈스키 라인의 재조정이지."

"갓댐. 어렵군."

"너는 지금까지 잘해 왔어."

"한국에 유통되는 삼합회 라인은 한국 경찰과 협동으로 박살낼 거야."

"그건 누구도 말릴 수 없어, 형."

"좋아."

고대형이 이를 드러내고 웃었다.

"정보는 내가 다 갖고 있거든. 어디 두고 보자고."

저택으로 돌아온 고대형에게 정유미가 바로 보고했다.

"사무실에서 케인이 연락을 했는데요."

정유미가 말을 이었다.

"국장 보좌관 빅죠라는 사람이 사무실로 찾아왔다고 합니다."

저택 1층의 응접실은 상황실도 겸하고 있어서 김인식과 장무혁이 듣고 있다.

고대형이 물었다.

"날 찾는대?"

"아뇨. 사무실에 앉아 있답니다. 당분간 사무실 근무를 하게 되었다는데, 들으셨어요?"

"들었어. 그런데 빠르군."

"그럼 책상과 자리 준비해야 됩니까?"

"그러지. 제2회의실을 그자 방으로 내주도록 해."

"케인한테 연락하지요."

정유미가 몸을 돌렸을 때 고대형이 말을 이었다.

"빅죠 그놈은 코왈스키가 보낸 마피아 측 감시원이자 연락관이야."

순간 모두의 시선이 모였고 고대형이 말을 이었다.

"코왈스키는 그놈을 제 보좌관이라고 우리한테 보낸 거야. 물론 본부 고위층의 비공식 승인은 받은 상태지."

"……."

"그러니까 이곳 저택 위치는 말해주지 말고 저택에 발을 딛게 하지도 말 것, 여긴 우리들의 사적 공간이니까."

그러고는 고대형이 빙그레 웃었다.

"다른 팀원에게도 알려줘. 코왈스키가 비공식, 합법적으로 나오는 만큼 우리도 비공식 합법으로 대응할 테니까."

잠시 후, 2층 응접실에 앉아 있던 고대형이 인기척에 고개를 들었다.

이곳은 고대형의 왼쪽 응접실, 사적(私的) 공간이다.

마리안이 고대형의 공간으로 들어온 것이다.

"빅죠 이야기 들었어?"

고대형이 묻자 고개를 끄덕인 마리안이 다가오더니 허리를 굽혔다. 그러고는 고대형의 입술에 키스를 했다. 마리안의 입에서 오렌지 맛이 났다.

"이게 뭐야?"

놀란 고대형이 눈을 크게 뜨자 시치미를 뗀 마리안이 앞쪽 자리에 앉았다.

"이제 목에 맨 사슬이 풀린 강아지가 된 거지."

"누가?"

"내가."

마리안이 다리를 꼬아 앉았기 때문에 허벅지가 드러났다.

"이렇게 가슴이 가벼워질 줄 몰랐어."

"큰일 났구나."

"걱정 마, 팀원들한테는 내색하지 않을 테니까."

"아래층에서 이야기 들었지?"

"예상한 대로 아냐? 지미가 다 말해줬어?"

"코왈스키 왼쪽에 앉아 있던 놈이 마약부 행동대장 타라스라는군. 암살자라는 거야."

"거기도 암살자가 있네."

"왜? 화끈거리냐?"

"갓댐."

눈을 흘긴 마리안이 자리에서 일어섰다.

"그럼 마피아는 당분간 보류시켜야겠지? 지금 당장 부딪칠 필요는 없잖아?"

"그래야지."

마리안이 고개를 돌려 고대형을 보았다.

"오늘 밤 11시에 내 침실로 와. 내가 이곳으로 오는 건 불편해."

밤 10시 반.

고대형의 침실에는 직통 전화가 있다. 1층도 거치지 않고 동시 수신도 불가능한 별개의 라인이다.

전화벨이 울렸기 때문에 욕실에 있던 고대형이 서둘러 전화기를 집어 들었다.

"여보세요."

그때 수화구에서 지미의 목소리가 울렸다.

"나 지금 카페에 있으니까 만나지."

그러고는 통화가 끊겼다.

전화기를 내려놓은 고대형이 가운을 벗어 던졌다.

15분 후, 고대형은 저택에서 2백 미터쯤 떨어진 사거리 카페에서 지미하고 다시 마주 앉았다. 하루에 두 번 만나는 셈이다.

"역시 비밀 보호에는 옛날 방식이 나아. 앞으로는 전화보다 편지로, 가까운 거리에서는 비둘기 다리에 편지를 묶어서 날리도록 해야 돼."

주위를 둘러보며 말한 지미가 한숨을 쉬었다.

"내가 너 만나고 나서 연락을 받고 윌슨 부장보가 보낸 밀사를 만났어."

목소리를 낮춘 지미가 카페 안을 둘러보았다. 10평쯤 되는 카페에는 카운터 종업원 하나뿐이다.

지미하고 연락 장소로 이곳을 정한 것이다.

"밀사가 다 이야기를 해주는군. 코왈스키가 마피아와 결탁해서 마약 공급량과 판매량을 빼돌린다는 거야."

"……."

"3천5백만 불 정도를 모았다는군."

"개자식."

"코왈스키를 바로 잡으면 후유증이 클 것 같아서 이번에 빅죠를 보내 마피아를 무마시키면서 작전을 한다는 거야."

"……."

"일이 틀어지면 코왈스키가 폭로할 가능성도 있는 데다 삼합회가 마피아하고 직접 거래를 시작할 수도 있으니까."

"하는 짓이라고는, 병신들."

"지금까지 잘해 왔다는군. 본부에서는 한국 경찰이 마피아 라인까지 급습해서 판을 깨는 걸 가장 우려하는 거야."

"마피아를 통해서 마약을 들여오는 것이 도대체 어떤 놈의 발상이야?"

"후버지, 누구야?"

지미가 쓴웃음을 짓고 되물었다.

"그런 엄청난 계획을 후버 아니면 할 놈이 있을 것 같냐?"

"치매 걸린 영감 같으니."

"한국 경찰이 마피아 라인만 건드리지 않으면 일은 제대로 굴러갈 수 있어."

"그런데 어쩌지?"

"뭐가?"

"내가 한국 측에 삼합회의 마피아 측 공급 라인의 정보까지 다 건네주었거든."

"으악!"

지미의 입에서 그런 비명이 터졌다.

들었던 맥주병을 내려놓은 지미가 흐려진 눈으로 고대형을 보았다.

"진짜야?"

"그래."

"언제?"

"어제."

"갓댐."

"내가 연락해서 보류시키면 돼."

"도로 찾을 수 있지?"

"돌려주기 전에 다 복사해놓을걸?"

"갓댐. 누구한테 줬는데?"

"마약부장, 담당 팀장."

그때 숨을 들이켠 지미가 입을 다물었다. 그러더니 잠시 후에 눈동자가 고정되더니 고대형에게 말했다.

"할 수 없지 뭐, 어차피 마피아도 걸려야 될 테니까. 그냥 넘어갈 수는 없어."

"내가 여기 오면서 생각했는데, 내 이야기를 윌슨한테 전해."

"말해."

"먼저 한국에 유통시키는 삼합회 라인을 한국 경찰과 함께 정리할 거야."

고대형이 말을 이었다.

"그다음에는 마피아 라인을 칠 거야."

"한국 정부에서 삼합회 마약이 마피아로 흘러간다는 정보를 미국 정부에 퍼뜨리면 미국 대통령은 망해. 재선이 물 건너간다고."

이것이 최대 관점이다.

지미가 한마디씩 말을 이었다.

"윌슨과 후버는 그것을 염려하고 있다고, 형. 알았지?"

"미국 대통령 재선은 내 손에 달려 있군."

고대형이 이를 드러내고 웃었다.

"그런데 코왈스키가 먹은 돈은 내가 찾아가도 되는 건가?"

지미를 만나고 돌아왔을 때는 밤 11시 반이다.

저택 뒤쪽 쪽문으로 들어온 고대형의 앞으로 정유미가 다가와 섰다.

이쪽은 보안등도 없어서 짙은 어둠에 덮여 있다.

"끝나셨어요?"

정유미가 낮게 물었다.

저택을 나갈 때 숙직 당번이었던 정유미에게 말하고 나간 것이다.

"응, 내막을 들었어."

담장 옆에 마주 보고 선 고대형이 말을 이었다.

"이건 미국 대통령 재선에까지 관계되는 일이야."

고대형이 지미한테서 들은 이야기를 다 해줄 때까지 정유미는 눈도 깜빡하지 않고 듣는다.

이윽고 이야기가 끝났을 때 정유미가 물었다.

"나만 알고 있어야할 부분은 어디까지죠?"

"지금 들은 이야기는 너하고 마리안만 아는 것으로 하자. 마리안은 내가 따로 이야기하지."

"내일 낮에 만나요."

"무슨 일인데?"

되물었던 고대형의 얼굴에 웃음이 떠올랐다.

"업무냐?"

"내일 내가 사무실 당번이거든요. 점심시간 끝나고 두 시간쯤 시간 있어요."

"시내 호텔에서 벌거벗은 남녀의 시체가 발견될 날도 얼마 남지 않았군."

"스릴 있잖아요? 더 흥분될 것 같아요."

"도무지 일에 집중하지 않는군."

"이 일에 애국심이 필요한 건 아니잖아요? 팀장 말대로 미국 대통령 재선과 관계되는 일 아녜요?"

"갓댐."

"팀장을 볼 때마다 몸이 근질거려요."

"오 마이 갓."

어깨를 늘어뜨린 고대형이 발을 떼었다.

"내일 낮에 보자."

부안군 변산반도 위쪽의 숙곡리 어항으로 들어선 목포3호가 선창에 닻을 내렸을 때는 오후 9시 반이다.

"저기 기다리고 있네."

강경수가 선창 위쪽을 가리키며 말했다.

빗발이 한두 방울씩 떨어지는 흐린 날이다.

고개를 든 박영균이 주위를 둘러보았다.

선창은 붐비고 있다. 그러나 위쪽 어둠 속에 세워진 트럭이 금방 눈에 띈 것이다. 짐칸이 희게 칠해진 탑차다.

"잠깐만."

박영균이 배에서 내리려는 강경수를 제지했다.

"왜?"

"연락 올 때까지 기다려."

"아니. 저기 트럭이 보이잖아?"

강경수가 짜증을 냈다.

목포3호는 10톤급 어선으로 목포에서 갈치잡이와 낚시꾼 대여선 등록이 되어 있다. 목포에 등록된 목포3호가 이곳에 들어온 것은 태풍 경보가 내려졌기 때문이다. 오후 4시부터 풍랑에 시달린 터라 둘 다 지쳤다.

그때 문 옆에 걸어놓은 무전기가 울렸다. 서둘러 무전기를 든 박영균이 응답했다.

"응, 나요."

"지금 어디야?"

서용태다.

"방금 도착했는데 차 안에 있는 거요? 차가 보이는데."

"잠깐만 기다려."

무전기를 귀에서 뗀 박영균이 밖을 내다보며 물었다.

"무슨 일 있는 거요?"

"조심하는 거야."

"젠장. 우리는 별일 없다면서?"

"그래도 조심해야 돼."

서용태가 말을 이었다.

"우리가 살펴볼 테니까 연락할 때까지 기다려."

연락이 끊기자 박영균이 다시 선창과 창고까지 둘러보았다.

선창은 더 붐비고 있다. 지금도 배가 쉬지 않고 어항에 들어오는 중이고 오가는 선원들의 어깨가 부딪칠 정도다. 태풍 경보 때문이다.

전화기를 내려놓은 프랭클린이 빅죠에게 말했다.

"지금 도착했어."

"갓댐."

어깨를 늘어뜨린 빅죠가 한숨을 쉬었다.

서울 역삼동의 사무실 안, 15층이어서 창밖으로 강남의 야경이 내려다보인다.

빅죠가 프랭클린을 보았다.

"이번에 몇 킬로야?"

"35킬로."

"우리가 15킬로 가져가는 거지?"

"응, 코왈스키하고 이야기가 되어 있어."

"배에서 바로 나눠야 되는데 꼭 여기서 분배를 하니까 귀찮군."

"어쩔 수 없어. 그자들 확인을 받아야 하니까."

그자들이란 CIA다. 다시 빅죠가 물었다.

"여기는 언제 도착이야?"

"내일 6시쯤 되겠지."

벽시계를 본 프랭클린이 혼잣말을 했다.

"이제 좀 갈증이 풀릴 것 같군."

마피아분 마약 공급이 3주일 만에 다시 시작된 것이다.

"선창 밖으로 나가도록 하지."

마침내 타라스가 결정했다.

"선창에서 일을 일으키지는 않을 거야."

"팀장, 선창과 수산물 창고에 아직 몇 명이 있는지 모릅니다."

제이슨이 고개를 돌려 타라스를 보았다.

"현장 요원이 여섯인데 조금 더 기다려 보지요."

"갓댐."

타라스가 눈썹을 치켜 올렸다.

"지금 20분째 배 안에 갇혀 있단 말야. 내보내야 돼."

이곳은 변산 해수욕장 입구에 주차한 밴 안이다.

타라스는 현장에 출동한 셈이었는데 차 밖으로 나오지 않았다. 동양계 요원들만 숙곡리 어항으로 보낸 것이다.

현재 타라스가 파악한 어항 상황은 작전 상황 B급 수준이다. B급이면 위험한 상태다.

그때 타라스가 무전기를 집어 들었다.

통화 거리가 5킬로였으니 3킬로 거리인 어항과는 잡음 없이 통화가 된다.

주파수를 맞추자 곧 응답소리가 울렸다.

"예, 말씀하시오."

삽합회 곽청이다.

곽청도 어항 근처에 와 있는 것이다.

"경찰은 몇 명입니까?"

"현재까지 4명인데 입구에 둘, 수산물 창고에 둘입니다."

"선창에서 나와도 되지 않겠소?"

"글쎄. 가방을 2개나 갖고 나오면 당장 눈에 띌 것 같아서요."

곽청의 목소리가 거칠어졌다.

"도대체 어떻게 된 겁니까? 이쪽은 건드리지 않는다고 했잖아요?"

"경찰이 마약부인지 통상적인 검문인지 아직 알 수 없는 거 아뇨?"

"창고 안의 우리 정보원은 그놈들이 현지 경찰이 아닌 것 같다는데."

"넷이요?"

"어항 주변에 풍랑을 피해온 선원이 수백 명이라 그놈들 넷 찾아낸 것만 해도 운이 좋은 거요."

"우리 요원 여섯이 그곳에 있으니까 호위를 시킬 거요."

그때 곽청이 마지못한 듯 대답했다.

"그럼 차를 어항 입구까지 빼세요. 차에 타면 금방 눈에 띌 테니까 말요."

"알았습니다. 그렇게 전하지요."

통신이 끊겼을 때 타라스가 이 사이로 말했다.

"만일 그놈들이 마약부 요원들이라면 내가 고대형을 처리할 거다."

"아직 안 나왔습니다."

윤재덕이 벽에 붙어 서서 말했다.

"지금 25분째 조타실에서 꾸물거리고 있습니다."

"기다려."

홍근태의 목소리가 수화구를 울렸다.

"선창 밖으로 나왔을 때 덮쳐."

"선창 주위에 차들이 주차되어 있는데 차를 타기 전에 잡아야겠어요."

"그래야지."

그때 윤재덕은 선창 뒤쪽의 백색 탑차가 움직이는 것을 보았다. 50미터 쯤의 거리였는데 아무도 타지 않았다. 그쪽에 동료 형사가 있었으니까 이상이 있다면 연락했을 것이다.

홍근태가 말을 이었다.

"절대 놓치면 안 돼."

마피아 공급 라인 중 하나인 목포 선적의 목포3호가 출항한 것은 오늘 오전 7시다.

손을 대지 말도록 고대형의 부탁을 받았지만 그렇다고 감시도 안 할 수는 없는 노릇이다.

목포3호가 출항했을 때 바로 보고가 되었고 서해상에 풍랑이 일자 목포3호는 가까운 변산만의 숙곡리 어항으로 피신한 것이다. 목포3호의 위치는 7함대 레이더와 한국 해경으로부터도 크로스 체크가 되었다.

그때 윤재덕이 다급하게 말했다.

"배에서 둘이 나왔습니다! 선창 끝 쪽으로 갑니다!"

그러더니 덧붙였다.

"둘이 각각 배낭 한 개씩을 메고 있습니다. 묵직하게 보입니다!"

마약이다. 마피아 라인에서 오늘 마약을 가져왔다.

"지금 선창 끝 쪽으로 갑니다. 어항 입구의 차까지는 1백 미터 거리입니다."

서용태가 곽청에게 보고했다.

"놈들은?"

곽청이 묻자 서용태가 바로 대답했다.

"둘이, 아니 셋이 따릅니다."

"넷이라면서?"

"아직 한 놈은 보이지 않습니다."

"너희들은 간격을 벌려, 지금 CIA도 움직이고 있으니까 말야."

곽청이 말을 이었다.

"우리가 먼저 손을 쓰면 CIA가 뒤를 맡을 거다. 알았지?"

"예, 반장님."

통화가 끊겼을 때 곽청이 심호흡을 했다. 긴장이 되어서 머리끝에 전류가 흐르는 느낌이다.

지금 숙곡리 어항의 상황은 이렇다.

삼합회가 마피아 라인에 마약을 공급해 온 목포3호가 마침내 기지를 떠나 작전을 시작했던 것이다. 그것을 가장 먼저 포착한 것은 경찰청 마약부다. 방대한 경찰력을 동원해서 마피아 라인을 감시하던 경찰은 바로 해경을 이용, 목포3호를 추적했던 것이다. 그리고 이제 숙곡리에는 3개 조직의 행동대가 모였다.

마약부 팀장 홍근태가 지휘하는 마약부 행동대 6명.

삼합회 특수반장 곽청이 지휘하는 행동대 8명. 그리고 CIA 마약부 행동대장 타라스가 지휘하는 팀원 6명이다.

그 3개 팀 중 삼합회와 CIA 팀이 우군이고, 한국 경찰은 고립되었다.

자, 강경수와 박영균이 걸어가는 뒤를 마약부원 셋이 따른다. 아직 한 명은 안 보인다. 이것이 삼합회가 파악한 숫자다.

삼합회는 서용태가 리더인 행동대 8명, 어항 앞으로 옮겨간 탑차의 주위에 넷, 그리고 마약부원으로 추정되는 경찰의 뒤를 네 명이 따르고 있다.

타라스의 행동대는? 탑차에 탄 둘과 어항 주위에 넷이다.

선창 끝 쪽으로 가면서 사람들이 뜸해졌다.

이곳은 폐창고가 있는 데다 폐선 잔해가 바다 쪽으로 뻗쳐서 배를 못 댄다. 그 끝 쪽 길가에 백색 탑차가 세워져 있는 것이다. 거리는 50미터 정도.

둘의 걸음이 빨라졌다.

"뒤에 따라오는 건 서용태일 거야."

박영균이 말했다.

"오늘은 대여섯 명이 나온다고 했어."

잠깐 뒤를 돌아본 박영균이 투덜거렸다.

바람이 세어서 파도 끝이 선창 위로 올라왔고 옷자락이 날렸다. 둘은 서둘러 뛰다시피 걷는다.

그들 뒤쪽으로 서너 명의 사내들이 따르고 있다. 거리는 30미터 정도. 아직도 소란하고 북적대는 수산물 창고에서 빠져나오는 것이다.

박영균의 바로 뒤를 쫓는 사내는 홍근태의 부하 윤재덕 경위다.

윤재덕은 동료 박기출, 구영만과 함께 앞에서 걷는 박영균의 20미터 거리까지 접근했다.

이제는 이쪽 선창에 인적이 뚝 끊겼기 때문에 윤재덕이 동료에게 말했다.

"자, 뛰자!"

아예 선창 끝에서 체포하려는 것이다.

셋이 일제히 뛰기 시작했을 때다.

옆에서 뛰던 구영만이 앞으로 엎어졌기 때문에 경황 중이었지만 윤재덕이 풀썩 웃었다. 발이 미끄러져 넘어진 것으로 알았기 때문이다.

"일어나!"

짧게 소리친 윤재덕이 다시 달렸을 때다.

등에 격심한 충격을 받은 윤재덕도 앞으로 내동댕이치듯이 넘어졌다.

"윽."

가슴을 두 손으로 움켜쥔 윤재덕이 엎어진 몸을 겨우 비틀어 누웠을 때 옆쪽에 박기출이 고꾸라졌다. 그때 파도 소리에 섞여 발사음이 들렸다.

"퍽!"

총에 맞았다. 가슴을 움켜쥔 채 누운 윤재덕이 입을 쩍 벌렸지만 벌써 눈앞이 흐려졌다.

"앗!"

이진태는 앞쪽 사내들 틈으로 선창의 판자 위로 넘어지는 사내를 보았다.

마지막에 쓰러진 박기출 같다. 앞쪽 사내들의 짓이다.

파도 소리에 섞여 발사음도 들리지 않았지만 소음기를 낀 총을 쏘았다.

"이런 개 같은."

맨 뒤에 처진 이진태는 동료들의 뒤를 엄호하는 역할이었다가 거리가 너무 벌어진 바람에 중간에 사내들을 끼워 넣게 되었다. 그것이 행운이라고 실감하기도 전에 동료들이 쓰러진 것이다.

점퍼 안 권총 홀더에서 리볼버를 꺼내든 이진태가 달려가면서 쏘았다. 소음기도 끼지 않은 총이다.

"탕! 탕! 탕! 탕!"

거리가 30미터쯤 된 데다 달려가면서 쏘는 바람에 네 발을 쏘았는데 두 명이 쓰러졌다.

그때 이진태가 등에 해머로 찍힌 것 같은 충격을 받으면서 앞으로 고꾸라졌다. 그러나 손에 쥔 권총을 앞으로 겨누면서 두 발을 더 쏘았다.

"탕! 탕!"

사내 하나가 더 쓰러졌다.

오전 2시 반, 서울청 마약부장 사무실 안.

마약부장 강기준과 홍근태가 마주 보고 앉아 있다.

강기준은 자다가 달려왔는지 사복 차림에 셔츠 단추도 제대로 채우지 않았다.

"몇 명이라고?"

강기준이 묻자 홍근태가 어금니를 물었다가 풀었다.

"윤재덕 경위하고 구영만, 박기출, 이진태입니다."

"다 죽었단 말야?"

강기준이 눈을 치켜떴는데 목소리도 갈라져 있다.

홍근태가 고개를 숙였다.

"예, 모두 총을 맞았습니다, 뒤에서요."

"뒤에서?"

"예."

"그놈들은?"

"총성이 울리는 걸 들었다고 했는데 현장에는 시신이 넷뿐이었습니다."

"삼합회 놈들인가?"

"분명합니다."

"이놈들이……."

"선창에서 좀 떨어진 곳이어서 목격자도 아직 찾지 못했습니다."

"……."

"현지 경찰이 주변을 봉쇄하고는 있지만 목포3호의 선장, 항해장도 아직 실종 상태여서요……."

"큰일 났군."

강기준이 저도 모르게 그렇게 말을 뱉었다.

경찰관 넷의 피살 사건이다. 경찰 마약부 소속이었으니 언론은 대서특필할 것이다.

"서용태가 조금 전에 죽었습니다."

장만호가 말하자 곽청이 어깨를 늘어뜨렸다.

선창에서 셋이 죽은 것이다. 그리고 하나는 총탄이 무릎 뼈를 박살을 내서 병신이 되었다.

고개를 든 곽청이 입을 벌렸다.

"시체는 완벽하게 처리해."

"예, 반장님."

"운이 나빴어."

곽청이 이 사이로 말했다.

마약부 요원이 따라오고 있을 줄은 몰랐던 것이다.

이번 총격전은 모두 뒤에서 쐈다. 삼합회는 마약부 요원들 뒤에서 저격했고, 그들도 뒤에서 쏜 마약부 요원에게 당했다. 그리고 그 요원도 뒤에서 따르던 CIA 행동 대원에게 당한 것이다.

6장 아, 마리안

"당했습니다."

강기준이 대뜸 말했을 때 고대형은 숨을 들이켰다.

오전 8시 반, 고대형은 이 층 응접실에서 전화를 받는다.

강기준이 말을 이었다.

"어젯밤 마피아 라인을 감시하던 중에 목포3호가 출항한 것을 발견, 추적해서 변산 위쪽 숙곡항에 피신한 것을 알아냈습니다. 서해에 풍랑이 높았기 때문이지요."

"……."

"그런데 어항에 백색 탑차가 기다리고 있는 데다 수상한 놈들이 경계하고 있더군요."

"……."

"그래서 배에서 내린 두 놈을 쫓다가 우리 부원 넷이 피살되었습니다. 피살된 요원 하나는 총을 여섯 발 발사했는데, 놈들의 흔적은 발견하지 못했습니다. 비까지 뿌려서 핏자국도 지워졌고요."

"……."

"미안합니다. 마피아 라인은 건드리지 않으려고 했는데, 배가 떠나고 공해에서 중국 선박과 접촉하는 것까지 보니까 출동시킬 수밖에 없었습니다."

고대형이 소리 죽여 숨을 뱉었다. 이런 때를 '화살이 시위를 떠났다'고 하나? 아니면 '주사위는 던져졌다고' 하나? 그러나 이 경우도 예상하고 있었다. 자료를 한국 경찰 측에 건넸을 때부터다.

"아마 어젯밤 어항에 CIA 행동대도 나가 있었을 겁니다."

고대형이 말하자 강기준이 놀랐는지 바로 대답하지 않는다.

"요원들을 삼합회나 CIA 행동대 둘 중 하나가 쏘았을 겁니다. 아니면 둘 다든지."

"……."

"이제 CIA는 내가 한국 경찰에 정보를 준 것에 대해서 무슨 방법으로든지 처벌할 겁니다."

고대형의 얼굴에 웃음이 떠올랐다.

"이미 CIA 마약부 행동대가 와 있는 만큼 나를 제거할 수도 있겠지요."

"아니, 그러면 우리들이……."

"아니, 나도 그쯤은 예상하고 있었으니까요. 다시 연락드리지요. 상황만 알고 계시지요."

"팀장님, 정말 미안합니다. 제가 도와드릴 일이……."

"아닙니다. 다시 연락드리겠습니다."

전화기를 내려놓은 고대형이 심호흡을 했다. 좋다. 난마처럼 얽혔던 상황이 와락 좁혀졌다. 좁혀질수록 타깃이 분명해지는 법이다. 그러면 내가 유리하지.

"갓댐."

고대형의 말이 끝났을 때 마리안이 먼저 욕을 했다.

2층 응접실 안, 앞에는 마리안과 정유미가 앉아 있다. 고대형이 조금 전에 강기준한테서 들은 이야기를 해준 것이다.

"나도 예상하고 있었어, 자기야."

고대형은 지금처럼 '자기야'가 정답게 들린 때가 처음이다.

그때 정유미가 말했다.

"이젠 마약부 행동대의 타깃이 이쪽으로 옮겨지겠는데요."

"나한테야."

고대형이 엄지를 구부려 제 얼굴을 가리켜 보이고는 말을 이었다.

"고위층에 말해도 당분간은 도와줄 분위기가 아닐 거다. 일단 모른 척하겠지."

"어쨌든."

마리안이 고대형의 말을 잘랐다.

"난 팀장과 함께 행동할 거야. 그게 애국이고 정의니까."

"지저스 크라이스트."

외면한 고대형이 쓴웃음을 지었다.

"마리안, 고맙지만 지금부터는 진짜 전쟁이야. 밖에서 이곳으로 저격 총을 겨누고 있는지도 모른다고."

"도울 거야. 내가 할 역할이 있겠지."

그때 정유미가 나섰다.

"내가 도울 일은 없어요?"

"정리를 해야겠다."

숨을 고른 고대형이 말을 이었다.

"지금 당장 사마코를 내보내."

"그러지요."

정유미가 바로 대답했다.

"여기 데리고 있을 필요도 없고, 내보내도 우리한테 해될 것 없어요."

"그리고 난 이 시간 이후부터 특수반 팀장을 그만두고 떠날 거다."

둘은 입을 다물었고 고대형의 말이 이어졌다.

"이왕 타깃이 될 바에야 나가서 맞는 것이 떳떳하지. 그쪽도 부담 없이 처리할 것이고."

고대형의 얼굴에 웃음이 떠올랐다.

"너희들한테는 당장 어떻게 못 할 거야. 일단 두고 보겠지."

"……."

"하지만 분위기가 험악해질 경우에는 내가 가만두지 않겠어. 지난번 카불 방송국 폭파 사건에서 그랬던 것처럼 너희들한테 불이익이 오면 이번 '마피아 라인' 상황도 다 폭로한다고 할 거다."

고대형의 두 눈이 번들거렸다.

"그때는 진짜 대통령이 날아갈 거야."

그러고는 고대형이 둘에게 나가라는 턱짓을 했다.

"나가, 이제 짐 챙겨야겠어."

둘이 방을 나갔을 때 고대형이 전화기를 들었다. 지미 우들턴에게 하려는 것이다.

지마와 곧 연결이 되었다.

"형, 웬일이야?"

아직 사건을 모르는 모양이다.

고대형이 상황을 설명하고 나서 오늘부로 특수팀장을 그만두겠다고 말했다.

"갓댐."

다 듣고 난 지미가 일단 그렇게 대답했다.

"하긴 네가 CIA에는 용병으로 들어왔으니까 퇴직금 받을 것도 없지."

"미안해, 짐. 너한테 피해가 안 갔으면 좋겠는데."

"선오버비치! 내가 피해가 없을 리가 있나? 나도 놈들의 타깃이 될 것 같아."

"그럴 리가 있나?"

"순진한 놈. 네가 살아야 나도 살아. 그러니까 잘 숨어라."

"알았어. 내가 살아 있는 한 널 어떻게 하지는 못할 거야."

"잘 처리해, 암살자."

"당분간 너하고는 연락 끊겠다."

"이 통화를 도청하고 있는 놈들아, 잘 들어라."

이렇게 지미가 도청자에게 말하는 것으로 통화가 끝났다.

오후 1시 반, 이 층으로 사마코가 작별 인사를 하려고 올라왔다. 고대형도 가방을 다 꾸려놓은 상태다.

"고맙습니다."

두 손을 모은 사마코가 고개를 숙여 인사했을 때 고대형이 자리에 앉으라고 손짓을 했다.

자리에 앉은 사마코에게 고대형이 말했다.

"나도 오늘부터 팀장 그만둔다."

놀란 사마코가 눈만 크게 떴을 때 고대형이 얼굴을 펴고 웃었다.

"CIA에서 마피아 라인을 보호해 주다가 나한테 제동이 걸렸어. 내가 한국 경찰에 마피아 라인에 대한 정보를 다 주었거든."

"……."

"그래서 본부에서 날 제거할 것 같아."

"……."

"돌아가. 가서 아이 잘 키우고."

"몸조심하세요."

자리에서 일어선 사마코가 다시 고개를 숙여 인사를 했다.

"살려주셔서 고맙습니다."

고대형은 고개만 끄덕였다.

사마코는 돌아가서 금방 들은 이야기를 이나카와회의 야마시다에게 다 해줄 것이다. 거기서 나간 소문이 미국에까지 전해지겠지. 그렇게 되라고 한 말이니까.

가방 2개를 챙겨서 1층으로 내려왔더니 장무혁과 김인식이 응접실에 있다가 일어섰다.

둘은 정유미한테 들었는지 얼굴이 굳어 있다.

마리안도 2층에서 내려오지 않았고 정유미도 보이지 않았다.

장무혁이 가방을 들어주려고 다가왔기 때문에 고대형이 웃으면서 건네주었다.

"택시 불렀으니까 대문까지만 들어줘."

"제가 하나를 들지요."

김인식이 다가와 다른 가방을 들었다.

오태준과 케인, 토리노는 사무실에 나갔기 때문에 셋은 나란히 정원을 가로질러 걷는다.

그때 고대형이 말했다.

"얼마 안 되는 기간이지만 같이 일해서 좋았다. 고맙다."

"저희들이 덕을 보았지요. 기분 좋게 돈 나눠주셔서 고맙게 생각합니다."

김인식이 사근사근 대답했고, 장무혁이 말을 이었다.

"감사합니다. 건강하시고 이번 일 잘 해결되면 다시 뵙기를 진실로 바랍니다."

"어, 인사가 길군."

고대형이 얼굴을 펴고 웃었다.

"너희 둘의 인사를 받으니까 보람을 찾았어. 고맙다."

본부나 행동대는 이들을 고대형의 수색 작전이나 제거 작전에 이용하지는 못할 것이다. 그리고 본인들도 그쯤은 알고 있는 요원들이다.

"그만뒀어?"

놀란 후버가 고개를 들었다.

"예, 지부장 지미 우들턴한테 통보를 하고 바로 숙소에서 나갔다고 합니다."

윌슨이 입맛을 다시고 나서 말을 이었다.

"부팀장 마리안이 대행을 하고 있습니다."

"갓댐."

"마피아 라인을 경찰이 건드렸으니 문책당할 걸 알고 그만둔 것이지요."

"그렇다고 바로 그만둬?"

"이제 경찰이 마음 놓고 마피아 라인을 치게 되었습니다."

윌슨이 고개를 들고 후버를 보았다.

오전 9시, 윌슨은 코왈스키의 직통 전화를 받은 것이다.

"코왈스키는 마리안도 믿을 수 없다고 하는데요."

"갓댐. 나는 그 새끼를 못 믿는다."

후버가 어깨를 들썩였다.

랭글리의 CIA 본부 부장실 안, 오늘은 후버가 정시에 출근한 상태다. 11시에 오벌룸에서 클린턴과 회의가 있기 때문이다.

그때 윌슨이 물었다.

"보스, 고대형을 어떻게 처리할까요?"

"처리하기는? 그러다가 다 죽게?"

바로 내쏘았던 후버의 눈동자가 흐려졌다. 한동안 그 눈으로 윌슨을 보던 후버가 다시 입을 열었다.

"코왈스키가 내버려 두지 않을 거야. 그렇지?"

"고대형이 한국 경찰을 도와줄 것이라고 믿을 테니까요."

"거기 마약부의 행동대가 가 있지?"

"타라스가 가 있습니다."

"그놈이 암살자지?"

"남미에서 꽤 좋은 성과를 올렸지요."

"그놈을 시키겠군."

"고대형이 이제는 특수팀을 떠났으니까 처리하는 데 전혀 부담이 없습니다."

"갓댐."

"암살자끼리의 대결이 될 것 같습니다."

그때 후버가 눈동자의 초점을 잡았다.

"놔둬."

"예, 부장님."

그때 후버의 얼굴에 희미하게 웃음기가 떠올랐다.

"고대형한테 맡기자고."

"타라스, 특수팀의 활동은 정지된 것이나 같다."

코왈스키가 굳은 얼굴로 말을 이었다.

밤 11시 반, 후버가 윌슨하고 이야기하는 같은 시간이다.

"특수팀의 설립 목적은 삼합회의 확장을 방지해서 배후의 중국 세력을 견제하려는 것이었는데……."

의자에 등을 붙인 코왈스키의 얼굴에 쓴웃음이 번졌다.

"엄청난 돈이 오가게 되니까 본부에서 비자금을 만들기 시작했지. 이것이 이번 사건의 본질이야."

"본부에서도 눈치를 챈 것 같습니다."

타라스가 낮게 말했다.

이곳은 코왈스키의 숙소인 힐튼호텔 특실 안, 탁자 위에는 위스키 병이 놓여 있다.

코왈스키가 고개를 끄덕였다.

"당연하지. 아마 내 계좌도 체크해 놓았을 거야."

"괜찮겠습니까?"

"지금까지는 괜찮았는데 고대형이 떨어져 나가면서 분위기가 바뀌었어."

한 모금 위스키를 삼킨 코왈스키가 고개를 비틀었다.

"참 교묘하게 되었단 말이야."

"뭐가 말씀입니까?"

"고대형을 특수팀에 집어넣고 정보를 다 빨아들이게 한 다음에 나가게 된 상황이 말이야."

"……."

"그놈이 우리 내막을 알았다면 마음 놓고 뛸 거다."

"……."

"그것이 후버나 윌슨에게는 손 안 대고 뒤를 닦는 상황이 되겠지."

타라스가 고개를 끄덕였다.

"그렇군요."

"고대형이 손을 쓰기 전에 없애야 돼."

"아직 한국에 있습니다."

"우리도 이젠 거칠 것이 없어. 그놈을 없앨 명분도 있고."

타라스가 숨을 들이켰다. 이미 타라스는 코왈스키로부터 매수당한 상황이다. 같이 살고 같이 죽어야 되는 입장이 되어 있다.

리스타그룹 비서실장실 안, 비서실장 안학태가 비서로부터 전화기를 건네받는다. 오전 8시 반, 오늘도 창밖은 구름 한 점 없는 날씨다.

"전화 바꿨습니다."

안학태가 대답했을 때 곧 고대형의 목소리가 울렸다.

"직접 보고를 드려야 될 것 같아서요."

"응, 기다리고 있었어."

안학태가 창밖을 내다보며 말을 이었다.

"네가 고생이 많다."

"그만둘 수밖에 없었습니다."

"들었다."

누구한테서 들었다고는 말할 필요가 없다, 리스타 정보 라인도 CIA 못지않으니까.

그때 고대형이 말을 이었다.

"제가 회사에 누를 끼치는 것 아닙니까?"

"넌 리스타를 사직한 입장이야. 그러고 나서 그쪽에 채용된 것이지."

"알겠습니다."

"그쪽 고위층도 이해할 거다."

"예, 실장님."

"잘 지내라."

"감사합니다."

안학태는 전화기를 내려놓았다. 이만하면 알아들었을 것이다.

대마도, 이즈하라항 근처의 작은 여관방 안.

이 층 창가의 의자에 고대형이 앉아 있다.

바로 아래쪽에 폭이 3미터 정도의 이즈하라천이 흐르고 있다. 개울이다. 물도 말라서 발목까지밖에 닿지 않는다.

시선을 든 고대형이 의자에 머리를 눕혔다.

서울을 떠나 곧장 열차를 타고 부산으로, 부산에서 이곳 대마도까지는 쾌속선으로 45분밖에 안 걸렸다. 관광객들 사이에 끼어서 입국한 것이다. 여권은 간직하고 있던 '오상호' 여권을 썼다. 비상용으로 만들어 놓은 것이다. 일단 전장(戰場)은 떠났다.

서울에 있는 코왈스키와 행동대 타라스가 어떻게 나올지 아직 알 수 없지만 휴식이 필요하다.

고대형은 눈을 감았다.

그 순간 지난 일들이 파노라마처럼 눈앞을 스치고 지나갔다. 사일라, 소냐, 그리고 최근의 마리안과 정유미까지.

모두 흘러간 물, 다시 돌아오지 않는 물이다. 그렇게 살아왔다. 그것이 암살자의 인생이다.

고대형의 얼굴에 쓴웃음이 떠올랐다.

CIA 특수팀 반장의 업무는 다 채우지 못했지만 성과는 있었다. 반쪽 성과지만 한국 경찰의 입장에서는 엄청난 정보가 되겠지.

애국자는 아니지만 정도(正道)를 좇다보니 그렇게 되었구나.

"마리안이 사직서를 냈는데."

전화기를 내려놓은 코왈스키가 타라스를 보았다.

"직속상관은 난데 서울 지부장한테 서류를 냈어."

코왈스키의 얼굴에 쓴웃음이 번졌다.

"내규 위반은 아냐, 지미 우들턴이 사직서를 접수하고 나한테 통보를 했으니까."

"그럼 사직이 된 건가요?"

"된 셈이지, 말릴 이유가 없으니까."

"사직 전에 심사 받는 거 아닙니까?"

"CIA 입사 때 각서에 사인한 내용대로는 그렇지만 사직서 내면 끝이야."

"……."

"서울 지부장 지미 우들턴이 접수해버렸으니까. 개아들 놈이."

마침내 코왈스키의 화가 폭발했다.

"그놈은 얼씨구, 하면서 사직서를 접수한 거야. 마리안 그년이 고대형과 한통속이라는 걸 알거든."

"……."

"그 연놈들은 저택에서 같이 살았어."

코왈스키가 어깨를 부풀렸다가 내렸다.

"마리안은 고대형의 정부란 말야."

"고대형하고 접촉하겠군요."

그러자 고개를 기울였던 코왈스키가 타라스를 보았다.

"대놓고 그럴 리는 없지."

그 시간에 마리안과 정유미는 소공동의 커피숍에서 마주 앉아 있다.

"저도 그만두겠어요."

정유미가 마리안을 보았다.

"오늘 오후에 숙소를 나오려고 해요."

"그러지 마."

마리안이 이맛살을 찌푸렸다.

"난 내일 미국으로 돌아갈 거야. 무슨 말인지 알아?"

고개를 기울인 정유미에게 마리안이 말을 이었다.

"가서 담당관 면담을 할 거야. 그럼 나한테 업무 중에 얻은 기밀을 지키라는 주의를 주겠지. 그 과정을 거칠 거야."

마리안이 정색하고 정유미를 보았다.

"유미, 무슨 말인지 알아?"

"알아요. 난 미국에 가서 확인을 받을 입장이 안 된단 말이죠?"

"넌, 현지 채용 요원이니까 여기서 사직 후의 다짐을 받아야 하는데 코왈스키가 그 역할을 해줄 것 같아?"

"……."

"지금 특수팀은 엄청난 위험에 빠져 있어. 그 적은 바로 코왈스키야. 특수팀의 지휘자인 코왈스키라고. 그자는 특수팀의 정보가 다른 곳으로 새 나가는 것을 막으려고 무슨 짓이든 할 거야. 네가 그만둔다면 네 입을 막으려고 어떻게 할 것 같아?"

"……."

"내가 사직서를 내고 서둘러 본부로 가는 이유가 그거야. 코왈스키의 손이 뻗치기 전에 말야."

"그럼 남아 있으라는 말인가요?"

"넌 남아 있는 것이 안전해."

"겁이 나요."

정유미가 이맛살을 찌푸렸다.

"부팀장이 나가자마자 팀이 분열되었어요. 케인, 토리노, 오태준이 빅죠에게 붙어서 저하고 장무혁, 김인식을 소외시키고 있어요."

"예상하고 있었어. 하지만 팀에 남아 있는 한 어쩌지는 못할 거야."

마리안이 고개를 저었다.

"네가 나가면 위험해."

"면담 신청을 해 놓았군요."

타라스가 코왈스키에게 보고했다.

"담당관이 제임스 코튼입니다."

"갓댐."

코왈스키가 커피 잔을 내려놓다가 접시에 걸려 커피가 쏟아졌다.

백제호텔의 라운지 안.

이맛살을 찌푸린 코왈스키가 타라스를 보았다.

"제임스 코튼 그 자식은 내사과에 있던 놈이야. 그놈이 잡아넣은 요원이 10명도 넘는다고."

"……."

"없는 일도 만들어낼 놈인데 그놈이 마리안에게 꼬치꼬치 물으면 산통 다 깨진다."

"마리안은 지금 힐튼호텔에 투숙하고 있습니다."

이번에는 코왈스키가 입을 다물었고 타라스가 말을 이었다.

"오후에 특수팀 정유미하고 소공동 커피숍에서 만났고 내일 오후에 출발하는 뉴욕행 티켓을 끊었습니다."

오후 5시 반, 지미 우들턴과 마리안이 서울지부 지부장실에서 만나고 있다.

마리안이 이틀 연달아서 찾아온 셈이다.

"코왈스키 그 개아들 놈이 지금 미친개가 되어 있어."

지미가 찌푸린 얼굴로 말을 이었다.

"네가 사직서를 내고 본부로 들어간다니까 잔뜩 쫄아 있을 거다."

"그래서 찾아왔는데요."

마리안이 지미를 보았다.

"오후에 팀원 정유미를 만났는데 걔도 사직서를 낸다네요."

"갓댐."

"그래서 일단 말리고 왔는데요. 나야 본부 면담 신청까지 한 상태라 코왈스키가 손을 못 대겠지만 한국계 현지 채용 요원들은 위험하지 않을까요?"

"특수팀을 해체할 건가?"

"팀장이 나가고 저까지 이렇게 되니까 팀은 지금 공황 상태죠."

"정상적인 팀이 아니었지, 정보 수집만 하고 놀았으니까. 그러다 고대형이 와서 왈칵 뒤집어 놓았지."

"제대로 일을 했지요."

“절반은 했지, 중요한 건 빼고.”

“어쨌든 팀의 한국계 요원들 신변 보호가 필요할 것 같아서 왔어요.”

“갓댐.”

“마피아 라인의 빅죠가 팀 사무실에 와 있는데 본부 요원 둘하고 한국계 하나가 밀착되어 있어요. 정유미하고 한국계 둘은 소외되었고요.”

“옳지. 코왈스키하고 고대형 파벌로 나뉘어졌군.”

“내가 나가니까 정유미 쪽이 위험해졌어요.”

“내가 어쩌란 말야?”

“보호해주셔야죠.”

“특수팀하고 우린 별개야. 없는 것처럼 놔두는 게 정상이야.”

“같은 요원 아닙니까? 더구나…….”

지미가 고개를 저었다.

“한국 경찰에 말해 봐, 한국 경찰은 고대형한테 큰 빚을 지고 있으니까.”

“지저스 크라이스트.”

눈을 치켜뜬 마리안이 지미를 보았다.

“그거, 말이라고 해요?”

“너희들 책임이야.”

지미가 눈을 치켜떴다.

“걔들 남겨놓고 훌쩍 떠난 것 말이야. 이런 일도 예상하지 못했단 말이냐?”

마리안이 조금 벌렸던 입을 다물었다.

개울가의 작은 카페다.

일본인은 이렇게 조그만 공간을 기막히게 사용한다는 감탄이 일어날 정도의 카페다. 카페 면적은 넓이가 4미터쯤 되는 정사각형 공간이다. 탁자 2개, 의자 4개, 카페 주인이 주방에서 술과 안주를 내놓는다. 손님은 고대형 하나. 주방과의 사이에 40센티쯤의 받침대가 놓여 있는데 이것도 식탁 노릇을 한다. 고대형은 여기에 술과 안주를 놓고 카페 주인과 마주 보고 앉아 있다.

카페 주인은 30대쯤의 여자. 둥근 얼굴, 눈초리가 조금 솟았고 말끝마다 웃었는데 덧니가 두드러졌다.

왜 일본 여자는 덧니가 많을까? 그러고 보니 사마코도 덧니가 있었던 것 같다.

고대형은 비싼 스카치위스키에 스테이크 안주를 시켰기 때문에 카페 주인은 문을 닫고 'CLOSED' 팻말을 내걸었다. 오늘 손님은 고대형으로 끝낼 예정이다. 그래서 고대형은 여자 앞에도 술잔을 하나 놓았다. 그렇게 되자 작은 카페가 넉넉한 밀회 공간으로 변했다.

여자는 이제 한마디가 끝날 때마다 덧니를 내놓는다.

여자 이름은 후사코, 33세라고 했다. 그러나 바짝 얼굴을 가깝게 두고 보니까 한 10살은 깎은 것 같다. 눈가의 주름이 다 보였고 입가도 그렇다.

한 모금에 술을 삼킨 고대형이 후사코를 보았다.

"후사코, 위스키 두 병 마시면 나하고 내 호텔로 갈 수 있나?"

"두 병이나요?"

그러면서 후사코가 웃었다.

"한 병만 마셔도 돼요. 한 병 값은 내 용돈으로 주시면 더 좋고요."

"그러지."

"어디 여관인데요?"

"후쿠오카장."

"바로 옆이군요."

"네 집은 어딘데?"

"이케신사 옆에서 혼자 살아요."

"혼자야?"

"딸이 있는데 지금 나고야에서 내 어머니하고 살아요."

"남편은 죽었나?"

"5년 전에 이혼했어요."

"그럼 당분간 내가 남편 되어 줄까?"

"오늘 밤 보고요."

다시 후사코가 웃었다.

따라 웃은 고대형이 손을 뻗어 후사코의 가슴을 주물렀다.

"여기서 시험해 보는 게 어때?"

"탁자 붙여 놓을까요?"

후사코가 뒤쪽 탁자를 눈으로 가리켰다.

오후 8시 반, 문만 열면 거리여서 지금도 행인들이 오가고 있다.

후사코가 번들거리는 눈으로 고대형을 보았다.

"가게 불 끄면 밖에서 안이 안 보여요."

문에서 벨 소리가 났기 때문에 마리안이 고개를 들었다.

오후 9시 15분, 호텔방 안이다.

다시 벨소리가 났다.

이곳은 17층 특실이어서 문 앞에는 응접실이 있고 마리안은 안쪽 침실의 의자에 앉아 있던 참이다.

몸을 일으킨 마리안이 TV 옆에 놓인 가방으로 다가가 안에서 리볼버를 꺼내 쥐었다. 호신용으로 지급된 총은 반납하고 개인용으로 갖고 있었던 총이다.

세 번째 벨이 울렸을 때 마리안이 응답했다.

“누구세요?”

“룸서비스입니다.”

여자 목소리다. 여자가 말을 이었다.

“냉장고에 서비스 음료를 채우려고 합니다.”

유창한 영어다.

마리안이 권총을 등 뒤로 감추고는 문으로 다가갔다. 지미 우들턴의 지부 요원이 호텔에서 경비하고 있을 것이었다. 마리안이 잠금장치 하나를 풀고 아래쪽 고리를 비틀어서 문을 열었다.

그때 제복 차림의 호텔 종업원이 마리안을 보았다. 손에 든 쟁반 위에 음료수 병들이 놓여 있다.

시선을 받은 마리안이 몸을 비틀어 종업원이 지나갈 공간을 만들었다. 종업원이 마리안의 앞을 지나 방으로 들어섰을 때 마리안이 고개를 들고 복도를 보았다. 비상구 앞에 마크가 서 있다.

몸을 돌린 마리안의 시선이 종업원 쪽으로 향했을 때다. 마리안은 냉장고 앞으로 다가간 종업원의 쟁반을 받친 왼쪽 손이 빠져나오는 것을 보았다. 손에 권총을 쥐고 있다.

그 순간 마리안이 등 쪽에 붙이고 있던 손을 뻗어 종업원을 겨누었다.

“퍽!”

“탕!”

발사음이 연거푸 울렸다.

한 발은 소음기를 낀 발사음이고 또 하나는 요란한 총성이다. 거의 동시에 울렸지만 종업원이 쏜 총탄이 먼저 마리안을 맞혔다. 가슴이 관통된 마리안이 비틀거렸지만 종업원은 얼굴에 맞았다. 눈과 눈 사이에 맞은 것이다.

"탕!"

그래서 마리안은 가슴을 움켜쥔 채 한 걸음 앞으로 내딛으면서 다시 한 발을 쏘았다. 이번 총탄은 막 쓰러진 종업원의 목을 뚫고 들어갔다.

그때 이미 숨이 끊어진 종업원이 꿈틀거렸고 마리안은 한 걸음 더 딛으면서 쓰러졌다.

10분 후.

지미 우들턴이 보고를 받는다.

보고자는 헨리 우드만, 마리안의 경호를 맡고 있다.

헨리가 서둘러 보고했다.

"지부장님, 마리안이 피살되었습니다."

지미가 숨만 쉬었고 헨리는 말을 이었다.

"종업원하고 서로 쏘고 죽었습니다. 둘 다 사망했습니다."

"종업원이야?"

"예, 종업원 복장입니다. 여자고요."

"한국인이야?"

"그건 확인 못 했습니다."

"……."

"지금 마리안의 신병은 일단 제가 인수하고 있습니다만 종업원은 현장에 출동한 한국 경찰이 수사하고 있습니다."

"도대체 너희들은 뭐 한 거야?"

"저는 로비에 있었고 마크는 17층 비상구에 있었지만 종업원을 검문하지는 못했습니다."

"갓댐."

지미가 마침내 욕설을 했다.

타라스다. 타라스에게는 이런 암살은 일도 아닐 것이다.

눈을 뜬 고대형이 먼저 창밖을 보았다. 창밖이 환했고 이어서 생소한 향내가 맡아졌다.

고개를 돌리자 후사코의 잠든 얼굴이 보였다. 머리가 헝클어졌고 반쯤 입을 벌린 얼굴이 베개에 묻혀 있다.

이곳은 후사코의 집이다. 가게에서 이곳으로 온 것이다.

침대가 포근했고 아직 어젯밤의 여운이 남아 있었기 때문에 고대형은 후사코의 허리를 당겨 안았다. 매끄럽고 풍만한 후사코의 몸이 흔들거리면서 고대형의 품에 안겼다.

후사코가 눈을 반쯤 뜨더니 다시 덧니를 드러내며 웃었다.

"여보, 사랑해요."

후사코가 고대형의 가슴에 얼굴을 붙이면서 말했다. 어젯밤에 이 말을 100번도 더 들었을 것이다.

고대형은 길게 숨을 뱉었다.

잠이 깬 후사코가 꿈틀거리면서 몸을 비벼대었지만 놔두었다. 문득 소냐가 떠올랐다. 소냐하고는 결혼식까지 올렸기 때문에 자주 머리에 떠오르는 것 같다. 아무래도 실수였다.

"들었어?"

불쑥 지미가 물었기 때문에 정유미는 전화기를 고쳐 쥐었다.

오전 7시 반, 이곳은 저택 1층의 응접실.

아침 식사를 마치고 사무실로 출근하려는 참이다.

마리안이 사직서를 낸 후에 코왈스키는 팀장 대리로 케인을 임명했다. 그래서 케인과 함께 사무실로 나갈 준비를 하는 중이었다. 주위를 둘러본 정유미가 목소리를 낮췄다.

옆에 전화를 받고 건네준 장무혁이 서 있다.

"네? 뭐요?"

"마리안이 호텔방 안에서 종업원으로 변장한 여자한테 총을 맞았어. 어젯밤이야."

지미가 말을 이었다.

"어제 오후에 네 걱정을 하고 갔는데 본인이 당했군."

"……."

"마리안도 같이 쏴서 그년을 죽였는데 한국 경찰이 신원 파악 중이다."

"……."

"너 오늘 저택에 있을 거냐?"

"출근하려는 참인데요."

"그럼 거기 팀장 대리라는 놈 있나?"

"네."

"바꿔."

정유미가 마침 옆을 지나는 케인을 불러 지부장이라고 했더니 눈을 크게 뜨고 다가왔다. 전화기를 귀에 붙인 케인이 몇 마디 응답을 하더니 통화를 끝내고 나서 정유미에게 말했다.

"지부장이 확인할 일이 있다고 지금 바로 보내라는군. 지부장실로 가 봐."

케인의 시선을 받은 정유미가 입 안에 고인 침을 삼켰다. 이놈도 마리안의 피살 소식을 아직 모르고 있는 것이다.

후버가 보고를 들은 것은 오후 6시다.

윌슨이 서너 시간 전에 코왈스키의 보고를 받고 나서 후버가 백악관 회의를 마치고 나오기를 기다렸기 때문이다.

"코왈스키로군."

보고를 끝내자마자 후버가 자리에서 일어나 선반의 위스키 병을 집으면서 말했다.

"입을 막으려고 그런 거야."

"우리가 그놈 짓인 줄 알 텐데 그럴 수 있을까요?"

후버가 고개를 들어 윌슨을 보았다.

"너도 알고 있잖아? 그 이유를 네 입으로 설명해 봐."

"우리가 짐작을 해도 잡아넣을 수는 없을 거라고 확신하는 것 같습니다."

"계속해 봐."

잔 두 개에 위스키를 따르면서 후버가 말했다.

"코왈스키의 입장이 되어서 말해보란 말야."

"사건이 터지면 우리도 무사하지 못할 거라고 믿겠지요."

"그리고?"

윌슨에게 술잔을 건네준 후버가 재촉했다.

"마피아 라인에서 얻은 공작금 사용 내역이 오픈되면 엄청난 파문이 일어날 테니까요."

"대통령 탄핵으로 몰고 갈 수도 있지. 물론 성사는 안 되겠지만."

한 모금에 술을 삼킨 후버가 의자에 등을 붙였다. 윌슨도 술을 삼키고는 술잔을 내려놓았다. 둘의 시선이 마주쳤다.

워싱턴 백악관에서 세 블록 거리에 위치한 안가다. 뉴욕의 안가보다는 허술했지만 방 안의 장식은 더 고풍스럽다. 이곳도 언제나 짙은 색 커튼을 쳐 놓아서 방 안은 어둑하다.

그때 후버가 코웃음을 쳤고 윌슨도 따라 웃었다.

"그놈은 제가 사건을 리드해 가고 있는 줄로 알겠지?"

"저하고 부장님이 이런 이야기를 하고 있는 줄은 알 겁니다."

"그놈이 날 암살할 배짱이 있을까?"

"천만에요."

"그게 포인트야."

"맞습니다."

윌슨이 고개를 끄덕였다.

"그것으로 결정이 된 겁니다."

둘은 어떤 결정도 내리지 않았지만 머릿속의 결론은 같다. 그것을 서로 확인한 셈이어서 더 이상 말이 필요 없는 것이다. 이것이 거대 조직을 거느리는 보스의 방법이고, 뒤를 이으려는 윌슨도 거의 다 배웠다.

지부장실로 들어선 정유미가 자리에 앉았을 때 지미가 바로 물었다.

"너 사직서를 내겠다고 했다면서?"

"네?"

놀란 정유미가 숨을 들이켰다. 마리안에 대해서 물어볼 줄 알았던 것이다. 사직서 이야기는 마리안한테밖에 안 했다, 그것도 어제 오후에.

그때 지미가 말했다.

"어제 마리안이 널 만난 후에 오후 5시 반쯤 날 찾아와서 그 자리에 앉아 있었다."

지미가 턱으로 정유미를 가리켰다. 눈동자가 흐려져 있는 것이 유령을 쳐다보는 것 같다. 몸을 굳힌 정유미에게 지미가 말을 이었다.

"네가 사직서를 낸다고 해서 말렸다고 했어. 네 걱정을 하고 갔단 말이다."

"……."

"내가 너희들을 남겨놓고 떠난 고대형, 마리안 둘의 책임이라고 했더니 아무 말도 하지 못했는데……."

"……."

"네 시간 후에 호텔에서 피살당했다."

지미가 번들거리는 눈으로 정유미를 보았다.

"코왈스키다."

"……."

"그놈이 지금 눈에 보이는 게 없어. 약점을 잡힌 지휘부는 지금 손을 못 쓰는 모양이야. 아직까지 어떤 지시도 없어."

"……."

"너 고대형하고 잤어?"

불쑥 지미가 물었기 때문에 정유미가 소스라쳤다.

"네?"

"잤냐고, 섹스 말야. 두 번 묻게 하지 마."

"네, 잤어요."

고개를 든 정유미가 똑바로 지미를 보았다. 그래서 어쨌냐는 표정이 되었다.

지미가 정색하고 고개를 끄덕였다.

"소문이 다 났겠군."

"……."

"그런 소문은 직빵이지. 빅죠에게 붙었다는 놈, 팀장 대리, 이름이 뭐지?"

"케인."

"그 케인이란 놈도 알고 있겠군, 같은 저택에서 숙식을 했으니까."

"……."

"저택 안에서도 잤냐?"

"아닙니다. 밖에서 만났습니다."

"선오버비치."

고대형에 대한 욕 같았기 때문에 그 와중에도 정유미가 반발했다.

"제가 좋아서 했어요. 팀장은 잘못 없습니다."

"갓댐. 그놈은 재주도 좋지."

어깨를 늘어뜨린 지미가 말을 이었다.

"내가 불러오기 잘했군. 그 소문은 이미 코왈스키한테 들어갔고 너는 고대형의 측근으로 찍혀 있다고 봐야 된다."

"……."

"넌 현지 요원이기 때문에 제거할 방법이 얼마든지 있어. 외국 출장을 보내 놓고 외국에서 묻어 버린다든지, 교통사고, 약물사까지 1천 가지도 넘는 방법이 있어."

"……."

"네가 고대형 애인이자 그놈들 타깃이 되겠지만 반대로 나한테는 고대형이가 생사를 같이 하는 전우 관계이기도 하지. 그래서 내가 널 부른 건데."

그러고는 지미가 눈을 가늘게 뜨고 정유미를 훑어보았다.

그 눈길을 따라서 개미 떼가 떼거지로 옮겨가는 것 같았기 때문에 정유미가 몸을 웅크렸다.

그때 지미가 말했다.

"내가 은신처를 알려줄 테니까 지금 당장 그곳으로 피해."

"네, 지부장님."

"여기서는 마리안의 피살 관계 조사를 받은 것으로 하자. 그러니까 여기 질문서를 작성해."

지미가 서류를 앞으로 내밀고는 길게 숨을 뱉었다.

"곧 고대형도 이 사건을 알게 될 거고 나한테 연락이 올 거야. 그때 너한테도 연결시켜주마."

"신분 확인이 되었어?"

강기준이 묻자 홍근태가 고개를 저었다.

"아직 안 되었습니다. 신분증도 없는 데다 호텔에서 본 사람도 없습니다. 지문으로 조회를 했지만 아직 나오지 않았습니다."

강남호텔에서 마리안에게 사살된 종업원에 대해서 말하고 있다. 현재 사건은 강남서에서 수사하고 있지만 마약부로서는 남의 일이 아니다. 호텔에서의 피살자가 마리안이라는 것을 안 직후부터 강남서에 요원들을 파견해서 상황을 수시로 보고 받고 있는 것이다.

마약부 상황실 안이다. 강기준이 다시 물었다.

"네 생각은 어떠냐?"

"코왈스키가 용병을 사서 마리안을 살해한 겁니다."

상황실에는 둘뿐이었지만 홍근태가 목소리를 낮췄다.

"고 팀장이 사직서를 내고 떠난 것도 이번 마피아 라인을 우리가 기습한 것에 대해 책임을 진 것 아닙니까?"

강기준이 대답 대신 한숨을 뱉었고 홍근태가 말을 이었다.

"고 팀장과 마리안은 호흡이 맞았습니다. 코왈스키가 고 팀장 대신으로……."

그때 노크 소리가 들리더니 홍근태의 팀원 윤기상이 서둘러 들어섰다. 고개를 숙여 보인 윤기상이 숨을 고르지도 못하고 말했다.

"마리안이 사직서를 냈다고 합니다."

"뭐?"

강기준이 먼저 반응했다.

"누구한테 들은 거냐?"

"제가 특수 팀원 김인식한테서 들었습니다. 정유미의 조원이라는데요."

"전화를 했어?"

"예, 특수팀 사무실에 연락을 해서 정유미 씨를 찾았더니 김인식이 전화를 받았습니다."

그들도 김인식이 정유미의 조원이라는 것을 안다. 윤기상이 말을 이었다.

"정유미는 외출해서 들어오지 않았고 김인식 씨가 전화를 받기에 마리안이 왜 그 시간에 호텔에 투숙했느냐고 물었더니……."

윤기상이 번들거리는 눈으로 둘을 번갈아 보았다.

"특수팀에 사직서를 내고 저택을 나갔다는 것입니다. 그리고 오늘 오후에 뉴욕으로 떠날 예정이었다고 했습니다."

"아!"

신음을 뱉은 강기준이 홍근태를 보았다.

시선을 받은 홍근태는 어금니를 물었다. 뻔한 것이다. 코왈스키다. 이제 살해 의도가 분명해졌다. 모두 수전산전 다 겪은 수사관인 것이다.

"이런 개새끼들."

강기준이 이 사이로 말을 뱉는 것으로 마무리를 했다.

대마도에서는 한국 TV가 생생하게 방영된다. 일본보다 가깝기 때문에 오히려 일본이 외국 같다.

오전 11시 반, 늦게 일어난 데다 운동복 차림으로 시내를 한 바퀴 돌고 온 고대형이 후사코가 차려준 늦은 아침을 먹으면서 TV를 본다.

후사코의 단층 주택으로 10평쯤 되는 마당도 있고 담장 밖은 바로 개울이다. 개울이 보이는 게 아니라 담장을 넘으면 개울로 떨어지는 구조다. 침실 2개, 응접실과 주방을 갖춘 25평형 단층집은 아담하다.

오뎅국에 쌀밥을 먹으면서 고대형이 후사코에게 말했다.

"한국 방송 채널 좀 돌려봐."

"네, 여보."

이번에는 고대형이 시키지 않았는데도 후사코가 '여보'라고 불렀다. 이곳에서는 한국 연속극을 매일 보기 때문이다.

후사코가 채널을 돌렸을 때 곧 뉴스가 나왔다.

"강남호텔에서 피살된 미국 국적의 마리안 씨는……."

또박 또박 말하는 한국인 기자의 목소리가 울리더니 곧 호텔과 마리안의 얼굴이 TV에 드러났다. 그다음 멘트는 고대형의 귀에 들리지 않았다.

10분 후.

지미 우들턴이 전화를 받는다. 직통 전화다.

"여보세요."

"짐, 나야."

고대형의 목소리를 들은 순간 지미가 주위부터 둘러보았다.

"기다리고 있었어."

"짐, 너도 위험한 것 아니냐?"

"설마."

지미의 얼굴에 일그러진 웃음이 떠올랐다.

"그럴 배짱은 없을 거야, 그 개자식이."

"마리안은 왜?"

"이틀 전에 사직서를 내고 오늘 오후에 떠날 예정이었어."

"……."

"본부에 사직 상담 예약까지 해둔 상태였어, 형."

"……."

"본부에 알아보았더니 상담자가 내사과 출신의 깐깐한 놈이었어. 그것도 이유가 된 것 같다."

"……."

"아침에 정유미를 이곳으로 불러서 이야기했다. 정유미도 사직서를 내려고 했는데 아무래도 위험할 것 같아서 말야."

"……."

"네가 정유미 연락처를 알 테니까 접촉해봐. 정유미한테 네 이야기를 해줄 테니까 말야. 지금 정유미도 피신 중이야."

"알았어."

"외국이냐?"

"응."

"갓댐."

불쑥 욕설을 한 지미가 다시 소리쳤다.

"마약부 놈들 다 들었냐? 선오버비치."

20분 후.

고대형은 수화구에서 울리는 정유미의 목소리를 듣는다.

"여보세요."

"나다."

"팀장님."

정유미의 목이 멨다.

"너 지금 당장 배를 타고 대마도로 와. 이즈하라다."

고대형이 말을 이었다.

"내가 기다리고 있을 테니까."

"네, 팀장님."

"그냥 와. 짐도 필요 없어."

"네."

통화를 끝낸 고대형이 한숨을 쉬었다.

어쩌냐? 할 수 없지.

"여기 20킬로."

프랭클린이 가방을 탁자 위에 밀어 놓으면서 말했다.

은색의 알루미늄 가방이다.

"정확하게 나눴으니까 1그램도 틀리지 않아."

웃음 띤 얼굴로 말한 프랭클린이 의자에 등을 붙였다.

오후 5시 반, 이태원의 해리스호텔 방 안이다.

미군 전용 호텔인 데다 아래층은 카지노와 클럽이 있어서 프랭클린은 자주 이곳을 이용한다.

그때 모리스가 프랭클린을 보았다.

"프랭클린, 다음 주에 20킬로를 더 받아야겠는데. 저쪽에다가 연락을 하지."

"20킬로나?"

놀란 시늉을 했던 프랭클린이 곧 웃었다.

"이번에 마약부 놈들을 작살냈으니까 당분간은 움직이지 못할 거야."

"이상 없겠지?"

"물론. 1백 킬로도 상관없어."

프랭클린이 웃음 띤 얼굴로 모리스를 보았다.

"우리 비율은 얼마로 할까?"

"절반."

모리스가 가져가는 양의 절반을 말한다.

"갓댐. 좀 늘려줄 수 없나? 이번의 15킬로도 4개 조직이 나눠갔는데."

"위에서 체크하고 있어."

"체크는 무슨……."

모리스는 코왈스키의 직속 부하로 프랭클린이 인수한 마약 중 CIA 몫을 받으러 온 것이다.

전화나 이메일 등은 발각될 위험성이 있기 때문에 연락은 직접 만나서 한다.

프랭클린이 모리스 옆에 앉아 있는 존슨에게 물었다.

"존슨, 이번에 평택에서 네가 일했어?"

그러자 금발의 존슨이 고개를 저었다.

"아냐, 그곳에 간 건 동양계 요원이야."

"그렇군."

"들어봤더니 우리는 한 놈만 쏘았어. 나머지는 삼합회 행동대가 쏜 거야."

"갓댐. 마약부 놈들도 그걸 알아?"

그때 모리스가 혀를 차며 말했다.

"이봐, 쓸데없는 이야기 말고."

가방을 집어 든 모리스가 자리에서 일어섰다.

"일주일 후야, 20킬로."

"알았어. 그럼 30킬로 주문을 해야겠군."

고개를 끄덕인 프랭클린이 창가에 선 맥클란을 보았다.

"이봐, 맥, 저쪽하고 약속 잡아."

저쪽이란 삼합회의 연락 사무소장 박철을 말한다.

박철에게 주문을 하면 거점이 정해지고 그곳에서 상품이 운반되는 것이다.

방을 나온 모리스와 존슨은 복도에 서 있는 커크를 보았다.

커크가 고개만 끄덕여 '이상 없다'는 신호를 보내고는 먼저 엘리베이터로 다가갔다. 지하 1층 주차장에 밴이 주차되어 있는 것이다.

이곳은 지상 9층의 특실 복도다. 곧 엘리베이터 문이 열렸고 셋이 안으로 들어섰다. 커크가 손에 쥔 소형 무전기로 짧게 말했다.

"지금 내려간다."

주차장에서 대기하고 있는 요원들에게 말한 것이다.

"오케."

미구엘의 목소리가 엘리베이터 안에 울렸고 커크는 무전기를 주머니에 넣었다.

"지난달에 내가 여기 카지노에서 2천 불을 땄어."

모리스가 생각난 듯이 말했다.

"그땐 신이 났었는데."

"뭘 했는데?"

존슨이 물었을 때 엘리베이터가 7층에서 멈추더니 미군 장교 둘이 탔다. 대위 둘이다. 모두 입을 다물었고 문이 닫힌 엘리베이터는 다시 내려갔다.

지하 1층에서 엘리베이터 문이 열리면서 가방을 쥔 모리스와 그 뒤에 바짝 붙은 존슨, 커크가 따라왔다.

엘리베이터 앞쪽에 검정색 밴이 주차되어 있다. 미구엘과 제임스가 탄 밴이다. 검정색 선팅이 되어 있어서 운전석도 보이지 않는다. 모리스가 밴의 문을 옆으로 밀어 연 순간이다.

안에서 '한국인'들이 쏟아져 나왔다.

"손들어!"

주차장이 떠나갈 것 같은 외침, 영어다.

"움직이면 죽인다!"

보통 미국 영화나 경찰들은 '움직이면 쏜다!'라고 하는데 얘들은 '죽인다!'다.

그만큼 분위기가 험악했다.

모리스는 놀라서 입만 쩍 벌렸지만 존슨은 반응했다. 가슴에 찬 브라우닝을 꺼내려고 손을 저고리 안에 집어넣은 것이다.

"탕. 탕."

그 순간 요란한 총성이 두 발 울렸다.

가슴과 배에 총탄을 맞은 존슨이 뒤로 벌떡 쓰러졌고 커크가 몸을 비틀었는데 그것이 위험하게 보였던 것 같다.

"탕. 탕."

다시 두 발. 커크가 어깨와 한쪽 팔에 총을 맞고 쓰러졌다.

한국인들은 네 명이나 차에서 쏟아져 나왔고 밖에서도 넷이 덮쳐왔다.

그때서야 모리스가 가방을 내동댕이치고 두 손을 번쩍 들었다.

이렇게 무지막지하게 쏘아대는 놈들은 처음이다.

"다섯이 모두 끌려갔는데 그중에서 존슨이 사망, 커크가 중상입니다."

제이슨이 보고했다.

앞쪽에 앉은 코왈스키는 눈만 치켜떴고 옆에 선 타라스는 입을 꾹 다물고 있다.

힐튼호텔의 방 안. 방금 제이슨이 경찰에 다녀온 것이다.

오후 6시 반, 사건 발생 한 시간이 되어간다.

그때 코왈스키가 입술도 달싹이지 않고 물었다.

"가방은?"

"압류되었습니다."

제이슨이 코왈스키의 시선을 맞받았다.

"마약부에서 마약을 압수했다고 내부 보고를 했습니다. 하지만 아직 공식 발표는 하지 않았습니다."

"……."

"모리스, 존슨 등의 신원도 국적도 아직 발표하지 않았습니다."

"……."

"현재로써는 마약 거래를 하던 외국인 5명을 현행범으로 체포, 마약을 압수, 외국인들의 신원 확인 중이라고 내부에 알려져 있습니다."

코왈스키와 타라스가 입을 다물고 있었기 때문에 제이슨이 헛기침을 했다.

"저기, 존슨의 시체가 경찰 병원 영안실에 들어가 있습니다. 어떻게 할까요?"

"놔 둬."

타라스가 바로 말했다.

이번에 당한 다섯 명 중 모리스, 존슨, 커크가 타라스 팀인 것이다.

"놈들은 이미 다 파악하고 있어. 발표를 안 한 건 시기를 노리는 거다."

그때 코왈스키가 타라스에게 물었다.

"프랭클린은?"

"바로 호텔에서 도피했습니다."

타라스가 말을 이었다.

"주차장에서 사고가 났다는 말을 듣고 바로 호텔 뒷문으로 나와 은신하고 있습니다."

"그 병신."

코왈스키가 이 사이로 말하더니 흐린 눈으로 타라스를 보았다.

"마약부가 프랭클린은 왜 놔둔 것 같냐?"

타라스가 눈만 껌벅였고 코왈스키는 길게 숨을 뱉었다.

"모리스를 잡은 놈들이 프랭클린을 놔두었을 것 같냐? 그놈들은 고대형이한테서 우리 정보를 싹 받아 챙긴 놈들이야. 프랭클린의 정부 팬티 사이즈도 알고 있을 것이라고."

타라스의 얼굴이 굳어졌다. 듣고 보니 맞는 말이다.

코왈스키가 말을 이었다.

"마약부 놈들이 지난번 사건으로 악에 받친 거야. 우리가 대비하고 있어야 했어. 방심했단 말야."

정신없이 호텔에서 도망쳐 나온 프랭클린이 숨은 곳은 한국인 정부 유미선의 오피스텔이다. 호텔을 빠져나오면서 맥클란과 헤어졌기 때문에 프랭클린은 혼자 이곳에 왔다.

오후 7시, 유미선이 차려준 저녁을 먹으면서 프랭클린의 시선은 TV에 고정되어 있다.

"뭐 볼 거 있어요?"

학원 한국어 선생이었다가 프랭클린의 정부가 된 유미선이 물었다.

30대 중반으로 얼굴은 보통이지만 글래머 수준의 체격이다. 프랭클린은 만난 지 한 달 만에 이혼녀였던 유미선을 정부로 만들었다.

"아니, 그냥."

리모컨으로 채널을 계속 바꾸면서 프랭클린이 건성으로 말했다.

"내가 찾아 드릴께 밥 먹어요."

유미선이 리모컨을 달라고 손을 내밀었지만 프랭클린은 짜증을 냈다.

"됐어. 건드리지 마."

"마음대로 해, 그럼."

유미선도 짜증이 나서 물러앉았을 때다. 벨이 울렸기 때문에 프랭클린이 깜짝 놀랐다.

"누구야?"

유미선에게 물은 프랭클린이 식탁에서 일어섰다.

다시 벨소리.

"글쎄, 관리실인가?"

고개를 기울인 유미선이 문에 대고 물었다.

"누구세요?"

"경찰입니다."

밖에서 소리친 사내가 이제는 문을 두드렸다. 쿵쿵쿵 소리가 나면서 문이 흔들렸다.

놀란 유미선이 한 걸음 물러서서 프랭클린을 보았다. 그러고는 다시 소리쳐 묻는다.

"무슨 일인데요?"

"거기 프랭클린 있지요?"

사내가 다시 소리쳤다.

"문 열어요, 어서!"

오피스텔은 16층이다. 비상구도 없어서 날아가지 않는 한 꼼짝 못한다. 그래서 사내의 목소리가 여유 있게 울렸다.

"빨리 열지 않으면 부수고 들어갑니다."

세관을 나온 정유미가 입국장으로 들어섰을 때 곧 앞쪽에 서 있는 고대형을 보았다. 고대형은 웃음 띤 얼굴이다.

숨을 들이켠 정유미가 고대형 앞으로 다가가 섰다. 아직도 정유미는 굳은 얼굴이다.

그때 고대형이 두 손을 정유미의 어깨에 올려놓고 말했다.

"잘 왔어."

정유미는 금방 얼굴이 상기되면서 눈에 눈물이 고였다.

고대형이 정유미의 팔을 끌고 발을 떼었다. 주위로 관광객이 무리지어 오갔지만 고대형은 신경 쓰지 않는다. 고대형이 말을 이었다.

"지금 서울에서 전쟁이 일어났어. 마약부가 CIA 행동대하고 마약 인수자들을 기습해서 체포했어."

놀란 정유미가 시선만 주었고 고대형이 말을 이었다.

"마약부가 곧 삼합회 거점과 운반책들을 일망타진할 거다. 마리안의 복수까지 해주는 거지."

세관 건물을 나온 둘이 곧장 이즈하라 시내를 걷는다. 정유미는 손가방 하나만 어깨에 걸치고 있는 데다 고대형은 운동복 차림이다.

주위를 둘러보던 정유미가 고대형에게 물었다.

"어디로 가는 거죠?"

"여관을 잡으려다가 빈집 하나를 월세로 빌렸어. 여긴 빈집이 많아."

후사코를 시켜 한 시간 만에 계약을 한 것이다.

개울가 길을 걸으면서 고대형이 말을 이었다.

"가구까지 다 갖춰진 집이니까 당분간 거기서 살면 된다."

지미 우들턴이 CIA 부장보 윌슨의 전화를 받은 것은 오후 8시가 되어갈 무렵이다. 지미는 숙소로 사용하는 용산의 안가에서 전화를 받았다.

"지미, 보고 받았지?"

윌슨이 그렇게만 물었어도 지미는 알아차렸다.

"예, 심각합니다."

"코왈스키는 고대형이 정보를 주었기 때문이라고 하는데, 맞나?"

"그 말은 맞습니다."

지미가 말을 이었다.

"하지만 평택에서 마약부원들을 사살한 건 엄청난 일이었습니다. 그 보복을 당한 것이죠."

"그건 삼합회의 짓 아니었나?"

"삼합회와 우리가 함께 움직이고 있다는 건 다 아는 사실입니다."

"……."

"한국 측에서는 다 같다고 생각하고 있거든요."

"……"

"곧 삼합회 측에도 보복성 공격이 있을 것입니다."

"갓댐."

"일을 벌인 건 코왈스키죠. 이번에도 무리해서 헤로인을 들여왔지 않습니까? 사건이 잠잠해질 때까지 조금 보류시켰어야 합니다."

"……"

"참, 조금 전에 프랭클린이 체포되었습니다."

윌슨이 숨만 들이켰고 지미의 말이 이어졌다.

"한국인 정부의 집에 숨어 있다가 경찰에 체포되었는데요. 코왈스키한테서 보고 받으셨습니까?"

"아직."

"제가 알기로는 프랭클린이 마피아용 주문책이라는데 맞습니까? 제가 고대형한테서 들었습니다."

"고대형, 그 망할 놈이 다 이야기했군."

"부장보님은 짐작하고 계셨겠지요. 제가 안다고 해도 어떻게 할 건 아니었으니까요."

"지금 고대형은 어디에 있나?"

"모릅니다."

"갓댐."

"무슨 전하실 말씀 있습니까?"

"나한테 연락하라고 해."

그러고는 통화가 끊겼기 때문에 윌슨은 쓴웃음을 지었다.

"상관없어."

프랭클린이 체포되었다는 보고를 들은 코왈스키가 말했다.

호텔방 안, 회의실에는 코왈스키와 타라스, 그리고 동양인 두 명이 참석하고 있다. 바로 삼합회 특별기동반장 곽청과 보좌관 장만호다.

코왈스키가 말을 이었다.

"이 기회에 현 조직을 없애고 새 조직을 만들면 돼."

코왈스키의 시선이 타라스에서 곽청에게로 옮겨졌다.

"마약부가 내 부하들을 체포했으면서 국적도 밝히지 못한 이유를 아시오?"

곽청의 시선을 받은 코왈스키가 빙그레 웃었다.

"겁이 나기 때문이지. 아마 밝히지 못하고 끝낼 거요. 언론에는 러시아인들인 것으로 추측성 기사를 내도록 하겠지."

코왈스키가 번들거리는 눈으로 곽청을 보았다.

"이제 우리가 그놈들한테 뜨거운 맛을 보여줘야겠어. 그래서 만나자고 한 거요."

밤 10시 반, 힐튼호텔의 라운지 밀실 안. 어둑한 방 안에 둘이 마주 앉았다.

코왈스키와 곽청이다.

탁자 위에는 위스키 한 병이 놓여 있지만 술은 거의 한 잔도 마시지 않았다.

술잔을 두 손으로 움켜쥔 채 코왈스키가 곽청을 보았다.

"이번에 그놈들한테 헤로인까지 빼앗겼는데 엎친 데 덮친 격으로 우리가 급한 때 일이 일어났다니까."

곽청은 고개만 끄덕였다.

프랭클린이 잡히기 전에 맥클란을 시켜 30킬로를 더 주문한 상태인 것이다.

코왈스키가 말을 이었다.

"체포된 놈들은 시간이 좀 지나서 관심이 흐려졌을 때 미국으로 송환될 거야. 그리고 복직할 것이고."

"……."

"죽은 놈은 퇴직금과 보험료가 가족한테 지급되겠지."

코왈스키의 얼굴에 쓴웃음이 번졌다.

"우리가 한국에 마약을 뿌린 것도 아니니까 다 정치적으로 해결을 하는 거지."

"고대형이 어디까지 정보를 주고 떠난 겁니까?"

곽청이 묻자 코왈스키가 두 손을 폈다.

"다."

"다라니?"

"너희들 거점, 어선, 접선장으로 사용되는 식당, 가게, 모두 다."

"제기랄."

욕설을 뱉은 곽청이 두 눈을 치켜떴다.

"그 정보를 수집한 것도 CIA 아뇨? 도대체 죽을 짓을 왜 했는데? 이런 일을 예상하지 못했단 말요?"

"그것까지는 말할 것 없고."

"물론 우리 배후에 있는 중국 정부를 견제하려는 의도겠지. 그걸 중국 정부가 모를 거라고 생각하시오?"

"알겠지."

"중국 정부가 당신들 약점을 잡고 있다는 생각은 안 하셨소?"

"왜 모르겠나? 우린 CIA야."

코왈스키가 이를 드러내고 웃었다.

"그 현장 책임자가 나라고."

"당신이 위험해요, 코왈스키. CIA 고위층에서는 당신을 희생양으로 만들 거요."

"고맙군."

이제는 코왈스키가 짧게 소리 내어 웃었다.

"삼합회 행동대장이 내 걱정을 다 해주다니."

"프랭클린이라는 녹음기가 제거되었으니까 이젠 당신이 직접 나한테 주문을 해요, 코왈스키."

"내가 출세를 하게 되었군."

코왈스키가 이제는 정색했다.

"곽 형, 잘 들어."

숨을 들이켠 곽청에게 코왈스키가 말을 이었다.

"마약부가 중심이 되어서 삼합회의 거점, 운반선, 연락사무소를 소탕할 거야."

"……."

"그것이 내일 밤이야."

코왈스키가 번들거리는 눈으로 곽청을 보았다.

"일단은 피해야 돼. 소낙비는 피하는 거야."

"고맙습니다."

곽청이 쓴웃음을 지었다.

그것도 모르고 기고만장한 곽청은 다음 오더를 준비하고 있었던 것이다. 그 이유는 간단하다. 한국 경찰을 무시하고 있었기 때문이다.

밤 11시, 고대형이 카페 안으로 들어서는 사내를 보았다. 40대쯤의 서양인이다. 이곳은 후사코의 카페여서 손님이 둘이 되자 가득 찬 것 같다.

고대형과 시선을 마주친 사내가 말했다.

"핸드릭슨입니다."

자리에서 일어선 고대형이 손을 내밀었다.

"잘 오셨습니다."

악수를 나눈 둘이 자리에 앉았을 때 후사코가 사내 앞에 맥주병 하나를 놓더니 카페의 불을 끄고는 유리문에 CLOSED 팻말을 걸고 밖으로 나갔다.

그때 핸드릭슨이 웃음 띤 얼굴로 안을 둘러보았다.

"훌륭한 접선 장소군요."

"그런 셈이지요."

"난 도쿄에서 일본 서쪽 끝까지 온 셈입니다. 쓰시마는 처음 옵니다."

핸드릭슨은 CIA 도쿄 지부 자문관이다. 윌슨의 지시로 이곳에 온 것이다.

고대형이 고개를 저었다.

"쓰시마는 본래 한국령입니다. 일본이 은근 슬쩍 제 영토로 귀속시킨 것이지요."

"아, 그렇습니까?"

"한국에서 배로 45분 거리이고 맑은 날에는 이곳에서 한국 부산이 보입니다. 이곳이 한국령이었다는 증거가 섬 안에 가득 차 있지요."

"역사에 관심이 많으시네요."

"내가 역사학을 부전공했고 역사 선생 출신입니다."

"아이구, 이런."

맥주병을 든 핸드릭슨이 넓은 얼굴을 펴고 웃었다. 회색 머리칼에 푸른 눈. 지미한테서 연락을 받고 윌슨에게 전화를 했더니 2시간 반 만에 도쿄에서 대마도까지 찾아왔다. 대단한 기동력이다.

한 모금 술을 삼킨 핸드릭슨이 말을 이었다.

"코왈스키가 이번 사건을 계기로 조직을 뒤집을 계획을 추진 중입니다."

고대형의 시선을 받은 핸드릭슨이 쓴웃음을 지었다.

"배경이 든든하거든요. 코왈스키의 계획이 성공하면 CIA 부장은 외부 인사가 차지할 겁니다. 대통령 최측근인 조나산 다글라스가 될 겁니다."

"……."

"조나산은 상원 외교분과위원장으로 5선 의원, 대통령의 선거운동 본부장까지 지냈지요. 그리고 코왈스키의 배후이기도 합니다."

"……."

"코왈스키의 비자금이 선거 중에 조나산의 계좌로 2천만 불이나 입금된 증거가 나왔어요. 그리고 지금도 3개월에 한 번 정도로 1백만 불씩 지급됩니다."

"……."

"코왈스키의 보험인 셈이지요. 그뿐만 아닙니다. 유력한 의원 6명에게 수십만 불씩 정치 자금을 보냈습니다."

핸드릭슨이 고개를 저었다.

"그자가 조나산에게 더 많이 쏟아 부은 것을 우리가 눈치를 챘지만 적극적으로 제거하지 못했습니다. 왜냐하면 상대편인 부시한테도 선거 자금이 갔거든요."

"갓댐."

참다못한 고대형이 투덜거렸다.

"갓댐. USA."

"그래서 우리가 코왈스키를 쉽게 제거하지 못하는 상황입니다. 그자가 조나산은 물론 정치권과 깊게 결탁하고 있기 때문이죠."
"결국은 이번에도 내가 필요하단 말씀이군."
이맛살을 찌푸린 고대형이 핸드릭슨의 말을 뛰어넘었다. 결론을 말한 것이다.
그때 핸드릭슨이 정색했다.
"문제는 코왈스키가 우리 의도를 짐작하고 있는 겁니다."
"당연하지요."
"코왈스키는 마약부 행동대를 완전히 장악하고 있을 뿐만 아니라 부장보 몇 명의 지지를 받고 있어요. 이대로 두면 조직이 위험합니다."
"왜 본국으로 소환하지 않는 거요?"
"부장이 이번 사건을 해결하라고 코왈스키를 파견한 겁니다. 그것을 번복할 수가 없지요."
"갓댐. 도끼로 제 발등을 찍은 건가?"
"아니죠."
고개를 저은 핸드릭슨의 얼굴에 희미하게 웃음이 떠올랐다.
"부장과 부장보님의 의도는 한국에서 마무리를 짓겠다는 겁니다."
"어떻게 말입니까?"
고대형이 묻자 핸드릭슨은 잠자코 시선만 받았다.

"프랭클린은 마피아 측이 보낸 인수책입니다. 거점 관리책이죠."
홍근태가 보고했다.
"지금 CIA 특수반에 파견되어 있는 빅죠라는 놈도 마피아 베로니크 가문에서 보낸 놈입니다. 프랭클린이 불었습니다."
"기가 막히는군."

강기준이 탄식했다.

"이렇게 마피아하고 공공연하게 동업을 할 줄이야……."

"저도 마피아를 특수반에 참가시켰다는 것에 충격을 받았습니다."

경찰청 상황실 안, 둘은 작전회의 중이다. 내일 밤, 삼합회의 거점 2곳을 기습할 예정이기 때문이다. 항구의 거점을 기습하고 운반선까지 나포할 계획이었기 때문에 마약부는 물론 현지 경찰까지 동원해야 한다.

그때 강기준이 말했다.

"이봐, 이건 민감한 상황이니까 프랭클린이나 빅죠가 CIA와 연결되어 있다는 것은 우리끼리만 알자고."

"알고 있습니다. 그래서 입단속을 해 놓았습니다."

"하지만 청와대에는 알려야겠어."

혼잣소리처럼 말한 강기준이 흐린 눈으로 홍근태를 보았다.

"청장이나 총장한테 이야기하면 보나마나 작전 중지하라고 할 테니까 말야."

홍근태를 불러서 이런 이야기를 하는 이유가 바로 그것이다.

마약부도 팀장급만 제외하고 CIA가 개입한 사실을 발설하지 않고 있는 것이다.

강기준이 핏발 선 눈으로 홍근태를 보았다.

"내가 청와대 들어갔다가 올 테니까 넌 작전 준비를 하고 있어."

강기준으로서는 경찰 직위뿐만이 아니라 목숨까지 걸어야 할 사건이다. 그러나 나라를 위해서는 주저앉을 수 없는 것이다.

그 시간에 코왈스키는 힐튼호텔 지하 1층 클럽에서 두 사내와 마주 앉아서 마시는 중이다.

코왈스키 옆에는 타라스가 동석하고 있다.

"이봐요, 김, 고대형이가 당신과 같은 한국인이라는 것이 의미심장하군. 베로니크 씨도 유머가 있는 사람이야."

술잔을 든 코왈스키가 웃음 띤 얼굴로 말했다. 불빛을 받은 대머리가 반질거리고 얼굴은 더 붉어졌다.

"어쨌든 한국에서 일하는 게 둘에게는 더 자연스럽겠지. 한국계니까 말야."

김이라고 불린 사내가 코왈스키의 말에 고개도 끄덕이지 않고 앞에 놓인 땅콩을 하나씩 입에 넣고 씹는다.

사내는 케니스 김, 베로니크 가문에서 보낸 암살자다.

옆에 잠자코 앉은 사내는 김의 조수 주반, 중국계 미국인이다.

코왈스키가 말을 이었다.

"김, 내일 밤, 한국 경찰이 삼합회 라인의 거점과 운반선까지 소탕할 계획이야. 경찰 정보는 우리한테 다 전해져 오는데 2개 거점에 지역 경찰까지 동원될 거야."

"……."

"우리가 삼합회 쪽에 정보를 주었기 때문에 대비하고 있을 거야. 아마 피신했겠지, 내가 그렇게 조언했으니까."

"……."

"그런데 지난번에 거점 여러 곳에서 삼합회가 당하는 바람에 한국 지부는 풍비박산이 되었고 지금은 본부에서 파견된 특기반이 장악하고 있지. 특기반은 특별기동반이야."

제 잔에 술을 채운 코왈스키가 케니스를 보았다. 케니스는 30대쯤으로 어깨가 둥글게 부푼 레슬러 체격이다. 직사각형 얼굴에 가는 눈, 짧은 머리,

맞춤 양복이 잘 어울리는 호감형 외모다.

그 옆의 주반은 비슷한 연령의 평범한 용모, 흐린 눈으로 주위를 두리번거리고만 있다.

"경찰은 경찰대로 여러 명이 죽었기 때문에 독이 오른 상태야. 내일 밤, 기습 작전을 벼르고 있다고."

"삼합회가 피신했을 거 아닙니까? 그러라고 조언했다면서요?"

케니스가 묻자 코왈스키의 시선이 옆에 앉은 타라스에게로 옮겨졌다.

그때 타라스가 말했다.

"나가는 길에 드라구노프 저격 총을 받아 가시오. 소음기와 실탄 2백 발도."

타라스가 말을 이었다.

"소음기를 포함한 권총 2정과 실탄 3백 발도 들어 있습니다."

그때 한숨을 쉰 케니스가 둘을 번갈아 보았다.

"그럼 우리가 피신한 삼합회 대신으로 경찰을 저격하란 말씀이죠?"

"나는 그 시간에 삼합회 놈들하고 약속이 있으니까 의심하지 않을 거요."

타라스가 쓴웃음을 짓고 말했다.

"삼합회 놈들한테 주문할 것이 있거든. 프랭클린이 잡히는 바람에 연락 사무소가 분해되어서 내가 관리해야 돼."

"몇 놈을 죽일까요?"

"서너 명만."

코왈스키가 말을 이었다.

"큰 그림으로 봐서 중국 세력을 압박하려는 의도였으니까 한국과 중국을 대립 구조로 만들어 놓는 것이 우리 측에 유리하거든."

그러고는 코왈스키가 술잔을 들었다.

"복잡한 것 같지만 결론은 단순해. 미국 대 갓댐 동양이야."

"후사코가 팀장을 보는 눈빛이 심상치 않던데요."

침대에 누워 천정을 바라보던 정유미가 말을 이었다.

"나를 보는 시선에는 적의가 느껴졌고."

"착한 여자야."

"그게 대답이에요?"

오전 12시 반, 둘은 셋집 안방의 침대에 나란히 누워 있다. 방의 불은 껐지만 창밖은 환하다. 보름달이다.

누운 채로 고개만 돌려도 창밖의 정원 나무가 다 드러난다.

그때 고대형이 대답했다.

"네가 오기 전에는 후사코의 집에서 지냈어."

"아휴, 재주도 좋아."

"여기 도착한 날, 쏘아 맞혔어."

"그게 자랑이라고 해요?"

"다 과녁이야, 너도."

"누가 암살자 아니랄까 봐."

"나는 내일 한국으로 돌아간다."

순간 정유미가 입을 다물었고 고대형이 말을 이었다.

"넌 내가 일 끝날 때까지 여기 있어, 여기만 있으면 안전하니까."

"……."

"내가 생활비로 1만 불쯤 주고 갈 테니까 매일 후사코 가게에 가서 술 팔아줘."

"나 돈 있어요."

겨우 정유미가 말했을 때 고대형이 팔을 벌려 어깨를 당겨 안았다.

지미 우들턴이 찾아왔다. 대마도로 건너온 것이다.

지미에게는 모험이다. 코왈스키의 감시를 받고 있는 상황이기 때문이다.

그러나 지미는 변신과 잠행이 뛰어난 인물이다. 파키스탄 페샤와르에서 탈레반 행세를 하면서 아프간을 제 집 드나들 듯 한 인간인 것이다.

"금방이야."

오후 1시 10분, 후사코의 카페에서 어깨를 늘어뜨린 지미가 말했다.

"부산에서 배를 탔더니 과자 한 쪽 먹는 사이에 일본 도착이야."

그러더니 턱으로 문 쪽을 가리켰다. 방금 밖으로 나간 후사코를 향한 턱짓이다.

"훌륭한데. 잤나?"

"그래."

"미스 정은?"

"같이 있어."

"갓댐. 그럼……."

"그래."

"선오버비치."

"그래. 말해, 직접 만나서 이야기한다고 한 것."

"그렇다면 정유미가 여기 오기 전에 저 여자를 잡았겠군."

"당연하지."

"갓댐. 선오버비치."

"자, 말해, 짐."

"며칠 만에 잔 거야?"

"만난 지 세 시간 만에."

"오 마이 갓. 지저스 크라이스트."

어깨를 부풀렸다가 내린 지미가 심호흡을 두 번이나 하더니 고대형을 보았다.

"마리안을 죽인 여자, 삼합회가 보낸 킬러가 아냐."

"……."

"경찰에서 지문, 치아 상태를 찍은 것을 내가 인수했는데 그것을 극비리에 본부 자료 분석실로 보냈더니 신분 확인이 되었어."

"……."

"뉴욕 출신 중국계 린다 장. 32세. 마피아의 살인청부업자. 수출입 대리인으로 행세하지만 마피아 3개 가문의 살인청부를 받아 왔어."

"……."

"전과는 한 번도 없고 기소된 적도 없지만 마피아 산타나파의 행동대원 마르코의 정부 노릇을 했기 때문에 본부에서 치과 기록을 갖고 있었지. 그것에 걸린 거야."

"……."

"물론 마르코는 5년 전에 죽었고. 마르코하고 함께 일을 하다가 그때부터 혼자 뛴 모양인데."

"……."

"물론 마리안 살해를 지시한 건 코왈스키야. 코왈스키가 마피아에 부탁해서 일을 치른 거지."

"……."

"그리고."

어깨를 편 지미가 고대형을 보았다.

“이건 본부 지시야, 형. 윌슨이 직접 나한테 말했어. 나처럼 이렇게 위험을 무릅쓰고 말이다.”

“지부장 되고 나서 말이 엄청 길어졌군.”

“어쩔 수 없어. 머릿속에 든 것이 없으면 말이 길어지게 돼.”

“갓댐. 말해.”

그때 지미가 가슴 주머니에서 접힌 서류 봉투를 꺼내 고대형 앞에 놓았다.

“이놈이 지금 한국에 입국했어.”

고대형이 봉투에서 사진을 꺼내 보았다. 짧은 머리, 직사각형 얼굴, 동양인이다.

“이놈은 베로니크 가문의 암살자야. 이놈의 얼굴을 이곳에서 보니 감개가 무량하다. 한국계 미국인이지. 케니스 김.”

“이놈 타깃이 나겠군.”

“나일 수도 있지.”

지미의 얼굴에 쓴웃음이 번졌다.

“물론 후순위겠지만.”

“코왈스키가 발악을 하는군.”

“넌 혼자야, 형.”

“난 오늘 밤에 한국으로 간다.”

고대형의 두 눈이 번들거렸다.

“가서 마리안의 복수를 할 거다.”

그때 지미가 자리에서 일어섰다.

“나 먼저 갈 테니까 네 두 여자한테 안부 전해줘.”

"밤 10시로 하지."

강기준이 벽시계를 보면서 말했다. 오후 2시가 되어가고 있다.

"3개 거점을 동시에 기습하는 거야."

벽에 걸린 상황판에는 붉은색 마크가 그려진 3개 지점이 있다. 서해안의 어항으로 전남 영광군의 어항 2곳, 충남 서천의 1곳이다.

상황실에는 둘뿐이다. 방금 팀장들이 작전 회의를 마치고 모두 나갔기 때문이다.

이번 작전은 1팀도 참가해서 2개 팀이 출동한다. 홍근태의 2팀은 지난번의 피격 사건으로 전력이 약화된 상태라 독자 작전은 불가능하다.

그때 손목시계를 본 강기준이 말했다.

"4시에 청와대 민정수석실 면담이야. 이번 작전을 자세히 알고 싶다는구나."

"또 가십니까?"

지난번에는 민정수석실 비서관을 만났기 때문에 홍근태가 그렇게 물었다.

강기준은 쓴웃음을 지었다.

"이번에는 민정수석을 보는 거야."

"아이구."

"민정수석 다음은 대통령이지. 알아?"

"압니다."

"평소에 내가 이 정도 라인을 밟고 있었다면 출세 길이 팍 터졌을 텐데."

"지금도 늦지 않았습니다, 부장님."

"이번 작전에서 실패하면 나는 곧장 가는 거다. 급행을 타는 거야."

"……."

"이건 대통령한테까지 보고되는 거야."

서울청장, 검찰청장을 거치지 않고 청와대에 직보를 했더니 승인은 금방 떨어졌지만, 실패했을 때는 즉시 책임을 져야만 할 것이다.

그때 홍근태가 말했다.

"정보가 새나가지 않았다면 성과는 올릴 수 있습니다."

홍근태가 충혈된 눈으로 강기준을 보았다.

"거점이나 운송선을 어디로 숨길 수가 없으니까요."

배의 선장, 항해사 둘은 운송책인 것이다. 배만 두고 사라질 수는 없다.

그때 강기준이 물었다.

"고 반장은 지금 어디 있을까?"

홍근태는 대답하지 않았지만 강기준의 마음을 읽을 수 있었다. 우군이 절실했기 때문이다.

<3권에 계속>